ハヤカワ文庫JA

〈JA905〉

ススキノ探偵シリーズ

ライト・グッドバイ

東　直己

JN286069

早川書房

6164

ハミへ。

ライト・グッドバイ

登場人物

俺……………………………ススキノの便利屋
檜垣紅比古………………元花屋の店主
種谷………………………北海道警察を定年退職した元刑事
高田………………………ミニＦＭ局のＤＪ
岡本………………………〈ケラー〉のバーテンダー
アリス……………………〈ルビコン〉のママ
アンジェラ………………〈トムボーイズ・パーティ〉のダンサー
永見耕吉…………………不動産屋〈ＫＤグループ〉の陰のオーナー
伊沢………………………〈パラダイス〉グループの金主
岡嶋雅道…………………無名大学の哲学教授
邑隅エリカ………………行方不明の女子高生

1

ススキノには雪が積もっている。この積雪が、そのうちにいったんは融けるのか、それともこのまま根雪になるのか、オバチャンたちの議論があちこちで熱心に繰り広げられていた。気温は日を追って下がり続け、大晦日の背中が見え隠れし始めていた。

俺は相変わらず〈ケラー・オオハタ〉で飲んだくれていた。その〈ケラー〉で、俺はとても奇妙な客とすれ違った。

もちろん、〈ケラー〉にはいろんな客が来る。中には芸能人や政治家、スポーツ選手、元受刑者、有名な犯罪者、なんてのもいるが、とにかく、普通一般ごく「まとも」な人間から、どこか壊れたようなのまで、様々な人を、この店で俺は見てきた。だから、たいがいのことには驚かないが、しかし、そんな俺でも啞然とするような「変な」客が出現したのだ。

俺はその夜、SBC札幌放送の取材クルーを、細い路地を見下ろす、ビルの屋上に案内する、という仕事を終えて、〈ケラー〉の長い一枚板のカウンターの、右端に座ってのんびり飲んでいた。

仕事は、年末を控えて活動が活発になってきたカラスどものネタだった。カラスとは、ススキノの中心部にたむろする、黒服の若い男たちのことだ。彼らは、客引きであり、女のスカウトも行なう。黒い服を着て、汚い声でギャアギャア喚《わめ》くから、カラス、と呼ぶ。ゴミステーションの残飯をあさって生きている、カラスのような生き方をしているから、カラスだ、という意見もある。

で、年末に活発になるカラスたちを取材しよう、というプロデューサー、ディレクターの「切り口」はよかったんだろう。だが、ディレクターが、客引きと呼び込みの区別も付かない男で、こっちはいろいろと基礎知識を教え込むのに苦労した。

もちろん、呼び込みと客引きは違う。呼び込みとは、ソープやキャバレーの前に立って、行き来する男たちに「社長!」などと声を掛けて店に呼び込む仕事だ。彼らは、正社員であったり、アルバイトであったりと雇用形態は様々だが、自分がその前に立っているソープだのキャバレーだのに、ちゃんと雇われている人々だ。たいがいは、所得税や雇用保険や年金なども支払っている。

一方、客引きは、誰に雇われているわけでもない、自由な連中である。ように見えるが、全員が、暴力団の支配を受けている。「アニキ」が用意してくれた安アパートの一室に、数人まとめて詰め込まれ、コンビニおにぎりをあてがわれて、それでとりあえず寝食の心配はなくなる。そして「アニキ」やその仲間のための使いっ走り、ぼったくりの実行部隊、ヤクザの雑用係などとして生き延びる。給料や報酬などは雀の涙で、現金収入はほとんどなく、金が必要になれば、カツアゲや路上強盗などで調達するしかない、そういう連中だ。

昔は、客引きたちにもベテランがいたし、仲間内にそれなりに秩序のようなものがあったが、バブル崩壊の後あたりから、顔ぶれが変わって来た。人の出入りが激しくなり、見知らぬ若い連中が増えて、妙に空気が悪くなった。若い連中は、一応、黒服は着ているものの、よく見れば垢じみていて染めた髪も汚く、手入れも悪く、要するにホームレスである、ということがすぐにわかる。顔つきも、言葉も、立つ姿勢も妙に荒《すさ》んで、観光客ばかりか、地元の客の中にも、連中が恐くてススキノを避ける人たちが増えた。

ディレクターはそのあたりに目を付けたのだろう。そして、毎年、この年末を控えた時期に、カラスどもの活動は活発になり、客との小競り合い、暴力沙汰、カラス同士の客や女の奪い合い、などの事件が頻発する。で、そこらへんの取材をしたい、という依頼を、北海道日報の若い記者を経由して受けたので、少し手伝ってやった。

で、この夜はその取材の最終段階で、ビルの屋上に上ったわけだ。

カラスどもは、毎夕、ある小路の真ん中ほどの、大きな駐車場の脇で、数十人規模の集会を開く。点呼を取り、ひとりひとりのノルマを決め、必要な連絡事項（一斉取締がある、とか、駐車違反摘発強化週間だ、とか）を伝達し、気合いを入れるための「声出し」をする。時折は、半殺しにした若い者を転がして、みんなに説教をすることもある。ノルマも達成できないくせに、サボって蕎麦屋で酒を飲んでいた、そんなことをするとこうなる、という見本として、またみんなの前で殴る蹴るをされるのだ。

で、その点呼集会のようすを望遠で撮るために、そこを見下ろすビルの屋上に案内してやった。音声は、マイクを仕込んだ車を、駐車場に入れて、電波を飛ばして収録した。非常に荒い言葉の迫力のある音声で、聞いた連中は、なんとなく陰惨な気分になり、まだ成人前の若い男たちが、なんでこんな人生に足を踏み込むようになってしまったのか、彼らは今後どうなるのか、どんな人間になり、どんな人生を辿るのか、などと思わず考えてしまい、取材クルーは非常に地味な表情のまま、「はい、これで終了です。お疲れ様でした」ということになって、解散・撤収し、俺は連中と別れた。

だが、仕事をひとつ済ませた、という達成感もなく、やれやれ、お疲れさん、という気持ちにもなれず、どんどん薄汚くなってくるススキノにうんざりしつつ、しょぼくれた気分で、ちょっとうろついた。

で結局、〈ケラー〉に来たわけだ。やはり、ここに来ると、落ち着く。俺はしょぼくれた気分を引きずったまま、長い一枚板のカウンターの右端に座った。

脇の壁には、キャパの写真が、額に入れて掛けてある。その傍らにさり気なく、卓上ライトが置かれている。緑色のシェイドの古典的なライトで、その明かりが写真を照らしている。

マラガの難民を写した作品だ。老婆が泣いている。……いや、老婆かどうかはわからない。とにかく、大人の女性だ。深いシワが刻まれた年老いた顔に見えるが、それほどの年齢ではないのかもしれない。彼女が疲れ果て、悲嘆に暮れているから、そのせいで八十歳くらいに見える、ということも考えられる。これで、幸せな時には、機嫌のいい、肌の艶々《つやつや》した、明るいオバチャンなのかもしれない。

とにかく、若くはない女性が、しっかりと立って、そして、腕を組み、右手の拳を唇に当てて、泣いている。……泣いているんだろう、声は聞こえないが。で、彼女の腰のあたりで、おそらくはこの女性の孫だろう、瞳の大きな、可愛らしい少女が、まっすぐにこっちを、つまり、キャパのカメラのレンズを見ている。その少女の後ろに、大人の男の顔が、ちらりと見える。どうやら彼は、呆然として座り込んでいるらしい。ほかには白っぽい壁が見えるだけだが、おそらくは室内だろう、と思われる。

なんで、これが「キャパが撮影した、マラガ難民の写真」であることを知っているか、というと、だいぶ前、マスターが教えてくれたからだ。マスターはその時、この写真についてはは教えてくれたが、なんでこの写真を、わざわざ切り取って、簡素ではあるものの額装までして、この壁に掛けているのか、それについては、なにも言わなかった。ただ俺はその時、ファシスト軍、無差別爆撃、大量虐殺、難民、というような一連の普通名詞と、それからフランコ将軍、キャパ、ヘミングウェイ、そして『カサブランカ』だのボガートだのの固有名詞も一緒くたにした、一群の言葉の集まりから漂う、独特のニオイを、なんとなく、マスターと共有したような気分にはなったのだった。

俺は、泣いている女性の表情と、その腰につかまって、じっと俺を見つめる少女の大きな瞳を眺めながら、サウダージをゆっくりと飲んだ。

この酒は、滝川《たきかわ》の〈英国屋〉のマスターが考案したジン・ベースのカクテルを、俺なりにアレンジして完成させ、自分で命名した酒で、俺はこれを全世界に広めよう、と活発に広報活動を展開している。活動は、主にバーで注文する、という行動を通して実践している。だが、活動の成果はなかなか具体化せず、この酒は、日本にすら、浸透していない。残念ながら、今のところこの言葉は、〈ケラー〉をはじめとする、ススキノのほんの一握りのバーでしか通用しない。俺も今年が四十代最後の年であって、しかも〈英国屋〉は消滅して久しい。今ここで頑張らないと、結局世界はおろか日本にすら、サウダージが根を下ろさずに終わってしまう。だから、俺は頑張ってこの酒を、飲み続けるのだ。

そんなこんなで、俺はサウダージをゆっくり飲みながら、消えてしまった〈英国屋〉の思い出に浸りつつ、マラガ難民の老婆の絶望の深さを思いやっていたのだ。

これからそろそろ混み始める、という時間で、〈ケラー〉はまだひっそりとしていた。テリー・レノックスが「好きだ」と言った時間だ。客がまだ数人しかいない。デューク・ピアソンの〝ル・カルーセル〟が気持ちよくスキップしていた。マスターはオフィスで、きっとフリーセルでもしているのだろう。カウンターの向こうには、岡本さんしかいない。岡本さんは、黙々とグラスを磨いている。いい夜になりそうな予感が漂っていた。

なのに、夜を台無しにする、とても変な客がやってきたのだ。

〈ケラー〉のドアがキィと鳴って、四人連れが入って来た。先頭にいるのは北海道日報の文化部長で、こいつとは何度か飲んだことがある。俺の方を見て、軽く頷いて、それから一行をカウンターの真ん中あたりに座らせた。
　文化部長の隣に座ったのが、おそらくは今夜の主賓なんだろう。みんなが大切に扱ってい
る、という感じだった。五十代半ばの、小柄で痩せた、薄くなった半白の長髪をぴったりと
頭に貼り付けた、貧弱な男だった。フレームの大きな、ごつい眼鏡をかけている。その右側
に、同年輩のやや太り気味の男と、それから学生風の頼りない感じの若い男。
「今度の僕の本、十六万部売れた」
　ストゥールに座るやいなや、主賓らしい男が、甲高い声でそう言ったので、俺は驚いた。
酒場でいきなりこんなことを言う男を初めて見た。バーテンダーの岡本さんは、どうにも挨
拶のしようがなかったらしく、「それは」と笑顔で応えながら、おしぼりを差し出した。男
は、そのおしぼりを受け取ろうとはせず、右手で、頭にへばりついている半白の疎《まば》らな長髪
を、何度も何度もしつこく撫でつけながら、「あと十万は行くと思う」と天井に向かって、
甲高い大声で呟いた。
「とりあえず、ビールをもらいましょうか。いいですか」
　北日の文化部長がみんなに尋ねた。
「どうですか、イイダ先生、ビールで」
　軽い肥満男が、「あ、ええ」と答えた。
「オガワ君は？」
「はい、私もそれじゃビールいただきます」

学生が、細かく首を振りながら答えた。

「オカジマ先生は？」

「今度イクブンドウから出す本は、初版が八万だって。ケチね」

「はぁ。……ビールで……」

「君ね」

不意に「オカジマ先生」は、学生風のオガワ君に向かって言った。

「ミステリとか、SFとかね。……まぁ、僕はそういうの、読まないけど、哲学がないね。自分はなんだ、というかな。自分という存在の、その根本を問う、というかな。なぜ自分という存在がここにいるんだ、とかね。そういう、根元的な問い、みたいなものは、ミステリとかSFとかにはないでしょ？　それじゃだめなのさ」

「いえ、そういう根元的な問いを投げかける作品もありますす」

オガワ君は生真面目な口調で応対した。

「なんだ。そうか。読まないから知らない。……ヤフーで僕の名前で検索すると、五万ヒットした。ふふふ」

なんだろう、こいつら。

不意に「オカジマ先生」は、ストゥールから降りた。〈ケラー〉のストゥールはやや高いから、小柄な「オカジマ先生」は、〈トムとジェリー〉に出てくる赤ちゃん猫みたいな感じで、ストン、と床に降り立った。誰にもなにも言わず、無言で出口に向かう。

「あ、お手洗いでしたら、こちらです」

岡本さんがそういうと、そっちの方をチラリと見て、不愉快そうな表情で、進路を変えて、消えた。

俺が呆気にとられて眺めていると、北日文化部長が、ストゥールから立って俺の方に来て、小声で言った。

「オカジママサミチ、知ってるだろ、哲学者の。最近、本が売れてる」

……岡嶋雅道。それなら知ってる。

哲学者、というか、東京にある大学の哲学教授で、最近、妙に本が売れるようになったらしい男だった。名前は、俺も聞いたことがあるし、何冊か読んだこともある。論調は二、三冊読めばどれもたいがいおなじようなことで、望みもしないのに生まれて来て生きることの、その理不尽さと無意味に耐えて生き続けることを説く、妙に陳腐な本なのだが、いま時〈哲学〉を手放しで礼賛する、その態度がなにか〈病〉んでいる、という気配、というか臭いプンプンで、そういう意味の面白さがあるのは事実だ。

「知ってるよ。読んだこともある」

「今日、ウチが主催した講演会に来てもらってさ。で、慰労会、と。なんか変わった人でね。本が売れるようになったのが、とにかく嬉しいようだ」

文化部長は、ちょっと辟易しているらしい。

「とにかく、ずっとあの調子だ」

「本を読んだ限りじゃ、あんな俗物には思えないがな」

俺の実感だった。もう少し、知的な雰囲気のある男か、と思ったのだ。著作を読んだ時は。

「でも、ま、そんなもんだろ。親鸞《しんらん》だって、チンチンは勃《た》ったんだから。ショーペンハウエルだって、食わなきゃ死んだろうし、シュティルナーだって、もしも現代の日本に生きていたら、国民年金は受け取った、と思うぞ」

「それはどうかな」

「いや、きっとそうだ。珍しくないんだぞ。過激派の非公然活動家が、国民年金の更新手続きなんかの時に逮捕される、なんてのは。あいつらもバカだな。それにしても、革命家が、現体制の存続を信じて、年金制度に信頼を寄せている、ってのは、どういうことなんだろ？」

「そんなこと、どうでもいいけど、……国民年金てのは、六十五歳からだろ？　支給開始は。よく知らないけど」

「確か、そうだ」

「シュティルナーはその前に死んだよ」

「そうだったか？　いくつで死んだ？」

「……はっきり覚えてないけど、夏目漱石くらいの歳だったはずだ」

「なんだ……五十そこそこか。じゃ、年金は……いや、そういうことじゃなくてさ」

「わかるよ。……それにしてもなぁ……」

「ん？」

「俺はそろそろ、夏目の歳を追い越しそうだ」

「……気にすんな。だって、吉永小百合が還暦なんだぞ。なにがあっても、もう平気だ」

北日文化部長はそう言って、元のストゥールに戻った。

なるほどね。

そこに、岡嶋雅道が戻って来た。それから、延々と三人のオヤジたちは語り合い、オガワ君はひたすら謹聴している。小太りの男は北大の哲学教授らしい。で、岡嶋と北大教授は、東大で哲学の同期らしい。学生運動の中で、就職に苦労したが、どうやらこのふたりは、東大には残れずに、あちこち研究職の椅子を求めてウロウロしたものの、結局は「勝ち組」ということになったらしい。東大に残れなくても、とりあえず北大教授だし、東大に残れなくて無名大学の哲学教授だけど、本が売れているし（この前のは十六万部も！　そして、最低あと十万部も！）、有名になったし（ヤフーで五万ヒット！）、とりあえずはやれやれ、助かった、という感じであるらしい。で、その安心感を共有しつつ、ふたりで、同期や先輩後輩のことをあれこれと酒の肴《さかな》にして、気持ちよさそうに語り合っている。誰それはようやく金沢の短大の助教授になったが、これからが大変だ、とか。それにしてもこの歳で田舎の短大の助教授は切ない、とか。誰それはどこそこで哲学概論を担当しているが、彼が概論を講じるなんてとんだ茶番だ、とか。誰それは去年の正月、ボクのところに原稿持参でやって来て、出版社に紹介してくれ、なんて言うんだけど、それがもう、箸にも棒にも掛からない内容なんで、ボク、困っちゃった、とか。誰それは東大大学院時代から頭が悪く、ラテン語もからっきしできなかったのに、この前マルブランシュの翻訳を出したけど、いい度胸だ、すでに誰それ先生に誤訳を三箇所も指摘されたそうだ、とか。この最後の話題では、岡嶋と北大は腹を抱えて笑い、文化部長とオガワ君が、困った顔をしてチラリチラリと視線を交わし合っていたのが面白かった。面白かったが、しかし、もうたくさんだ。酒は、充分まずくなった。

「今、何時？」

俺が尋ねると、岡本さんがズボンのポケットから、チェーンを付けた懐中時計を取り出して、パチン、と蓋をはね上げた。

「そろそろ八時ですね。五十六分」

ほう。思いがけず、時間が早く流れたようだ。酔っているのかもしれない。河岸《かし》を替えよう。俺は立ち上がった。

文化部長が、ちらりとこっちを見た。とりあえず、会釈しておいた。それから、金を払って、扉を押して、階段を上った。

地上に出て、相当の運動をしたような気分になって、十一月のススキノの、根雪一歩手前の空気を吸い込んだら、小太りの男が、俺の前に立って、もじもじしている。

なんだ？　と思ったら、そいつが小刻みに震えながら、言った。

「あのう……邪魔ですよ」

おう、そうか。そりゃ失礼。確かに、階段の、広くはない降り口の真ん中に突っ立っていた。よけりゃ通れるだろ、とは思ったが、俺も悪い。素直に右にずれた。そいつは、俯いたまま、チッと舌打ちをして、「田舎モン」と口の中で呟いた。

俺は驚いて、そいつを見た。ススキノで、俺にそんなことを言う人間はいない。

中途半端な長髪で、妙にフケっぽい感じの、中年男だ。なのに、ちょっと相当に派手な、毛皮のコートを着ている。フェイクなのかホンモノなのかはわからない。不思議な外見の男だった。俺が、驚いて顔を上げたので、殴られる、と思ったのかもしれない。怯えたように左肩を上げて顔を守るような仕種をして、階段を、ダダダッと駆け下りて行った。

変な奴だ。

ちょっと気分が殺伐としてきたので、なにか騒動を起こしても困るな、と思った。で、近くのビルのてっぺんにある、〈ダイアナ・シルヴァ〉という店に行った。夜景を見ながら、ジャズライブを楽しみながら飲める店だ。客のほとんどはカップルだが、ひとりで行って飲むのにとても適した店だ。

キラキラ光るススキノの夜景を、細かな雪がぼんやりと包んでいる。そんな景色をぼんやりと眺めつつ、ジャズの古典的名曲のコピーを聞いて、サウダージを飲んだ。

誰にも邪魔されない、非常にゆったりとした時間を過ごして、午前二時を過ぎるのを待った。夜景を背に、キビキビと仕事をしていた、わりと美麗な女性バーテンダーが、「あと十分で午前二時です」と教えてくれたので、立ち上がって金を払って、出た。

そして、高田の店に向かった。

＊

高田の「放送」はすでに始まっていて、店の扉には鍵がかかっていた。それを合鍵で開けて、中に入った。ガラスで囲ったブースの中で、高田が楽しそうに喋っている。趣味でやっているミニFMで、ススキノで何人が聞いているのかは知らないが、リクエストの電話やファックス、メールは結構来るらしい。毎日、「積み残し」があるのが残念だ、と言うほどの人気ではあるようだ。俺としては、馬鹿馬鹿しい遊びだ、と思うんだが、この放送で命を救われたこともあるので、なかなか馬鹿にはできない。高田本人は、「いーじゃねーか、ダテや酔狂でやってんだから」と、なにを言われても平気な顔で熱心に放送を続けている。

高田は、俺の学生時代の同期で、俺は文学部、高田は農学部だった。英文学科のある教授を囲んで、ミルトンの『失楽園』を輪読するサークルがあって、そこで出会ったのが、きっかけだ。もう三十年近い昔の話だ。

驚く。

その後、俺はなんとなく学校に行かなくなって、ススキノの夜の底に沈殿して生きるようになった。高田は、学部を卒業して、大学院に残り、博士課程後もずっと在籍し、つまり、オーバードクター、という身分で学校にへばりついていた。高田は、体つきは鈍重だが、足が非常に長く、そして頼もしいことに空手の達人だ。俺は、何度も彼に助けられた。俺が今でもススキノで生き延びていられるのは、高田の空手のおかげ、と言っても、それほど過言ではない。で、高田は研究室の雰囲気や、オーバードクターという身分がいろいろと苦痛だったらしいのだが、そのうちに、友人のレストラン・バーを手伝い、その後を引き継ぐ形でオーナーになり、そしてひょんなことからDJの才能に目覚め、ススキノの中で、ミニFM局を作った。半径五十メートル程度にしか電波が飛ばない、許認可や届け出の不要なFM放送なのだが、ところどころにいる高田のファン、番組のファンが、中継局になってくれて、おおむねススキノ全域で聞くことができる。

「そんなこと言ってないで、男はバシッと行動で見せなきゃダメだろう！　ウジウジしてると、周りが迷惑するぞ。号令がもたつく隊長とか、身振りが小さなイルカ調教師とか。そんなんじゃ、ダメだろ、っての！」

熱く語っている高田に向かって、ガラス越しに「おう」と手を挙げると、高田は頷きながら、右手を伸ばして、回す仕種をする。鍵をかけろ、ということだ。仰せの通りにして、それから壁の作りつけの棚から、ラフロイグ15のボトルを出して、グラスに注いだ。

「じゃ、ま、そんな頼りないユージから、エミリンへ、愛をこめて。ヤン・ラングレン・トリオの、〝ロンリー・ワン〟……」

リリカルなピアノがしみじみとした旋律を奏で始めた。

「なかなかいい曲だろ」

スピーカーから俺に言う。俺は、親指を立てて見せた。

「今夜は、もう、帰りか？」

親指を立てる。

「〈ケラー〉か？」

親指を立てる。

「どうだった？」

親指、下向き。

「ヘンなのがいたのか」

親指、上向き。

「あ、そうだ。パソコン、調子はどうだ？」

親指、上向き。

「そうか。大事に使えよ」

なんだか、偉そうな口調で言う。俺はちょっとムッとした。だからってわけでもないが、ちょいとそんな気分になったので、ラフロイグをラッパ飲みして見せた。五口飲んだら、ミゾオチが焼けるような感じで、辛くなったので、やめた。弱くなったな、俺も。

「てっめぇ！　なんってことすんだ！」

高田が怒鳴った。気分がいい。俺は機嫌良く、自分としてはもっともチャーミングな笑みを頬に刻み、ラフロイグを棚に戻した。そして、可愛らしい仕種で高田に手を振り、店から出た。

「お前、酒代、払えよ！」

高田の声が響き渡った。不思議なことに高田は本気で怒っている。なんて心の狭いオヤジだろう。

2

ベッドから出て、ベッドに座り込んだ。両腿に両方の肘をついて、顔をこすった。顔の周りに、酒の気配が漂っている。この頃は、とみに酒に弱くなった。飲む量は明らかに減っているのに、翌朝のだるさは明らかに増えている。最後の、ラフロイグのラッパ飲みがよくなかった。……バカなことをしたものだ。

以前は、ウィスキーのボトルを一本空けることなど、なにほどのこともない、ごく普通のことだったが、今はそんなことをすると翌日の半分が無駄になる。それにまた、日本酒を飲むと、すぐ眠ってしまうようになったし、それで「だらしなくなっちまってさぁ。ダメだなぁ、なんちゅうかほんちゅうか」などと口走って、周囲の連中に愕然とされ、また自分でも愕然としつつ、しみじみ「年齢」というものを考えさせられる今日この頃である。お元気でお過ごしですか。

ま、それはそれとして、自然の流れで浴室に向かった。酒のニオイが、自分の頭のあたりから後方に棚引いているのが自覚された。シャワー・トイレに座り、人が生きるのに不可欠な行動を執行し運行させ、幾分かさっぱりした気分で、シャワーを浴びた。

それからベッドに引き返して座り、脇のテーブルの上のパソコンのスイッチを入れた。

このパソコンは、高田からもらったものだ。「放送」だの「音作り」だのに使っていたものので、まだ使えるが新しいのを買うから、やろうか、と言われたのでもらった。モニターはブラウン管で、全体の色はベージュで、それがタバコのヤニにべったりまったりと覆われていて、見るとベタベタしているように思えるのだが、実際に触ってみると、それほどでもない。で、なんとかかんとか使っているが、まだ謎の多い機械だ。一番不思議なのは、スイッチを入れると、しばらくの間、モーターがどうにかなっている、か、ベルトか何かがおかしくなっているのか、大きな音がガァガァと鳴り響くことで、俺はよく知らないが、ハード・ディスクというのは相当精密な装置である、と聞くが、こんなにガタガタガァガァ音がして大丈夫なんだろうか、と不安になる。

まぁ、どうせいつか近いうちに突然死ぬんだろう、とは思っている。だがとにかく、メールのやり取りに使えればそれでいいので、満足して使っている。俺はケータイが嫌いだが、パソコンのメールは、便利でいいもんだ、と思っている。

メールソフトを起動させて、受信メールをチェックした。熟女だのセックスレス夫婦の人妻だのを無料で紹介する、あるいは超無修正の〈無修正の〈超〉ってのは、どういう意味だ〉超過激映像を見せる、なんてのがズラリと並んでいる中に、〈taneyan-jii@〜〉という、ケータイからであるらしいメールがあった。標題は「しばらく　たねや」。心当たりはないから、開けずに削除しよう、とした瞬間に、閃いた。

北海道警察を、平刑事のまま定年退職した、種谷じゃないか？　きっとそうだ。

……だが、なぜ俺のアドレスを知ってるんだろう。

……知っていても不思議ではないか。別に秘密にしているわけでもない。俺も時には名刺を使う。氏名とメールアドレスが書いてあるだけのシンプルなものだが、百枚一箱が、だいたい一年で無くなるから、まぁ、それくらいの数は、バラ撒いているわけだ。その中の一枚を、どこかのスナックやバーで手に入れた、というような可能性は充分にある。さほど不審に思う必要もないか。

で、開けてみた。

〈南の沢に地かずくな。昔の吉見で教えてやる　たねや〉

……結構いるんだ。〈近付く〉を、「ちかずく」と間違って打ち込むやつは。で、変換候補にはどうしても〈近付く〉が出て来ないので、面倒になって、そのままにしちまう、という年寄りは多い。あと、「昔のよしみ」と平仮名で書いた方がいいんだがな。

だがま、用は足りる。……〈南の沢〉か。なるほど。心当たりがないことはない。

南の沢には〈マスター〉がひとり、いるのだ。〈マスター〉、あるいは〈グル〉、あるいは〈先生〉と呼ばれる男。名前は山崎《やまざき》秀樹という。俺と山崎の付き合いはわざわざ種谷に言われるまでもなく、相当以前に自然消滅している。山崎とその仲間たちの、いつまでも青春の青い尻を懐かしむような、妙に脱力した表情が嫌いで、ここ三年ほどは会っていない。

だが、わざわざ「地かずくな」などと言われたら、ちょっと顔など見に行ってみたくなる。……それが狙いか。で、俺をパクる？……なんのために？……それとも、山崎に警報を送ってやれ、という謎か。目を付けられているぞ、と。……だが、なんのために？

＊

山崎は、十年ほど前まで円山《まるやま》で繁盛していた〈ロシナンテ〉という「カフェ・レストラン」のマスターだった男だ。オーナーでもあった。で、俺とか高田は、〈ロシナンテ〉によく顔を出していた。コーヒーやキッシュがうまかったせいもあるが、それは本当は「表向き」の理由で、実はこの「カフェ・レストラン」は、俺たちの葉っぱビジネスのセンターだったのだ。葉っぱとは、もちろん、紅葉や銀杏の葉っぱではなくて、グラス、つまり乾燥大麻のことだ。

俺たちは、朝里《あさり》の山奥に秘密の大麻畑を作って、そこで農作業に精を出し、質のいいジョイントを作って、大儲けしていたことがある。一時は、「円山ダイナマイト」というブランド名ができたほどで、なかなかいい商売だった。

そのうちに、なんとなく金儲けにも飽き、葉っぱにも飽きてきた。少なくとも、俺や高田は、「なぜあの頃は、あんなに夢中になってたかな。葉っぱ如きに」というような、傲岸不遜《ごうがんふそん》な気分になってきて（それはやっぱ、大麻様に失礼だよな、とは思ってたけど）、なんとなく、自然に手を引いた。ほかの仲間たちも、だんだん遠ざかって行ったようだ。それはちょうど、学生時代のバンド仲間が、誰それの卒業、あいつやこいつの就職、なんてので、自然に消滅するのに似ていた。

いやぁ、俺らも年取ったなぁ。

今になって、あの葉っぱビジネスのことを思い出すと、なんとなく、俺らはあの頃、「青春」てのの中にいたらしいな、とぼんやりとした、ブザマな感傷みたいなものが漂うような気分になるので、カッコ悪い。

いやぁ、俺らも年取ったなぁ。

ま、それはさて置き、そんな感じで俺や高田が離れた後も、もちろん〈ロシナンテ〉という店は円山にあり続け、山崎は葉っぱ商売を続けていた。店に集まる客たちも、だいぶ顔ぶれが変わり、学生や、それから不思議なことにきちんとネクタイを締めたサラリーマンが増えて来たらしい。その頃の特徴は、いい年をした一見スクエアな大人が、わりとマジな表情で葉っぱに手を出すようになった、ということで、気持ちはわかるが、あまり感心しない(俺らが言うのもヘンだが)状況だ、と思っているうちに、〈ロシナンテ〉がなくなった。

山崎は、〈ロシナンテ〉の土地建物を不動産屋に売って、南の沢の山奥にログハウスの民宿を造り、そこで〈B&B〉の宿を始めたのだった。一泊朝食付きで五千円、朝食は裏の畑で作った有機野菜のサラダが売り物。人里離れていて静かだし、建物がロマンチックなログハウスだし、朝食はうまいしで、相当流行っている。

だが、それらはみんな、またもや「表向き」の話であって、実際の売り物は、昼間から夜更けにかけて延々と続く、葉っぱによる脱力パーティなのだった。山崎は朝里のほかに、畑をあちこちの山の中に増やし、若い仲間も増やし、質のいい葉っぱをどんどん作っている。そして、客たちにそれを提供する。客たちも、それが目当てで、やって来る。

葉っぱの脱力具合、というか脱力気分は、やった者でなければわからないかもしれないが、非常に心地良いものだ。だが、後になって思い出すと、どことなく汚い感じがするのも事実で、それは、たとえば風呂やシャワーなど、体を洗うことを一切やめた人間みたいなものだ。気楽でノンキでハッピーなのだが、その分、だらしなくなり、汚れは溜まる。葉っぱの効果というのはそんな感じがするもので、それがいやで俺や高田は遠ざかったわけだが、もちろん、「それがたまらなく、いい」という連中もたくさんいる。そして、最近の特徴は、そういう連中の多くが、まともなサラリーマン、しかも管理職や中堅社員である、というところで、面白半分、興味本位でいたずらをする高校生とは違い、大人たちは本気で、必要不可欠な「癒し」として山崎のところにやって来る。そういう話を聞くと、「日本は深刻に病んでいるんだなぁ」などと思いはするが、ま、それほど大層なことじゃないだろう。

とにかく、そんなようなわけで山崎の宿は大繁盛し、そして山崎は今では〈マスター〉だの〈グル〉だの〈先生〉だのと呼ばれ、まるでラエリアン・ムーヴメントのラエルのモノマネをする芸人みたいな感じで、純白の、カフタンみたいなゆったりした絹の服を着て、薄いヒゲを生やし、客たちに「宇宙に満ちる友愛」だの「人の存在の中心に位置する癒し」だのの話をする一方、客たちの人生相談に乗って、それで優雅に暮らしているらしい。

誰がそんなところに行くか。

近付くのもイヤだよ。

……だが、興味はある。というか、興味津々で、ちょっと落ち着かない。

なにが進行しているのだ？

山崎のケータイに電話してみよう。

だが、俺は郵便物やメモなどの始末が悪い。山崎の宿のオープン告知のハガキを見つけるまでに、十五分もかかってしまった。で、やっと見つけて、ジーンズとTシャツを身に着けて、部屋から出た。エレベーターで一階まで降り、二十四時間営業の喫茶店〈モンデ〉の入り口脇にある灰色の電話に、山崎のケータイの番号を打ち込んだ。

出ない。八回鳴った後で、留守録ナレーションに切り換わった。

「おう。山崎」

俺がそう言った時、カチャリとなにかの音がして、男の声が言った。

「はい？」

「山崎か？」

「そうだ。そっちは？」

「東海林さだおだ」

「ショージ？　ショージか？　今、どこだ？」

「西荻窪《にしおぎくぼ》だ」

「西荻窪？」

「すぐに来い。待ってるぞ。例のもん、忘れんなよ」

受話器を置いた。

あたりの雰囲気、物音。いささか緊張していた、男の声。東海林さだお猊下《げいか》を知らない男。日本語を操るくせに。マトモな人間ではない。たとえば、せいぜい刑事なんてのが似合いの感じだ。

どうやら、山崎の宿には、家宅捜索が入ったらしい。

……種谷の狙いは、なんだろう。

＊

山崎が作ったような葉っぱ宿、あるいは葉っぱポイント（オアシス、と呼ぶ連中もいる）にはいくつかの不文律がある。「良い子の約束」というやつだ。

まず、素性のはっきりした知り合いの紹介しか受け入れない、という決まり。そして、葉っぱを絶対に外に持ち出さない、という決まりもある。この二つを厳密に守っていれば、まず摘発される心配はない。特に、山崎のように南の沢の、周りに誰もいない山奥に宿を作った場合は、ほとんどなんの心配もない、と言っても過言ではない。

だがまた、ふたつの決まりを厳守する、というのは、これでなかなか難しい。葉っぱを好む人間は、基本的にはハッピーな連中なので、主催者もついついハッピーになっちまうのだ。

で、ちゃんとした紹介者のない人間でも、自分の目を過信してしまい（俺の目を見ろ、なんにも言うな）、「こいつは信頼できる、いいやつだ」などと油断して、「人間としてわかり合える、僕らはハッピーなんだもん」てな感じで、警察のスパイを受け入れてしまうこともある。

また、客の方でも、決まりは決まりであり、絶対厳守すべき、とわかってはいるけれども、一度だけ、自分の部屋で、ひとりでのんびり喫ってみたい、なんてことを思っちゃうのは、まぁ、自然なことではある。だが、そこで踏み止まって我慢するのが、危険な作業に携わる大人の嗜《たしな》みであるわけだが、なにしろハッピーになっちゃってるもんだから、ついつい、「ま、いいじゃん、いいじゃん」の方にダラダラと転がって行っちゃって、なぁなぁのグズグズで持ち出しちゃったり、中にはこそこそ隠れるのではなく、真っ正直に「マスター、一本だけ、家で喫ってもいい？」なんて甘えちゃうのもいるし、マスターもマスターで、輪をかけてハッピーだから、「しゃーねーなー。じゃ、一回だけだぞ」なんてことになっちまって、結局どこかでバレちまって、摘発されちゃいました、エヘヘ、という例は、全国各地で毎年跡を絶たない。

オアシスの関係者は、みんな、こういうことはわかっているんだが、なにしろハッピーだから、その場になると「ま、しゃーねーなー。一回くらい、ま、いっか」となって、それで自滅して行くわけだ。

今回の山崎のケースも、おそらくそんなことだろう。どうしょうもねぇなぁ。

そんなことを考えながら、部屋に戻った。

それにしても不可解なのは、種谷の意図だ。一体、なにを考えているのか。

ま、放っておけば、なにかアプローチしてくるだろう。俺の方から声をかけるつもりはない。俺は、種谷には貸しがある。種谷のおかげで、俺は少なくとも一度、殺される寸前までヤバい羽目に陥った。そして種谷の命を、俺は少なくとも一度救い、そして種谷の事件解決・犯人逮捕に少なくとも三回は貢献しているのだ。だから、こっちから近寄る筋合いなどひとつもない。用事があるのなら、種谷の方から、辞を低うしてこそこそ近寄って来るべきなのだ。五体投地をしろ、などとまでは言わないが、ま、そんなつもりで来るのが筋だ。

種谷は現役中は周囲の同僚から疫病神のように嫌われた偏屈な刑事だった。俺と知り合ったのは、男子中学生が行方不明になった事件の時で、その時俺は、後一歩で命を落とすところだった。そんなこんなで顔見知りになったが、会う度にたいがい不愉快になる、異様に相手を苛立たせる男だ。で、昇進試験を受けず、巡査部長、平刑事で定年退職した。

で、今はしなびた偏屈な無職老人になった種谷は、相変わらず変わり者で、あまり友人はいないらしい。天下りもせず、年金生活に突入したらしいが、地域にも同僚にも親しい相手はいないので、家の茶の間に黙って座っているんだろう。どんな家のどんな茶の間か知らないが、とにかく、そういう映像を思い浮かべると、非常にリアリティがある。

ただ、後輩の中には妙に種谷を慕い、定期的に〝種谷先輩を囲む会〟なんてのを催す連中が少なくないらしいので、その点は不思議だ。警察という、ゴマスリ、群れ形成、右へ倣《なら》え、みんなで一斉に良心に蓋をして裏金作り、多数派工作が日常業務、である組織の中で、「種谷先輩を囲」んだりしても、なんの御利益もない、下手すると周囲から孤立する、幹部たちから疎《うと》まれる、そんな危険すらあるのに、律儀に種谷のところに話をしに来る若い者がいる、というのは、驚きだ。種谷は、そんな若い連中の相手をしたり、ほかには町内会のなにかの役割を、仏頂面で果たして、ま、「悠々自適」で暮らしているらしい。

……でも、なんで俺はこんなことを知っているんだろう。種谷と酒を飲んだりしたことはほとんどないのに。……ま、ススキノで時折耳に入る「風の便り」ってやつか。そうだ、そう気が付くと、俺は種谷のプライバシーについては、ほとんどなにも知らないのだった。奥さんがお喋りなので、その相手をするのが面倒だから、昭和の終わり頃に会話をやめる、と決めて、以来今まで一度も口を利いたことがない、と言っていたことがある。俺が知っているのは、それだけだ。その他には、家族の話は一度も聞いたことがない。子供がいるのか、孫がいるのかどうかも知らない。

とにかく、そんな種谷が、なんらかの意図を持って、俺に山崎の葉っぱ宿のことを知らせた、という事実だけは間違いない。このことは忘れないようにしよう。

……ちょっと待てよ。本当にこのメールは種谷からなのか？　そうあっさりと信用していいのかな？

ま、そのあたりは、ちょっと保留にしておこう。

今はとりあえず、捕まっちゃった山崎の思い出を噛みしめつつ、マンハッタンをチェイサーに、カリラでも飲むさ。山崎は、マンハッタンが好きだったんだ。……いや、別に山崎は死んだわけじゃないし。そこまでしみじみすることもないだろう。

3

だが、実際には事態は、思ったよりも深刻だった。高田によると、山崎は今年の正月に大麻で挙げられて、懲役一年六月《げつ》、執行猶予三年の判決を喰らっていたらしい。言われてみると、そんなこともあったような気がする。執行猶予付き判決だったので、俺はあっさりと忘れちまったらしい。

で、となると、執行猶予中の再犯であり、つまり山崎は、今回の摘発で、確実に刑務所に入る、ということだ。

「それはちょっと痛いな」

「目をつけられてたんだろうな」

高田は憂鬱そうな表情でそう言って、ウーロン茶を一口飲んだ。

「バカだな、あいつ」

そう言って、タコ焼きを一個、口の中に押し込む。時間は午後六時。すでにあたりはすっかり夜だ。

俺たちは、なんとなく映画を観て（札幌駅北口の奇特な名画座が『テキーラ・サンライズ』を上映したのだ）、そのままブラブラとススキノに向かい、狸小路一丁目ちかくの、昔からある小さなタコ焼き屋に入ったのだ。高田は「これから仕事だから」とまともなことを言って、ウーロン茶を飲んだ。マトモなことを言う高田は、マトモとは思えない。俺はもちろん、サッポロの生を頼んだ。この店にはスピリッツはない。

「でも、まだ全然新聞やテレビでは報道されてないだろ。これはちょっと、変だよな」

「これはこれは。メディア業界の人間とも思えない、ぬるい御言葉」

「……俺はメディア業界の人間じゃないよ」

「え？　FM局のオーナーで、DJでプロデューサーで、ディレ……」

高田ははっとした顔で、力強く頷いた。

「そうだそうだ。つい、コロッと忘れてた。そうだ。俺は業界の人間なのだ。で？　ぬるいってのは？」

「もちろん、警察は、計算して、このネタを公開していないのさ」

「なんで？」

「オアシスがパクられたことを知らない客が、電話してくるだろ。メールも、ファックスもあるだろう。たいがいは、ケータイか自宅の固定電話から。それで、芋蔓式に挙げる、というわけだ」

「そんな貧弱な証拠でか」

「別に逮捕して起訴しなくてもいいんだ。とても公判維持など期待できそうにない、クズネタでも、参考情報として、蓄積するわけだ。それに、あんたは山崎の葉っぱの客だな、お上はお見通しだぞ、と脅して、情報提供者だの捜査協力者だのに仕立て上げることも可能だ。実際の捜査に活用してもいいし、最低でも、裏金作りの名義人として利用できる」

「……」

「ま、来週か、遅くても再来週くらいまでには、公表はするだろうけどな。もう充分にしゃぶったな、と判断すれば」

「……なるほど。で、種谷の意図はなんなんだろうな」

「さぁな。あんな偏屈オヤジのことを気にしても始まらないさ。どんなことでも、〝無きが如くに〟扱えば、それでたいがいは消えるもんだ。で、消えなかったら、真に大切な、相手にすべき事柄だ、ということがわかる。それまでは、無視してりゃいいんだ」

「誰の言葉だ？」

「……それがなぁ……それがわからないんだ。読んで、いい言葉だな、と思ったんだけど、忘れちまった。ま、とりあえず、俺のオリジナル、ってことで、どうだ？」

「別にいいけど」

俺たちはタコ焼きを平らげて、金を払って出た。高田は自分の店に行き、俺は〈ケラー〉に行って、いつも通り、飲んだ。

そして、山崎が確実に牢屋に入ることを思い出して、やっぱしみじみした気分になり、マンハッタンとカリラを頼んだ。そして結局、それぞれ五杯ずつ飲んでしまい、世界が二つにぶれ始めたので、さすがにこれは飲み過ぎた、と気付いて、立ち上がった。よろめいた。驚いた。岡本さんが、心配そうな顔で見ている。

「大丈夫ですか？」

「なにが」

「なにか、だいぶ酔っているみたいだから」

「まぁな。飲んだから、当然だ。飲んでも酔わなくなっちまったら、オシマイだ。カレーが辛くなくなったら、タダのウンチだぞ」

「なに言ってんすか」

俺は岡本さんに敬礼して、金を払った。自分でも、どうやら酔っているな、とはわかっている。山崎のことをそれほど心配しているわけでもない。ただ、時折、おかしなギャグを飛ばして笑ったり、朝里の山奥の畑で、楽しそうに弁当を食べたりビールを飲んだりしていた山崎の姿が、額のあたりに甦るだけだ。

あの頃は、本当に楽しかったな。

そんなことをグズグズとミゾオチのあたりで考えつつ、壁に手をついて、体を支えながら階段を上った。このまま街をふらつけば、なにか騒動を起こしそうな感じがした。それは避けたい。で、素直に寝ぐらに戻って、寝た。

4

翌朝起きてパソコンを起動させ、メールをチェックしたら、また〈taneyan-jin@～〉からのが一通あった。

〈言った党里だったろ　ありがたくおもえ　17時にあすかびる1Fひがしがwといれおとここい〉

なんのつもりだ。俺は即座に返信した。

〈感謝する筋合いもないし、命令される筋合いもない。「通り」は、「とおり」と打つんだ〉

で、一階の〈モンデ〉に降りて、最近メニューに登場した、まずい〈ひつまぶし定食〉をつまみに八重泉《やえせん》を二杯ほど飲んで、部屋に戻ったら、種谷からの返信があった。

〈17時に飛鳥ビル1F東側トイレ男だ　待ってる　よろしk〉

俺は、返信した。

〈わかった〉

＊

十六時半に、後ろを気にしながら飛鳥ビルに着いた。で、東側の男子トイレのあたりを注意深く眺めたが、監視されている気配はなかった。だが、相手が警察だとしたら、こういう小細工自体が無駄だ。だが、連中は、呆れるほどに間抜けなミスをすることもあるので、あながち無意味とも言えない。十七時になったが、種谷やその仲間らしい人間は、姿を現さない。きっと、俺の方を見ているのだろう。で、俺が入ったら、尾行の有無を確認してから入って来るんだろう。

それくらいの段取りはわかるが、種谷が何を警戒しているのかはわからない。だが、今更気にしても始まらない。

俺はトイレに入った。

普通の量の排尿をして、右手をチョイチョイと洗っているところに、種谷が入って来た。思ったよりも、老けてはいなかった。ひねくれたへそ曲がりは、たいがいいつもしかめっ面をしているから、実際の年齢よりもたいがい老けて見え、その結果、本当にジジイになった時には、「思ったよりも老けていない」という印象になるのかもしれない。相変わらずの、ひねくれた仏頂面だ。

「よう」

「一時間後に〈福鳥〉に行け」

「あそこのか?」

俺は思わずトイレの中で、〈福鳥〉の方向を指差した。飛鳥ビルのすぐ近くの焼鳥の老舗《しにせ》だ。老舗らしく、汚れて、ボロボロで、年寄りの客が多く、早い時間から満員になる。

「そうだ」

「六時じゃ、遅いんじゃないか？　満員だったらどうする？」

「ふたり分くらい、なんとかなる」

どうかなぁ、と思ったが、種谷は正しかった。

＊

粗末な店内の、材木を組み合わせて、さっき作りました、という感じのカウンターの端に、なんとかふたり分の席があった。俺はその片一方に座って、コートを脱いで横の席の上に置いた。十五分後、種谷がのっそりと姿を現し、平然と俺のコートの上に座ろうとしたので、俺は慌ててコートを自分の膝の上に移した。

「尾行されてるのか？」

俺の質問を無視して、種谷は俺の前にあった豚タン串焼き（塩味）をあんぐりと食べた。そして言った。

「相変わらずだな。なんて格好だ」

「なにが」

「まるで、金のない頭の悪いヤクザだ」

俺は、ペンシルストライプのミッドナイト・ブルーのスーツを着ている。ダブル、ロングターン、サイドベンツ、で、ダーク・グリーンのシャツにラメが細かく光る黒いネクタイ。

で、今夜はトレンチ・コートではなくて、非常に丈を長く作ったチェスターフィールドを着て来た。今、ちょいとこれが気に入っている。

「ヤクザってのだけは外れだ」

「金がないのか。頭が悪いのか」

「金がない、頭が悪い、とバカにされて怒らないのは、金が余ってて、とびきり頭が良い証拠だ」

「下らない」

あたりには、古い客であるオヤジや老人たちがぎっしりで、ひとりひとりが話している内容など、ほかの誰にもわからないような状況だった。テレビでは、来年の大河ドラマの番組宣伝をしていた。この頃、視聴率が相当悪いらしい。そのせいか、出演者であるタレントの中に、創価学会の会員が何人もいた。こんなことで視聴率が上がるのだろうか。姑息《こそく》な感じがするんだが。

「ま、どうだ。役に立ったか」

「なにが」

「南の沢摘発情報。あれをお前、あんたに漏らすのは、相当ヤバかったんだぞ。少しは感謝しろ」

「冗談言うな。別にあんたが探り出したわけでもないし、俺に好意で教えてくれたわけでもないだろ」

「寂しいことを言うな」

「あの後、すぐに山崎のケータイに電話してみたよ」

「なにっ！」

ギョッとした顔で、俺を睨《にら》む。

「安心しろ。公衆電話からだ」

「……で、それがどうした？」

「日本人男性なのに、東海林さだおを知らない男が出た」

「ということは？」

「つまり、教養のない刑事だろう、ということだ。すでにガサ入れの最中だったんだろ」

「そんなことは、俺は知らん」

「期限切れのカスネタを教えて、それで恩を売ろうったって、そんな虫のいい……」

「そういうつもりじゃなかった。結果として、そういうことになっちまったかもしれないが、俺はそれを意図したわけじゃない。ただもう、純粋に、あんたが無実の罪を着せられちゃ困る、可哀相だ、と……」

俺は大声で笑ってやった。種谷もすぐに笑い出した。

「いやまぁ、……痛くない腹を探られるのもいやだろうし……」

「まぁ、おとぎ話はそれくらいにして、なんなんだ、目的は」

「もっとスゴイおとぎ話だ」

「ん？」

「信じられないようなおとぎ話だぞ」

「なに？」

「つまりな、……たまに、あんたの顔が見たくなったんだ。一緒に飲みたくなったんで、誘おう、と思ったんだが、照れ臭くてな。なにか口実がないかな、と思ってな。それで、ひとつ、この……」

「……」

「と言ったら、信じるか？」

「いや」

「……根性が悪いな。嫌われるぞ」

実際、その時は、ただの飲み屋話を交わしただけで、具体的な用件はなにも出なかった。これはおかしい。俺は最高レベルで警戒することにした。

一時間ほどしてから、種谷は立ち上がった。

「じゃ、俺はもう行く。酔った」

「じゃ、俺も……」

「別々にだ」

なるほど。

「わかった」

に高くない。

千円札を二枚、置いて立ち上がった。まぁ、これは順当な金額だろう。この店は、そんな

「じゃ、これで」

「で」

面倒臭そうな口調で言うと、縦二つ折りにしたA5サイズの封筒を、背広の内側から出して、「見てみてくれ」と言って、「じゃ」と敬礼をして、よろめきながら出て行った。

なんだ？　と思ったが、とにかく、目を通してやろう、とは思った。その程度には、ま、俺と種谷は友好的な間柄だ。で、ちょっと秘密保持に気を使っているようだったから、どこかの店で開いたりはしない方がいいな、と判断した。〈ケラー〉もまずいだろう。〈ケラー〉でいいんなら、そこで待ち合わせるはずだから。で、俺は自分の寝ぐらに一旦戻ることにした。俺の部屋は、ススキノの外れに建つビルの七階にあるので、こういう時は便利だ。

＊

コートをきちんとハンガーに掛けて（このあたり、ちょいと貧乏臭いので気が引けるが、オーダーして作ったチェスターフィールドは、思ったよりもずっと高かったのだ。……俺も財布の底が浅い）、ベッドに腰掛けて、種谷の封筒の中身を見てみた。

新聞記事、そして地元の雑誌の記事のコピーだ。記事はみな、一昨年の春、あいの里《さと》に住む女子高生が行方不明になった、通称〈あいの里女子高生失踪事件〉のものだった。

メディアの報道によれば、公立高校に通う、……ええと、名前は……そうだ、ここに書いてある。邑隅《むらずみ》エリカだ。覚えている、珍しい名字だったので、頭に残っている。……そうか。あれからまだ二年と少ししか経っていないのか。もう五年以上経過したような感じがするが。……とにかく、この娘が、一昨年の春以来、行方不明なのだ。

俺は、記事を読みながら、自分の記憶を整理した。

彼女は、JR学園都市線あいの里教育大駅からバスで行く、北区北沼という住宅街にある花屋でアルバイトをしていた。学校にもちゃんと届けを出している、まともなアルバイトだ。高校のレベルは、普通。東大合格者は皆無、北大には毎年一ケタ、ではあるけれども、卒業生の多くは、専門学校や、あちこちの私大や教育大学などに進学する。格別荒れた高校でもなく、ごく普通の中堅クラスの学校なんだそうだ。で、邑隅エリカは、将来の夢は花屋、というごく普通の、可愛らしい顔をした女子生徒で、「フローリスト」養成の専門学校への進学を望んでいた。で、学業のかたわら、花屋でアルバイトをしていた。勤務状況は真面目で、非常に評判がよかった。と、新聞記事には書いてある。俺も、テレビのニュースなどで、近所の主婦や同級生たちが口々に邑隅エリカを褒めるのを見た記憶はある。

で、当日、彼女は駅の改札口を出たところで、中学時代の同級生と出会った。元同級生とは、そんなに親しい間柄でもなく、お互いに、今どうしているのかも知らないほどだった。で、立ち話ながら、二言三言、近況を語り合い、そして「これからアルバイトに行くんだ」、とエリカは言った。元同級生にとっては、これは初耳だったので、なにやってんの、と尋ねたら、北沼の花屋で働いているんだ、と答えた。バスが一時間に一本しかなくて、それに遅れると大変だ、と言って、慌ただしくバイバイ、と手を振って別れた。同級生は「頑張ろうね」と声をかけ、エリカは、「お互いにね！」と応じた。そしてバスに乗り込み、再びふたりは手を振り合った。バスには、ほかに客は乗っていなかった。

立ち話をしているふたりの姿を見て、覚えている人も数人いる。駅員、キオスクの販売員、高校生の娘を迎えに来た主婦。彼らの証言は、おおむね一致している。そして、バスの運転手の証言によれば、邑隅エリカは、駅から六つ目の〈北沼七丁目〉の停留所で降りた。その向かい側、道を渡ったすぐのところに、アルバイト先の花屋がある。その他には、北沼七丁目には、民家しかない。エリカはカードリーダーにカードを通して、「ありがとうございました」と運転手に言って、身軽く降りた。彼女が花屋に入ったかどうかは、運転手は見ていなかった。ほかに客はいなかった。目撃者は誰もいない。

そして、娘は消えてしまった。

花屋の店主は、邑隅エリカは来ていない、とテレビで話した。「連絡なしに休む、ということは一度もないお嬢さんだったので、不思議だな、とは思いました」

そうだ。覚えている。彼の顔もテレビで見た。どよん、とした、口許に締まりのない顔だった。手入れをせずに伸ばしてある長髪が、だらしない感じだった。インタビュアーの質問を聞く時も、口はポカンと開けて、舌の先が見えていた。その舌の先は、ウニョウニョと動いていた。不気味な男だった。

なにかが頭に引っかかった。なんだろう、と思って、しばらく考えた。記憶の中を手探りしたが、いくら考えても出てこない。こうなったら、もう難しい。考えるのをやめて放っておくしかない。運がよければ、忘れた頃に、突如、ボロン、と頭の中にこぼれ落ちてくる……あるいは、浮かび上がって来ることがある。それを待つしかない。

で、この店主は、エリカが来ないことについて、「不思議だな」と思ったにもかかわらず、彼女の家に連絡などはしなかった。翌日もエリカは来なかったが、彼女の両親から届け出を受けた警察が問い合わせるまで、丸二日の間、なんのアクションも起こさなかった。

当初から、花屋の店主は疑われていた。たいがいの人間が、店主が逮捕されて、それで決着がつく、と思っていた。だが、花屋の店主は潔白を訴え、あいの里教育大駅の前でハンドマイクで演説をしたり、「私は潔白だ」「邑隅エリカを捜してください」というチラシを作って配ったりしていた。

そのあたりから、マスコミはこの事件のことを忘れ始めた。記事コピーも、今年の正月の北海道日報の正月特集、「道内の主な未解決事件」のものが最後だった。

……だから、なんだってんだよ。

俺は、翌日にでも、また種谷からアプローチがあるもの、と思っていた。それを期待して(……期待じゃないが。気にして、ということだ)、毎日こまめにメールをチェックしたりもした。だが、しばらくの間、俺は放っておかれた。なんだってんだよ、と俺はイライラしたが、ふと気付いた。これが、あのいやらしい偏屈オヤジのやり方なのだった。俺はそれにまんまと乗せられて、イライラし、種谷からの連絡を待つようになっちまっていた。

だから、俺は敢えて種谷を無視して、自分の稼業に励んだ。

俺の稼業は多岐に渡る。テレビのススキノ取材の手伝いのほかにも、いろんな仕事があるが、たとえば当年取って二十七になる御夫人を、その夫の依頼で尾行する、というような仕事はそこそこ儲かる。

浮気調査ではない。単純な覗き見などは、俺は引き受けない。

依頼人である夫は、今年五十二歳、氏名、永見耕吉。最近売り出し中の不動産屋〈KDグループ〉の陰のオーナーだ。なぜ「陰の」存在でいるか、というと、馬に食わせるほどに前科前歴を持っているからだ。

で、俺は永見とは、深くはないが長い付き合いだ。二十年ほど前、松尾という、北海道日報の、当時遊軍記者だった男が、愚連隊や暴走族を「卒業」して、カタギに暮らしている男たちの連載記事を書く、というんで、その取材に協力したことがある。

松尾や、当時のデスクはこう考えた。暴走族や愚連隊の連中には、根強い三流意識があり（「どうせ俺らなんて、なにをやっても無駄だ」）、それがああいう若い連中を自暴自棄にさせている。そんな連中に、「卒業」後、立派に更生して、頑張っている大人の姿を見せてやるのも無意味じゃない。

いかにも、青春が終わり、オヤジへの道のスタートに立った、大卒新聞記者の考えそうな企画だが、まぁ、そこそこ面白い連載にはなっていた、とは思う。ただ、松尾やデスクが忘れていたのは、そういう根強い三流意識を持っているチンピラどもは、新聞など読まないし、万が一、読みたいと思ったとしても、漢字が多くて読めない、という点だったのだが、ま、それは今になって言ってもしょうがない。

とにかく、俺は松尾に協力した。何人かの元チンピラの中で、そこそこマトモに立ち直って、なおかつ世俗的に成功している、そんな連中を紹介してやった。というか、インタビューのセッティングをしてやった。

その代わり、松尾は俺に、当時の知事の不明朗会計の実態や、北海道大博覧会の予算に群がったハイエナどもの実態などを教えてくれたのだったが、これはまた別の話だ。

で、その当時永見は、実際にはまだ完全に暴走族を「卒業」したわけではなかったが、幾つかの、塀の中で償うべき「オツトメ」は全部精算した状態で、野ざらし中古車屋をなんとか切り盛りしていた。俺よりもちょっと年上で、年代的にも近いので話しやすかった。また、桐原組組長という、共通の知人もあって、まんざら知らない仲ではなかった。そんなわけで、松尾に紹介し、それがきっかけになって、以来二年に一度くらい、どちらからともなく連絡を取って、一晩飲んだりする、という仲なのだ。

で結局、永見は暴走族だの筋モンだのからは完全に「卒業」することができずに、そういうものを引きずりながらも不動産業界に進出し、時の流れで、現在、不況のススキノで派手に事業を展開する、ややスネに傷持つ不動産屋〈ＫＤグループ〉の陰のオーナーになったわけだ。

ススキノには、非常にレベルの低いビル、つまり造りがお粗末で使い勝手の悪いビルが、空き家になっていくつも放置されている。これは要するに、今は破綻して消滅した北一銀行が、その末期に、ただ帳簿面《づら》を合わすためだけに、そして、融資実績を上げるためだけに、シロウトを騙し（押し貸しして）、あるいは妖精物語みたいな甘い資金計画に目をつぶり、バンバンそこらに建てたビル群だ。こんなクズビルが、ススキノにはゴロゴロしている、というか無意味に空虚にニョキニョキしているわけだが、それらクズビルを片っ端から二束三文で手に入れて、いかがわしい資金を投入して化粧直しをして、新しいテナントを引っ張り込む、というのが〈KDグループ〉のシノギだ。端《はた》で見ていると、とんでもなくややこしい、俺なら頭を抱えて叫び出すに違いない、と思われる煩雑さと複雑さに満ちた作業だが、これが永見のような人間には堪《こた》えられない「仕事の面白味」であるらしく、嬉々として仕事に打ち込んでいる。

知人が嬉々として仕事に打ち込んでいる姿を見るのは、嬉しいものだ。俺も嬉しかった。だが、永見の奥さんは、嬉しくなかったらしい。もっと私と遊んで、というわけだ。相手にしてくれない、とイライラしているらしい。

で、イライラが高じると、それはおおむね一カ月に一度くらいの頻度なのだが、豪華にオシャレして、出かける。

因みに、永見妻は、三度目の妻で、二十七歳の、ま、見た目はスマートな美人だ。

さて。この派手な化粧をした、スマートな美人が、イライラが高じて出かけると、なにをするか。

万引きなんだな、これが。

今まで、永見は三度、デパートに呼ばれた。最初は驚愕して貰い下げに行ったが、その時に、あっさりと、「これは治らないな」と思ったそうだ。治すためには、もっと妻との関わりを増やせばいい、ともわかったそうだ。だが、現状永見は、スマートな美人で、大声で笑い、本を読まず映画を見ず、ビデオも最後まで見るだけの落ち着きがなく、料理はできない旅行は嫌いなにを食べても「なにこれ」としか言わない、どこに行ってもなにも覚えない(あの女は、パリはフランスの首都で、ロンドンはイギリスの首都だ、ということすら覚える気はないんだ：永見　談)、そんな妻に、時間を割く気などさらさらない。

「そんな女を相手にするよりは、仕事の方がずっと活き活きした気分になれるし、どんぐり(アメリカン・ショートヘア♂三歳)と遊んでいる方が、ずっと楽しい」

というようなわけで、永見妻は、毎日イライラして過ごし、しかし、自分から離婚を持ち出せば慰謝料の金額が減る、と思っているらしく、その話は持ち出さず、しかし不満は募るから、顔を合わせれば不機嫌に喚くのだが、永見は全く相手にならず、そのイライラが高じてくると(「もう馴れちゃってな。この頃は、あ、明日あたり、行くんだな、ってことがわかるんだなぁ、これが」)、オシャレして出かけて、万引きをする。

永見はその度に身柄を受け取りに行ったのだが、「ま、世間体が、とか外聞が悪い、なんてことはオレは全然考えないんだけど」(確かに、永見はそういう男だ。その点は、間違いない）、しかし時間が無駄なので、いろいろと彼も考えた。で、いつもたいがい、暇でゴロゴロしているように見える（それは誤解なんだが）俺を思い出した、というわけだ。しかもなによりもいいことに、この三度目の妻は俺の顔を知らない。それにもちろん、俺はこのネタで永見を強請《ゆす》るようなことはない。というくらいの信頼関係は、お互いにある。

そんなわけで、「明日あたりそろそろ行きそうだ」という連絡を受けると、俺は昼間はたいがい暇を持て余している（ように見える）高田に頼んで、あいつのティアナの助手席に乗せてもらう。で、そのまま宮の森の永見の豪邸の近くまで行き、知り合いのやっているレストランの駐車場で待機する。この店のランチ営業開始は午前十一時であり、永見妻が万引きに出動するのは、だいたい午前十時なので、レストランの邪魔にはならない。

俺は、自分の頭脳の綿密さに、ほとほと感心してしまう。

で、たいがい十時頃に、永見妻の運転するクラウンが、永見の家の小さな方の車庫から発進する。俺は、高田に頼んで、その後を尾けてもらう。

永見妻は、特にひいきのデパートや店を決めたりはしていないようで、その時の気まぐれで万引きターゲットを決めるらしい。だから、こういう手間を掛けなくてはならないのだ。だから、永見妻が俺に、「今日はどこどこデパートで万引きするつもりよ」と教えてくれれば、こっちもわざわざ高田を動員する必要もなくなるのだが、ま、贅沢を言ってはいられない。人間、楽したいとか、疲れたとか、休みたいとか、思ったら、武田鉄也のお袋さんに「そん時ゃ、死ね」と言われるのだ。だから、しゃきしゃき頑張らなければならない。

ま、そんなわけで、時には信号無視したり、時には狸小路に突入しそうになったりしながら進むクラウンを尾行して、デパートの駐車場に到達する。

あとは、時間の勝負だ。

永見妻の尾行を高田に頼み、俺はデパートの事務所を訪れる。警備責任者に会って、状況を説明し、永見妻の写真を見せ、この女が、これから数時間、このデパートの中で万引きしまくるから、もちろん、見逃してくれ、とは言わないが、警察に通報する前に、俺に知らせてくれ、と頼む。それから、万引きした商品の値段は、すぐに定価で支払います、と告げる。そして、高田のケータイの番号をメモしてもらい、なにかあったら連絡してくれ、と頼んで、俺は今日の夜にはまた来て、精算するから、と告げる。

こういうことには馴れているのか、警備責任者は、不思議なほどに話の呑み込みが早く、そして不思議なほど気軽に了承してくれる。こういうケースはほかにもあって、決して珍しい話ではない、というような感じだ。

で、俺はデパートの店内に戻り、そこらにある公衆電話から、高田のケータイに電話して、位置を聞き、女の尾行を交替する。だが、交替しても、高田は特になにも用事はないから、俺と一緒にぶらぶらしながら、尾行に付き合ってくれる。だから、退屈しなくて済むので、これは助かる。

その後、永見妻はたいがい数軒回るから、帰宅するのは暗くなってからで、それから俺は精算して回る。俺が万引きの現場を目撃した商品、俺は気付かなかったが、先方が、これこれのものもなくなっている、と申し出た商品、それらを付け合わせ、先方の言う通り認めて、計算し、金額を現金で支払う。だいたい二百万円くらいが、一ヵ所での定量、という見当だ。これは、あの女の「血」か「虫」の定量、ということなんだろう。で、品物とその金額は、きちんとメモして保存する。将来、もしかしたら発生するかもしれない離婚裁判での、証拠にするつもりらしい。

「財産分与の分を相当減額させることができる、と思うんだ」というのが永見の意見だが、ただ自分でそう思っているだけで、別に弁護士に相談したわけではないらしい。

ま、とにかくそんなわけで、種谷のことを忘れたわけではないが、いや、実際には結構気にはなっていたんだが、それはとりあえず「置いておいて」、忙しく過ごしていた。

5

種谷が〈ケラー〉に現れたのは、NHKが必死になって紅白歌合戦の番組宣伝を連日流すようになった時期の吹雪の夜だった。

その時俺は、岡本さんと、今年も曙《あけぼの》はダメだろう、という話をしていたのだ。すると、なんの前触れもなく、まるでさっきまで一緒に飲んでいて、今トイレから戻った、というような感じで種谷が現れて、「じゃ、行くか」と俺の肩を叩いたのだ。俺は一瞬、逮捕されたのだ、と思い込んで観念しちまった。だが、俺は何も悪いことをしてない。……というか、「悪いこと」になるようなドジは踏んではいない。はずだ。少なくとも。ああ、そういえば、あいの里の女子高生の記事を預かってるんだった。あの一件か？

とにかく、ここでおどおどすると、相手の術中にはまる。そう思ったので、警戒しつつ「なんだよ」と答えたのだが、すでに三歩進んでいた種谷は振り向きもせずに「行くぞ」と言った。

それでとにかく、俺も「行く」気分になって、あとについて店から出た。吹雪は止んでいた。歩道が凍っていた。

「なにか……」

「話を聞かせてやる」

「そりゃ嬉しいな。是非頼む。話なら、なんでもいいのか？　だとしたら、キリスト教が、どうしてローマ帝国の国教になったのか、そこんところが、どうしてもわからないもんで、話してくれ」

答えはあてにしていなかったが、五分ほどの沈黙の後、凍った歩道を慎重な足取りで進みながら、種谷はポツリと呟いた。

「……ゴネたんじゃないのか？」

「え？」

「ゴネて、ひねくれて、なんでもかんでも人のせいにして、死んでやる、と喚く連中が、結局勝つんだ」

　歴史上の真実と思われた。

　つまり、俺も酔っていたのだ。

「なるほど……」

　俺は、種谷の言葉を、じっくりと嚙みしめた。

　つまり、酔っていたのだ。

「で、我々は、どこに向かってるんだろ」

「古い馴染みの居酒屋だ」

「はぁ……退職警官がいっぱい、というわけだ」

「会社の同僚とは、一度も行ったことがない」

「ほう。じゃ、ヤクザもんが集まる店とか？」

「俺だって、仕事を離れて飲みたくなることもあったんだ」

　俺は笑った。あり得ない。

「いろいろと、愚痴を聞いてもらう相手が必要なんだ」

「それは、『仕事を離れて飲む』ってこととは違うさ」

「……そうか？」

「もちろん」

「……そうか……そうだな。じゃぁまぁ、そういうことでもいい。とにかく、会社の関係者はひとりも来ない店だ。ママは、俺が退職するまで、俺の仕事を知らなかった」

「へぇ。……鈍いのかな」

「俺のことを、アマチュア郷土史研究者かなんかだ、と思ってたらしい」

「……なんでまた」

「そりゃお前……仕事の愚痴をこぼすにしても、社名や職場名は出せないからな。固有名詞を出すわけにもいかない」

「そりゃそうだろうな」

「だから、……新撰組とか、箱館戦争のことになぞらえて、あれこれ喋ったんだ」

「……チンプンカンプンだったろうなぁ、聞いてる方は」

「いいんだ、それで。どうせ聞こうとはしないんだから。むしろ、聞かないんだ、というところに、ママの存在価値がある」

「はぁ……なるほど」

「こっちはただ、上司のやり方に対する憤りを、薩摩のやり口の汚さや下品さとして、憤慨して、喋るだけだ。あるいは、のっぴきならない立場に追い込まれた自分の不運を、会津藩になぞらえて愚痴ってみたりな。……会社には、白虎隊もいるし」

「なるほど」

想像したが、相当了解不能な酔っ払いだったろう。俺はしみじみママに同情した。

「そこだ」

種谷が呟いて、先に立って入ったのは、ススキノの外れの木造の会館だった。三階建てで、エレベーターはない。

「ススキノで、現存する建物の中では、一番古い会館だ」

「へぇ……いつ頃の？」

「札幌オリンピック開催が決まった頃だな」

「じゃ、俺が生まれてすぐぐらいだ」

「そういうことだな。……その頃はな、ススキノの街は空が低くてな。ビルなんか、ほとんどなくてな。木造二階建ての売春宿がぎっしり並んでる街だったんだ。今みたいに、昼間も普通に人が歩いている、なんて街じゃなくてな。昼間、このあたりを歩いてる連中は、たいがい前科《まえ》持ちよ。俺らも、ちょっと逮捕成績を上げたいな、なんて殊勝なことを考えた時にゃ、昼間にここらにやって来て、歩いている男を呼び止めて、交番《はこ》に連れてったんだ。まぁ、たいがいは指名手配されてて、それで一丁上がり、だ」

「なるほど」

「……臭くてなぁ……今とはなにもかも違うんだが、とにかくニオイが違った」

「ええと……昔を懐かしんでるの？」

「そういうわけじゃない。なんのかんの言っても、あのススキノよりは、今の方がずっといい」

そうは言うが、その吐き捨てるような口調は、本心とは思えなかった。

階段を上ると、すこし息が切れた。だが、種谷は平然としていた。

「そこだ」

物静かな通路のまん中へん、藍色の暖簾《のれん》が下がっている。〈甲田〉と書いてあった。

「コウダってんだ。ママの名字だ。亭主は、マジシャンだ。もう引退したがな。マイティ堀内の師匠だ」

マイティか。懐かしい名前だ。最近は会ってないが、共通の友人は多い。その「友人」の中には、殺されてしまったオカマもいた。

「うっす！」

種谷が、暖簾を搔き分けて、ガラス戸を開けた。

「冷えるな」

のしのしと入って行くその姿は、とてもアマチュア郷土史家には見えなかった。威張りくさった刑事そのものだった。

「あら、種谷さん！」

ママは六十がらみの、ほっそりした女で、和服をきちんと着て、前掛けをしていた。目が大きく、唇が、常に何かを面白がっている、か、常に不満を持っている、という具合に、ちょっと突き出されている。髪をアップに結って、すんなり伸びたうなじを見せていた。種谷を見て、明るい笑顔になる。目尻に、年齢相応のシワが寄ったが、可愛らしい笑顔だった。少なくとも、種谷は、この人には嫌われていない。

とても珍しいことだ。

「そこに座れ」

俺は言われるままに、カウンターの右端に座った。

「急に電話して、悪かったな」

もちろん、俺に謝ったのではない。ママに言ったのだった。

「全然。ちょうどよかった。誰もいなくてね」

種谷のジャンパーと、俺のコートを受け取りながらママが言った。

「少し、話があるんだ」

「そちらの方と?」

「ああ。こう見えても、こいつ、日本語が通じるんだ」

「当たり前じゃないの」

ママが明るく笑った。

「まるで人間みたいだろ」

「なに言ってんのよ」

ママは笑いながらカウンターの向こうに行った。俺は店の中を見回した。和紙や、藍色の布を使って、非常に居心地のいい雰囲気をつくり出していた。焼酎や日本酒、そしてワインの品揃えが、店の規模と比べると非常に充実しているようだった。小上がりの隅で、ちょいと現代美術風の洒落たフォルムの行灯《あんどん》が、ぼんやり光っていた。ロン・カーターの〝ライト

•ブルー〟が流れている。

「じゃ、話を聞かせてやる」

「それじゃ、ジョン・F・ケネディ暗殺の黒幕は、誰なのか、という……」

「一昨年の春、あいの里で女子高生が行方不明になってるのは知ってるな」

「あの記事のコピーの事件だろ？」

「そうだ。ホシは、花屋の店主に決まってるんだ。それははっきりしてるんだがな！」

それが冤罪《えんざい》の温床だろ、などと平凡なことは言わなかった。少なくとも種谷は、そんなことぐらい、わかっているはずだ。

「で、じゃ、結局、どうなんの？」

「……ヘタすると、このままだと、こぼす」

「……迷宮入り、ということ？」

種谷は、暗い顔で頷いた。

「花屋の店主は、どうなってるんだ？」

「手が出せない。……まぁ、そりゃそうだろう。アルバイトの女子高生が行方不明になった、と。だからって、雇い主を挙げる理由にゃならん。証拠は、本当に、なにもないんだ」

「……」

「花屋の店主が、殺《や》ったに決まってる」

「……そういう意見は多いようだね」

「クソッ」

「家宅捜索とか、やったの？」

「なにを理由に？」

「……だって……」

「なんの証拠もない」

「……」

「死体が出ない。これが大きい」

「……やっぱ、殺されてるか」

「ああ。あるいは、やつの家で未だに監禁されている、とかな」

「……そんなような事件もあったな」

「とにかく、死体が出なけりゃ、どうしようもない。……ホトケさんてのは、証拠の宝庫なんだ。逆に、死体が出なけりゃ、殺人があったこととの立証が、そもそもの最初っから、えらく難しくなる」

「……」

「だから、この頃は消し屋が大繁盛だ。極道どもも仕事が粗くなったからな」

消し屋ってのは、殺人の後、依頼されて死体を完璧に消す連中のことだ。いろんな流派がある。冷徹なプロ、というのも確かにいるらしいが、たいがいは、頭がぶっ壊れたヘンタイどもの不気味なグループだ。

「とにかく、現状、なんの証拠もないんだ。エリカが店の中に入って行くところを見た人間すら、今のところひとりもいない」

「……」

「エリカが、あの店に行った、という証拠は皆無だ。どうだ。あんたが喫茶店のマスターだとして、バイトの子が行方不明になったら、自分の家を家宅捜索されるのは当然だ、と思うか？」

「なんの証拠もないのに、か？」

「そうだ」

「……文句は言うだろうけど、……でも、潔白だったら、受け入れるね」

「だろ？　ってことは、……拒否するってのは、なにかある、と思われて当然だわな」

「まぁな」

「だが、法律の手続き上は、そうはならないんだ」

「そりゃそうだろうけど。……親はどうしてるの？」

「花屋のか？」

「ああ」

「父親は、医者だ。皮膚科の開業医だ。まぁそこそこ稼いでいるが、取り立ててどうってことのない、町医者だ。ま、暮らしにはゆとりがある。アトピーってありがたい言葉があってな。根性の汚い皮膚科の医者は、好きなだけボロ儲けできるんだ」

「なるほど」

「で、母親は専業主婦だが、ま、いろいろと活発だ」

「活発？」

「父親は、高校時代、社会科学研究会ってのに入ってたやつだ。で、そこそこの成績で、北大医学進学課程に合格。流行遅れの学生運動に手を出して、フォークダンス・サークルかなにかで、女房と知り合って、できちゃった結婚だ。まぁ、その頃には〝できちゃった結婚〟なんて言葉はなかったけどな」

「ショットガン・ウェディングってやつか」

「なんだ？　横文字を使うこたぁないさ」

「横文字じゃない。今のは、カタカナで、縦書きだったんだ」

「……とにかく、そんなような、学生活動家くずれの夫婦だからな……」

「ん？」

「ガタガタうるさい。刑訴法に通暁《つうぎょう》してる」

「立派な市民の証拠だ」

「アカの弁護士に親友がいる」

「だからって……」

「検事が、面倒がって家宅捜索にＯＫを出さんのだ」

「検事が？」

「いや、まぁ、判事が、ということだけどな。検事もやる気がない。公判維持のことしか考えてない。家宅捜索《ガサ》ぁ入れて、もしもなにも出なかったら、次はこっちがいい晒し者にされる。マスコミどもが喜んで食い付く、最高のネタになるんだそうだ。裏金事件以来、俺らは……」

「俺ら？……そうだ。なにかおかしい、と思ってたんだ。それだよ。なんであんたがこんなにイライラしてるんだ？　担当案件じゃないんだろ？　だって、退職したんだし」

「わかり切ったことを言うな。人殺しが、平気で歩き回っているって状況を、平気で眺めていられる人間は、デカになんか、ならんのだ。目が見えて、耳が聞こえて、歩けて、ものが考えられる限りは、せめて目の前で人殺しが大威張りで歩き回っているのだけは、見たくないんだ」

「……まぁ、わかるよ」

「当然だ、クソ！」

「……」

「捜本も、ただ看板を掛けてるだけだ。専従もいなくなっちまった。ムカムカする。あんたの言う通りだ。ガサぁ入れんなぁ簡単だ。やりゃあ、絶対、なんか出る、と俺らも思ってる。だが、判事は俺らを信用しない。検事は、我が身大事で、知らんぷりしてる。さっさとホトケを拾ってこい、ってわけだ。ホトケは証拠の宝庫だ、だと。わかり切ったことを偉そうに。……だから、俺らは言ってるんだよ。あの家ん中に、ホトケがあるんだ、って。だから、ガサ入れさせてくれ、と。すると、『もしもなんも出なかったら、どうする』ってところに話は戻る。で、結局、早くホトケを拾ってこい、ってわけだ」

「……とにかく、なんでもいいから、ガサ入れちまえば？」

「今は、そんなことはできない。違法捜査で挙げたブツは、どんなガチンコの物証でも、証拠能力を持たんのだ」

「……」

俺は目の前にあった信楽《しがらき》の茶碗の泡盛を一口飲んだ。それから、ふと気付いた。いつの間にか、俺たちの前には、信楽茶碗に入った泡盛と、うまそうな豚足と、ポテトサラダと卵焼きが並んでいる。いつ持って来たのか、全然気付かなかった。

俺はきっと不思議そうな顔をしたんだろう。種谷が言った。

「おう。これが、ママの得意技でな。話の邪魔にならないように、魔法みたいに並べて行くんだ。達人だ。エノケンみたいな顔してるのにな」

「また！　それイヤだ、って言ってるじゃないの」

エノケンはあんまりだ、と俺も思う。

「ハンサムだ、と俺は言ってるんだ」

「ハンサムってのもいやなんだってば」

「それでな」

突然、いちゃいちゃタイムが終わったらしい。話を続ける。

「こいつが、その花屋の店主なんだがな」

名刺を寄越す。

〈暮らしと心のアクセサリー
花を愛するすべての人に奉仕する
フローリスト　HIGAKI（檜垣生花店）

代表　檜垣　紅比古（Akehiko Higaki）〉

住所は北区北沼。電話番号、ファックス番号、メールアドレス。サイトも運営しているらしい。URLも書いてある。

「がっつり調べたぞ。素っ裸にしてやった」

「どんなやつ？」

「ヘンタイだ。できそこないで、ヘンタイだ」

「誰が調べたの？」

「捜本の連中だよ。当たり前だろ。北署の一課に、昔、俺の下にいたのがいてな。頭はトロいが、真面目一方の奴でな。こいつが、もう、一歩も前に出られなくなって、俺んとこに泣きついてきた」

「よっぽど困ってるんだな」

皮肉のつもりだったが、種谷は意に介さなかった。

「そうなんだ」

真面目な顔で頷く。それから、名刺を人差し指のツメで弾きながら続けた。

「こいつがこちゃこちゃ騒いでたのは知ってるだろ」

「さかんに無実を訴えてたな。どこに住んでるの？」

「その花屋の住所だ。花屋と実家が、繋がってるんだな。でかい家だ」

「……」

「ってーか、このあたりの地面を、少し持ってたんだな。戦後早々に入植した、農家の一族だ。だが、泥炭地でな。農業なんかにゃ全然向かない土地だ。その当時は、そんな事業がゴロゴロしてたんだ。都市部で……東京とか、大阪とか、そのあたりの食い詰めもんを、『新天地を切り拓け！』ってなもんで、北海道に送り込んだわけだ。簡単に言や、北海道に、余った人間を捨てたんだ。農業なんか、とても満足にできない土地を押しつけてな」

「まぁ、よくある話だな」

「そうだ。昔っからありふれた、日本の得意技だ。檜垣一族は、当初それにうかうか乗っちまったわけだが、まずい、と我に返って、少しはものを考えたんだろう。わりと早めに離農して、この紅比古の祖父ってのが、市役所の吏員《りいん》になってた。その息子が、まぁそこそこ秀才で、医者になった。自宅に繋げて、小さな病院を建てて、細々暮らしていたわけだ。そうこうするうちに、あそこら一帯の宅地開発が始まったわけだ。で、土地を売って、大儲けだ。家をでかくして、ちょいと離れた太い道の脇に病院を新しく建てて、そして、家に繋がってた病院跡を全面的に改装して、出来の悪い息子のために花屋を建てた、と。そういう流れだ。

だからあんな、住宅街の真ん中に、ポツンと一軒、建ってるわけだ」

「客はいるの？」

「花屋としては評判はよかったらしい。そこそこ、客はついていた」

「なるほど」

「……で、近所の住人は、ま、半々、だな」

「半々？」

俺が尋ねると、難しい顔を歪めて頷いた。なるほど。

「……つまり、犯人かどうか、と」

「そうだ。花屋としては、結構流行ってたらしい。評判もいい。真面目な男だ、と褒めるのも普通にいた。だが、『不気味な人だ』と言う者も、これまた多い」

「……ま、人間て、普通、そうだよな」

「そうだ。アメリカの連続殺人者で、地域で普通に暮らして、非常に評判のいい人間でした、ってのはいくらでもいる」

「……そうだな」

「檜垣が自殺した、という噂もあってな。可哀相に、と同情する連中もいるくらいだ」

「近所に？」

「いや、さすがに近所にはいないけどな。目の前で生きてるわけだし」

「自殺したわけじゃないんだな？」

「ああ。ぴんぴんしてるさ。……素朴な連中がいてな。変な噂を信じて、道警のホームページに匿名の抗議メールを送りつける、なんてのはいくらでもいる。テレビや新聞の報道姿勢に憤っているやつも珍しくない。……どうやら、自殺情報は、自分で流したらしい」

「檜垣が？」

「そうだ。ネットを使ってな」

「どういうこと？」

「わからん」

「……」

「捜本に、パソコンに詳しいのがいてな。それ専門のやつだ。そいつが、ネット上の檜垣の振る舞いを追跡したんだ。その結果、いろんなことがわかったらしいが、そのひとつに、こいつが……」

突然話をやめて、右手を俺の顔の前で広げた。「待て」というところだろう。「ストップ」、というわけだ。……下手すると、機嫌よく酔っ払った時などには、「ストッピ！」と言ったりする。だが、この時は機嫌が悪かったので、助かった。

そして、ヘナヘナの背広の、左のポケットに手を突っ込んで、手のひらサイズのメモ帳を取り出した。広げて、あちこちページをめくってなにかを探し、読んで、ひとつ頷いて、畳んで、ポケットにしまって、話を続けた。

「こいつが、いろんなハンドル・ネーム？　を使ってな、いろんな、サイト？　に入り込んでいるらしい、そこで、自作自演をしている、ということまではわかったらしい」

「自作自演？　どういうことだ？」

「わから……いや、要するにだ、あんだろよ、ネットん中に。いろんなうわさ話なんかに、あれこれタワ言を喚き合うような壁新聞みたいなのがよ。投書欄、と言うか」

「掲示板とかか？」

「ああ、そんなやつだ。で、そういうところで、〝札幌市北区北沼女子高生失踪事件〟についてのやりとりが始まったりすると、そこに飛び込んで行って、いろいろと複雑な役割をひとりで何役も演じて、だな……ええと……要するに、最終的に、『あの花屋の主人は、可哀相に、自殺した』ってなウソを、うわさ話として流してるらしい。そんな話を真に受ける連中も多いんだそうだ。で、そいつらが、知り合いのだれかれに話をする。で、警察の強引な捜査のせいで、可哀相に、あの店主は死んだ、なんてことが一部じゃ真実としてまかり通っているらしい」

「……でも、なんのために？」

「……好きなんだろ、そういうことが」

そこでまた種谷はポケットからメモ帳を出して読んだ。そして続けた。

「ディスインフォメーションてのが」

「なるほどね。……で、ヘンタイってのは？」

「ああ、それな。……こいつは、出来が悪くてな。父親は医者にしよう、としたらしいんだが、とにかくてんでできない。で、オヤジは金を使うことにして、夕張の歯医者の学校に通わせた。知ってんだろ、道央医療福祉総合大学っての」

知ってる。人口が減って、財政危機に喘ぐ旧産炭地に、札束でビンタを喰らわすような感じで、乗り込んで来た大学だ。歯学部、福祉介護学部、心理学部、あとは……薬学部があったな。あと、スポーツトレーナーとか、鍼灸《しんきゅう》師とか、そんなような学科もあったような気がする。周辺市町村は、いろんな名目で、金をむしり取られている。もちろん、仲介役の政治家はガバガバ儲けている。そして当然のように、道庁や周辺市町村の役人天下りの受け皿になっている。で、歯科医師国家試験の合格率は、毎年日本で最低で、いくら頑張っても卒業させてもらえない学生も多いらしい。あるいは、国家試験を受験しない、という条件で卒業させてもらうのも珍しくない、と聞いている。学生の多くはベンツやBMWを駆ってススキノに来る。そして、女を拾って、酔っ払ってどこかに行く。毎月、何人かの学生が酒酔い運転で検挙され、毎年、数人の学生が、大麻や覚醒剤で検挙される。歯科医師国家試験の問題漏洩で、教授が逮捕されたこともある。そういう大学だ。

「あそこに六年通ったんだが、卒業できずに終わった。で、いま流行のフリーターってのになって、十年くらいぶらぶらしてたらしい。その間に、女子高生に対する強制猥褻……実際には、準強姦、なんだろうな。それで検挙されたが、これは示談が成立して、起訴はされて有罪になったものの、執行猶予が二年ついた。で、その後、女子中学生売春の客になったってことで検挙された。この時は、まさか中学生とは思わなかった、と一貫して主張して、それが通って、起訴猶予になってる。まぁ、確かにそうなんだ。おれも写真を見たけど、中学生にはとても見えなかった。メールのやり取りで知り合ったんだが、そのやり取りを、こいつは全部残していて、その中でもこいつはしつこく年齢確認をしていた。中学生は、〈去年高校を卒業した〉と答えてたんでな。ま、それでこれは不起訴になった。……運がいいやつだ。……だけどな、おれに言わせりゃ、この時に、死刑にしときゃよかったんだ」

「……ロリコンか」

「ってことなんだろうな。高校や大学の同級生にもいろいろと話を聞いたが、とにかくスケベだ、ということで、嫌われてたな。こいつのことをよく言う人間は、ひとりもいなかった。目つきがいやらしい、暗い、しつこい、女にすぐ触る、つきまとう、電話を何度もかける、変な手紙を鞄に入れる、エロ本を学校に持って来て、無理に写真を見せて、嫌がられて喜ぶ、などなど。まぁ、愚行の数々だ。とにかく嫌われてた」

「……なるほど」

「ブルース・ギターってのは、知ってるか？」

「ブルースのギターだろ？」

「そうだ」

真面目な顔で、真面目な返事をする。ムカムカしていて、俺の話を聞いていないのかもしれない。

「スライド・ギターってのか？　相当難しいらしいな」

「まぁ、そういう話だな。俺は全然わかんないけど」

「それを、まぁ、結構弾くらしいんだ」

「へぇ……」

「それがまぁ、唯一の取り柄らしい。で、なにしろ金持ちのボンボンだから、年に一回、誕生日に、ライブをやってたんだな。近所のライブ喫茶で。自分で費用を出して、飲ませて食わせて。ま、落語の『寝床』みたいなもんだ。年に一度の人生の絶頂ってやつだ」

俺は頷いた。

「そういうのは、なかなかやめられるもんじゃない。だけどな、事件以来、そのライブもやめちまった。……というか、そのライブ喫茶には、一切顔を出さなくなった」

「ほう」

「というか、……この家族全体が、もう、地域からすっかり引きこもった、という感じだ。ま、父親は変わりなく、自宅近くの病院で仕事をしているけどな。もう地元の客はあまり行かないらしいが、客の多くは、遠くから車でやって来るアトピーの客なんで、そんなに困っちゃいない」

「客じゃないだろ。患者だろ」

「ま、要するに、カモだ。得体の知れない胡散臭《うさんくさ》いものを売り付けて、薬事法・医師法違反ギリギリで金を掻き集めてるらしい」

「ま、普通の人間は、金が好きだし」

「で、母親は、それまであれこれやってた、……その……なにしろ学生運動くずれだからよ、いろんな〈活動〉が好きなわけだ。……地域活動ってのか、それから一切手を引いた。買物にもほとんど出ない。必要なものは、近所のでっかいスーパーから配達させてる」

「地域活動ってのは？」

「他愛ないもんだ。手芸サークルとか、地域の明日を語り合う会とか、捨てる油で石鹸を作るとか。朗読読み聞かせとか」

「まぁ、普通じゃないのか？」

「普通だ。ごく普通。だがな、結局、選挙ん時になると、そいつら駅前に並ぶわけだ。で、アカ候補の応援で、公職選挙法違反のポスターをそこらに立てまくる。で、選挙が終わっても、後片付けをしない」

「いいじゃないか。それくらい。日本は自由の国だ。バカでいる自由だってあるさ」

「まあな。それはそれでいい。ただとにかく、そういういろんな地域活動から一切手を引いて、家からほとんど出なくなったんだ」

「花屋は？」

「閉店した。『勝手ながら本日は休業いたします』ってワープロで書いた紙が、よれよれになって変色してるよ」

「……なるほどねぇ……」

「で、どうだ」

「どうだって？……なにが？」

「どう思う？」

「……まぁ、腹立たしいよ。そりゃな。だらしない。家宅捜索をやりゃいいんだよ」

「だよな。……四月になって、異動が完了したら、事情を知らない判事を騙して、令状に判を捺《お》させる、というワザもないわけじゃない」

「そうなの？」

「俺ならそうする。俺だったら、できた」

「じゃ、そう言ってやれよ。昔の部下に」

「あいつらじゃ、無理だ。自分の首をかけて判事を騙す、なんてことを考えただけで、いきなり眠り込んで寝小便垂れるような奴だ」

「……」

「日中から、ボーっとしてるんだ。デブでな。無呼吸症候群だと。ちょっと目を離すと、すぐに寝る。……やってられねぇんだよ！」

本気で怒っている。

「連中、間抜けだから、家宅捜索がダメなら、せめて車を調べさせてくれ、とやりやがった」

「ダメなの？」

「あたりめぇだ！　ホトケさんは、あの家ん中にあるんだよ！　出してねぇんだ！　だから、檜垣は、自信満々で、無実アピールをしたし、いくらでも取調《しゅちょう》に応じるわけだ。取調には、いくらでも協力します、私もエリカのことが、心から心配です、なんでも言ってください、協力しますってな。これすべて、自分が無実である、という証拠です、とよ。自信満々だ。だって、ホトケさんは、家ん中にあるんだよ！　だからあの一家、引っ越しもしねぇであん中に引きこもってんだよ！　で、俺らはガサ入れができねぇんだからな。それをおめぇ、足して二で割る民事裁判みたいな感じで、『じゃ、中をとって、車両捜索ってことで』ってお

めぇ、丸っ切りバカだろう！」

「なるほどな。なんか、出たの？」

「なにも。全く、なにも。当たり前だ。エリカは一度もあの車には乗ってないんだから。いや、そりゃな、俺らも人間だ。多少はドキドキしたさ。万々が一、なにか出るんじゃないか、と思ってな。縦横斜め、裏表、ルミノール反応まで、とにかく全部、調べた。で、なんにもなしだ。……当たり前だ、バカヤロウ！」

「種谷さん、あのう……」

「あ、悪い。わかってる。うん。ママ、わかってる。カウンターを殴るのは、なし、だな」

「ええ。お願いね。……ほかにお客さんはいないけど、でも……」

「いや、わかる。悪いクセなんだ。申し訳ない」

種谷は、まるで保母さんにたしなめられた気弱な幼稚園児のようにペシャンコになった。

俺は、相当驚いた。

「案の定、檜垣の母親が大騒ぎだ。北署に乗り込んで来て、半日喚いていったそうだ。もうあれで、家宅捜索の線は、ブチ切れだ。クッソォ……」

種谷は、右手を握り締め、カウンターを睨み、しかしそれは殴らずに、いきなり俺の左腿を殴った。

「いってぇ！　なにすんだよ、バカ！」

「クッソ〜！」

「……いてぇ……」

「クッソ〜！」

「っとにもう……ま、とにかく、四月の異動を待つしかないんだろ？」

情けないことだね、実際。

「それまでに、また誰かをやったら、どうする？」

「……そんな度胸はないだろ」

不意に種谷は口を噤《つぐ》み、弱々しく頷いた。

「……そうなんだよな。……おそらく、尻尾は出さないだろう。……そんなような奴だ」

「行確《こうかく》はしてるの？」

「おう。おおむね、俺がな」

「ひとりで？」

「おおむねな。……まぁ、そんなにぴったりくっついてるわけじゃないから。……それに、前に俺の下にいて、若いうちにデカやめたのがいてな。これが、暇な時、ちょくちょくようすを見てくれてるんだ。あとま、ほかにも現役の連中で、たまに手を貸してくれる若いのも少しはいる」

「なるほど。で、とにかく、檜垣は、引きこもってるわけだな？」

「……そうだ。父親は、まぁ、普通に自分の病院に行って、仕事をしてるよ。母親は、家から出ない。で、紅比古は、週に一度くらい、たいがいは土曜日、タクシーを呼んで、直接スキノだ。コンピュータで仕事をしてるらしい。少しは稼いでいるようだ。で、気楽に飲み歩いて、……で、たいがいは、キャバクラ、というか……もうちょっとグロな、コスチュームパブとか、女子高生パブ、みたいなところで飲んで、ま、店外デートってので、遊んでる」

「へぇ」

友だちになりたい、という気分が全く湧いてこない相手だ。

「で？」

「それでだ。お前、この檜垣紅比古の親友になれ」

「？」

「ヘンな顔をするな。俺は本気だ」

「……なんで？」

「なにが」

「いや、……なにがって……つまり、いろんなことが、丸っ切りの謎なんだけど」

「実はな、ここんとこ毎週、土曜日に、この紅比古がある店に必ず顔を出すようになったんだ」

「それまでは？」

「別に店は決まってなかった。ま、女子高生キャバクラみたいな店は結構ススキノにはあるからな。特にどこ、と決まっている感じじゃなくて、その夜その夜、ススキノの情報雑誌を参考にしたりしてる感じで、気ままにあちこちで遊んでたわけだ」

「へぇ」

「ところが、ここんとこ三週間連続で、土曜日に、まずある店に入って、そこで一時間ほど飲んで、それからキャバクラに行くようになった」

「どこの店？」

「〈ケラー〉だ」

もしかしたら……

やっぱり。

「……」

「そうなるきっかけは、先月の岡嶋雅道講演会の打ち上げの直会《なおらい》だ」

「ほう……つまり、飲み会か。講師を囲んでの」

「そういうことなんだろ。よく知らんが、岡嶋雅道ってのは、哲学者で、引きこもりだのニートだのに人気があるらしいな」

「そうなのか。知らなかった」

「紅比古も、岡嶋のファンらしくてな。講演会を聞きに行って、で、なにかのツテで〈ケラー〉で打ち上げをやっている、ということを知ったらしい。岡嶋とメールのやり取りをしてるらしいから、直接本人から聞いたのかもしれない。で、〈ケラー〉の出口で、あんたとすれ違ったろ」

思い出した。あれか。あのフケっぽい長髪の、毛皮のコートを着ていた男。そうだ、あの顔だ。テレビで、舌をウニョウニョさせながら、「ボクも心配なんです」とインタビューに答えていた花屋の店主。

「見てたのか」

「おう。〈サンフラワー〉のロビーからな」

「それにしても……」

どうもピンとこない。〈ケラー〉の中に、それほど変わったものがあるとも思えないが。そんなヘンタイが興味を示すような、そんなものが。

「納得行かないだろ」

「ああ」

「俺もだ。だから、直接、当たってみた」

「当たってみた、って？」

「岡本ってのか、あのバーテン」

「バーテンダーだ」

「チンケな野郎だな。ちょっと叩いたら、すぐにゲロしたぞ」

「殴ったのか？」

「そういう意味じゃねぇよ」

「容疑者でもないのに」

種谷は片頬で薄ら寒く笑った。

「これこれこういう客が来たはずだが、どの席に座って、なにやったか、教えろってな。そう尋ねた瞬間に、目がオドオドしたんだ。で、マスターを呼びます、なんてことを抜かしたからな。お前に聞いてるんだ、と言って、立ち上がったら、すぐに話したぞ」

そう言って、ニヤリと笑う。内心、得意になっているらしい。弱い立場の人間をつっ転ばして得意になる、警官根性の発露だ。

「それがどうした？　そんな風に、脅さなくてもいいんだ。ただ、普通に尋ねれば、普通に話すさ」

「最初は静かに優しく尋ねたんだぞ。そしたら、お客様のことは、よそ様にはお話し致し兼ねますとかなんとかシャラ臭いことを抜かすもんでな」

「あんたの人相が悪いからだよ」

岡本も、少しは根性を見せよう、としたんだろう。努力は認める。

「結局喋るんだ。なら、最初っから話したほうが、恐い思いをしないで済むんだ」

「ま、いいよ。で、檜垣は、なにをしてたんだ？」

「写真を見てたんだそうだ。ええと……」

また、メモ帳を出す。読んで、続けた。

「ロバート・キャパって写真家の写真が、額に入れて飾ってあるんだ。あの白いデコボコの壁に架けてあって、それに、緑色の傘のライトの光が当たってる。その隣に座って、じっと眺めてるんだそうだ」

「ああ。あるよ。マラガの難民を撮った写真だ。老婆の写真だ」

「らしいな」

「それが、どうしたんだろう」

「さぁな。とにかく、その写真をじっと眺めながら、マティニを一杯、チビチビと飲む」

「一時間かけてか？」

「ああ」

ぬるくなるだろう。バカが。

「あの調子だと、おそらく檜垣は、また〈ケラー〉に行く。その写真を見に行くはずだ。あるセンセイは、定期的に見に行くようになる可能性もある、と言ってる」

「センセイ？」

「昔のつながりで、ちょっと知ってる、セーシン病院の医者だ」

「何か根拠があるんだろうか」

「なに、そんなもん、あるわきゃない。精神科医の鑑定書なんて、なんの理論もない、マジナイみたいなもんだ。ただ、気分で書いてるだけだ。理論的に見えるとしたら、それは俺らがそこに理論を見たいからなんだ」

「へぇ……」

「ただ、ま、気休めにはなる。プロの勘、てのもそうそうバカにできないしな」

「……で？」

「だから、あんたはこれから毎週土曜日、〈ケラー〉に開店早々に行って、紅比古と並んで酒を飲んで、友だちになるんだよ」

「どうしてそういう話になるんだ？」

「で、なんとかしてあいつの家に入り込んで、……なんとかするんだ。我が社の人間が中に入れるような状況を作れ」

「……ふざけるな」

「おれは真面目だ」

「それがふざけてる証拠だ」

「冗談じゃねぇ。真剣だ」

「なぜ俺が、裏金警察の手先にならなきゃならないんだ」

「正義を実現するんだ」

そう言って、種谷は自分から吹き出した。

「なぁ。正義の味方になれよ」

「正義の味方は、少なくとも警察とは付き合わないさ。北海道じゃな」

「……まぁな。……じゃ……そうだ。おれはあんたの命を救ったことがあるだろ」

　自信満々で言う。

「え？　いつ？」

　とたんに目が泳いだ。

「……違ったか。あれは、別なやつだったか」

「俺が、あんたの命を救ったんだぞ。で、あんたは、俺や一般市民の命を危険にさらしたんだ」

「……あれは……わざとじゃなかったんだ」

「わかってるよ。ま、許してやるよ」

「……」

　言葉が途切れた。それでつい、喋っちまった。これが、俺の弱点だ。

「……友だちになるったって、どうやるんだ。誰かに紹介してもらうのか？」

「そうじゃねぇよ。ホモの見合いじゃないんだから。ただ、あいつが〈ケラー〉に入ったら、俺が知らせるから、あんたも〈ケラー〉に行って、……なにかきっかけをつかめばいいんだ」

「……そううまくは行かないだろう。あの店には知り合いが多いから、話がややこしくなるぞ」

「それは大丈夫だ。岡本っつったっけ？　あのチンケな弱虫と、マスターってのか、主人の大畑。あのふたりには、おれから懇切丁寧に説明してあるから。だから、知らんぷりするはずだ」

「……官憲の横暴ってやつは……」

「ふざけるな。おれは、一民間人だぞ」

「役人根性、警官根性ってのは、死ぬまで治らないらしいな」

「治すつもりもねぇよ。民間人は、おとなしく言うことを聞いてりゃいいんだ」

「……そんなこと言われて、俺がはいはい、と話を呑み込むと思うのか」

「……間違えた。話の流れで、つい、思ってもいないことを口走っちまった。本心じゃないんだ。すまん。頼む。この通りだ」

平然とした顔でふんぞり返っている。

「……」

「じゃ、そういうわけで。よろしく頼む。連絡に関しては心配するな。必要になったら、こっちから繋ぐ」

「はぁ？」

「わかったな？　なにか、質問はあるか？」

「ちょっと待てよ。俺は、やる、なんて言ってないぞ」

「あんたはやるさ。……勘違いすんな。強制してるわけじゃない。ただ、あんたの好意に縋《すが》ってるんだ」

「なら、それらしく、頭のひとつでも下げて見せろよ」

「強制してるわけじゃないからな」

そして種谷は、いろんな段取りや予備知識などを、ほとんど一方的に喚き始めた。耳を貸す気はなかったが、ところどころ疑問を感じたりして、いくつか質問を繰り返し、情報を確認するうちに、なんとなく、種谷の申し出を拒絶したのか受け入れたのか、はっきりしない感じになってきた。そのあたりから、おそらくはわざとだろう、種谷は酔っ払って、俺の話に耳を貸さなくなった。そして、そのまま眠ってしまった。

俺は、種谷の話をきちんと断るチャンスを逃して、自分が受け入れたんだか拒絶したんだかわからないことになってしまった。

＊

次の土曜日は年末の用事がたてこんで時間が作れず、その次の土曜日は元旦で、いくらなんでも元旦はないだろ、とパスして、結局八日の土曜日に、片付かない気分を引きずって、〈ケラー〉に行った。客は誰もいなかった。岡本さんが、ちょっと強張《こわば》った顔で俺を見る。昨夜、やけに気にしていたのだ。「あの元刑事の話を受けるんですか」と。種谷に対して、相当悪い印象を持っているらしい。

「受けたんですか？」

「わからない。自分でも、はっきりしない」

「しっかし、いやな男ですよね。……元刑事ってのの、本当ですか？」

「その点は、間違いないんだ」

「へぇ……サウダージでよろしいですか？」

「ああ、うん。お願いします。……ところで、その檜垣という男、今夜は来るかな」

「さぁ……」

その時、キィと小さな音がして、客が入って来た。

「いらっしゃいませ！」

岡本が元気良く言った。俺は、そっちの方は見なかった。岡本が俺の顔をチラリと見て、微かに頷いた。

6

入って来た客は、カウンターの右端に座っている俺の、左側、ストゥールを二つ挟んで座り、「マティニ」と甲高い声で放り投げるように言った。

俺はそれを一切気にせずに、キャパの写真を眺め続けた。

泣いている、がっしりした女性。そのエプロン。大きな瞳の少女。

静かだ。バッハの無伴奏ヴァイオリン・パルティータ第二番のサラバンドが流れている。

岡本さんがシェイカーを振る音。客が小さく咳払いをする。俺は、缶からピースを一本取り出して、〈ケラー〉のマッチで火を点けた。そして、キャパの写真に戻った。少女の大きな瞳。

岡本さんが、シェイカーの中の酒を、ボール・アイスを入れたオールドファッションド・グラスに注ぎ、レモン・ピールをさっと行なって、「どうぞ」と言った。

「ありがとう」

一口飲んだ。やっぱり、うまい。岡本さんが、マティニを作り始める。俺は、またしげしげとキャパの写真を眺めた。

「それ、キャパの写真ですよ」

左側の男が、甲高い声で言った。

「え?」

俺は、そいつの方を見た。初めて、顔をじっくり見た。フケっぽい、だらしない長髪。たるんだ口をぼんやり開けている。

檜垣紅比古。

(かかった?)

俺の背中に、甘い戦慄が走った。

＊

「ああ、キャパなんですか……」

俺が呟くと、岡本の手つきが一瞬止まった。

（うろたえるな、バカモノ！）

俺の内心の叱責が、岡本の耳に届くはずもないが、彼はすぐに気を取り直して、普通の手つき表情で、酒をステアしている。

その調子だ。

余計なことは考えるな。

あんたも、そろそろ四十路の終わりに差し掛かってるわけだし。いい加減に、落ち着け。

ま、俺だって偉そうなことが言えた義理でもないけどな。

「そう。マラガからの避難民なんだな」

檜垣は、中途半端な長髪を落ち着かない手つきでかき上げて、得意そうに喋る。首から上が妙にフケっぽい感じだが、それは不潔だからではないようだ。髪の毛の質感が、なんだかパサパサで、その上不思議なほどに不格好な癖毛で、不快なのだった。顔にも、細かなブツブツがある。ヒゲが少し伸びているが、剃り跡と残ったヒゲを見るに、どうやらこれは「おしゃれヒゲ」というやつらしい。眼鏡は掛けていないが、鼻の両脇と耳のあたりに、長年のフレームの跡が残っている。

最近、コンタクトに換えたのだろう。一種の変装のつもりか。そう言えば、テレビで「心配してます」と語っていた時は、野暮ったいフレームの眼鏡をかけていた。

着ているものは、垢抜けないデザインの、タートルネックのセーター。袖口を見ると、手編みである、ということがわかる。これはきっと、母親の作品なんだろう。母親は、手芸をはじめとして、多彩な趣味を持っている。と、これも種谷情報だ。

で、洗濯の行き届いた、わりと新しいジーンズ。そして、最近は滅多に見ない、膝下までの長いブーツ。おしゃれなのか田舎臭いのか、俺にはわからない。

脇のストゥールに置いてあるコートは、本物かフェイクかは知らないが、毛皮のハーフコートで、なかなか派手そうだ。

不思議な外見の男だ。

で、顔つき。ポカンと口を開けている。開いた口の中に、舌の先があるのが見える。だが、呼吸は鼻でしているらしい。舌がでかすぎて、はみ出すのだろうか。そんなことがあるだろうか。……ただの癖か。……乳児期からの、変な癖、とか。俺は、自分の視線をこの男の口許から引き剥がして、マラガ避難民の写真に戻した。

どうやら檜垣は、俺のことを覚えてはいないらしい。入り口で一瞬すれ違っただけだし、そんなにはっきりと見たわけでもないし。それはそれとして、とりあえず、記憶を変に刺激することがないように、という深謀遠慮から、俺はチェスターフィールドではなく、トレンチ・コートを着て来ている。檜垣が思い出しても別に問題はないが、二度目の出会いに、なんらかの意図を感じて警戒されるのもつまらない。だが、俺の顔を真正面から見ても、檜垣は特にどうとも反応しなかった。

OK。

「どうぞ」

岡本さんが、檜垣にマティニを出した。檜垣は無言でその酒を眺めている。

ショート・ドリンクスは、出されたら、すぐに飲め。その前に、バーテンダーに礼を言え。などと怒鳴ったりはもちろんせずに、ただ心の中で静かに檜垣を軽蔑した。それから、とりあえず声を出した。

「マラガ、ですか……」

俺が呟くと、変な癖の付いた、フケっぽい長髪をフワフワさせて頷いた。

「そう。マラガってのは、スペイン南部の街でね」

だらしない口許なのに、喋り方は甲高い早口で、淀みない。顔の印象だと、もたもたと言葉がもつれそうな感じだが、逆だった。ただとにかく声が甲高いので、参った。

「そのマラガに、フランコの、ほらファシスト軍が攻め込んで、制圧したんですよ。千九百……ま、三十年代でしょうね、で、その時、……まぁ、マラガの住人が、海岸沿いに百五十マイル離れたアルメリアに逃げたんですよ」

「へぇ……」

俺は、驚いて見せた。そして、悲しそうな表情を作った。

「うん、相当悲惨だったらしい。ファシスト軍の爆撃機やドイツ海軍の艦砲射撃で、たくさん殺されたそうですよ。もちろん、そうやって殺されたほかに、疲労で倒れた人たちもいたでしょうね」

「ですよね……」

「どんな時でも、被害者は弱者ですよ。弱い者から死んで行く。悲惨ですよ」

そいつは、自分の知識を披瀝《ひれき》するのが嬉しいらしく、どんどん得意そうな顔つきになっていく。年齢は、四十二歳のはずだ。だから、俺よりも年下だが、すっかり俺を見下しているのか、それともそれがクセなのか、年下の人間にものを教える、噛んで含めて言い聞かす、という口調になってきた。

「一番ひどいのはね、つまり、アルメリアの街には、マラガ避難民が溢れたわけだ。でも、泊めてやる場所がない。二月だったかな。とにかく冬でね。いくらスペインでも、寒かった、と思うんだ。でもとにかく、夜になったから、マラガ避難民の多くは、アルメリアの通りで身を寄せ合って、眠ってたわけ」

「はぁ……」

「そこを、ファシスト軍機が爆撃したのね」

「へぇ……」

「ひどいねぇ……悲惨ですよ、戦争は」

蘊蓄《うんちく》ショーは終わったらしい。そいつは、機嫌の良さそうな笑顔で戦争の悲惨を慨嘆し、そして俺の顔を、（どうだ）という感じで見た。俺は、頷きながら言ってやった。

「へぇ……そんなことがあったんですか。……知らなかったなぁ。……そんな謂《いわ》れがあるんですか、この写真に。……あのう、歴史の先生かなにかでいらっしゃるんですか？」

「えぇ？　僕がぁ？　いやいや、まさか」

気持ちよさそうな苦笑を浮かべて、顔の前で右手を左右に振った。唇を歪めているのは、教員という職業への軽蔑を表現しているんだろう。右手を左右に振るのに合わせて、舌の先がウニョウニョと小刻みに動いた。

「その、ええと……アルメリア？」

「ええ、そう」

「その街には、教会とかはなかったんでしょうかね。カソリックの教会の一つや二つ、ありそうな感じがしますけどね」

「教会？……」

「もしもあったら、その聖堂とかなんとか、なんていうんですか、知らないけど、ホールみたいな、結婚式するとこ、そんな所に、寝かせてやればよかったのに、と思ったもんで」

「ああ、うん。……そうか。そうね。……それは、今まで考えてもみなかったな。……実際、どうだったんだろうな」

檜垣は素直に考え込む顔つきになったが、その表情の底には、些《いささ》かムッとした気配もあった。

「それにしても、歴史には相当お詳しいんですねぇ」

俺は、ひどく感心して見せた。わざとらしくならないように、細心の注意を払った。

俺はプロの嘘ツキなのだ。

俺が手放しで賛嘆すると、檜垣は嬉しそうに照れて見せた。「いやぁ、ま、ちょっと興味がね。歴史ってのは、これで、なかなか」などと言いながら、左手を隣のストゥールに伸ばし、置いてあった毛皮のコートを手に取った。そのポケットから薄っぺらい、黒革の名刺入れを出して、一枚寄越す。

「自宅で、ま、ホームページの制作、なんかをやってます」

「はぁ……」

名刺を受け取った。

〈Atelier Toppo
Designer
小椋　良一（Ryouichi Ogura）〉

名前が、全然違う。

一瞬、人違いか、とも思った。だが、もしもそうだとして、別に俺の責任じゃない。道警の間抜けな刑事が、退職した後も相変わらず間抜けだ、というだけの話だ。後始末は、連中にやらせればいい。

名刺にはその他に、住所、電話番号、ファックス番号、携帯電話の番号、Ｅメールのアドレス、ＵＲＬ。住所は、合っている。檜垣の名刺の住所と相違はない。北区の、ＪＲ学園都市線沿線、北沼の住宅地の一画だ。これは、間違いない。電話番号は……覚えちゃいない。

　おそらく、この「小椋」は、檜垣なのであろう。名前を変えたのだろう。

　なるほど。ま、そりゃそうだ。

　この男が、本名のままで生きて行くのはなかなか難しいだろう。眼鏡をコンタクトに換えたように、名前も換えたわけだ。

　変名を使って、それでごまかせている、と思い込んでいるのだとすると、細心の注意が必要だ。間違っても、「檜垣さん」などと、本名で呼びかけてはいけない。すぐに俺の正体を見破って、警戒するか、反撃に出るだろう。

（小椋だ。この男は、小椋だ。小椋。小椋）

　俺は、自分に何度も言い聞かせた。頭の中に、〈小椋〉と刻み込んだ。こいつの、なんだか日陰っぽい、薄汚れたような、覇気のない面《つら》に、小椋佳《おぐらけい》の顔を並べて、ワンセットにして、メモリーの中に強く設置した。

　こいつは、小椋だ。シクラメンのかほり。ゆれるまなざし。小椋。

　それにしても、（Ryouichi Ogura）ね。

　バカが。

　俺は、自分の名前を、このようにローマ字表記する人間が嫌いだ。「OGURA Ryouiti」でいいではないか。

「アトリエ・トッポ……」

「ええ、そうです。トッポって、ほら、お菓子あるでしょ、ロッテの。あれです。あれが好きなんですよ。で、机の周りには、トッポがいっぱい」

なんの話だ。

「はぁ……小椋さん……」

「ええ。自宅でね、いろんな所から依頼を受けて、ホームページをデザインしたり、立ち上げたり、あと、維持したり」

「はぁ……」

「ま、ソーホーってわけで」

謙遜しているような、自慢に思っているような、独特の込み入った表情になる。もちろん、その底には、劣等感がある。……いま時、「ソーホーだ」と自称する奴は、たいがい、バカだ。

「いいですねぇ……」

「ははは」

「お好きなことで食べていけるなんて、幸せなことですよね」

「ははははは。ま、そんな優雅なもんでもありませんけどね」

「はぁ……」

微妙な空気が漂った。

「……あ、申し訳ありません」

俺は言った。

「私、名刺を持ち合わせませんで……」

「へぇ……そうですか」

不審そうな表情になる。

「私は、酒井、と言います。酒に、井戸の井、酒井和歌子の酒井です」

ほんの微かに、幸せな気分が漂った。俺は、相当年季の入った、酒井和歌子のファンだ。映画を同時代的には観てはいないが（子供の頃は、洋画ばかり観ていたのだ）、成熟した女性になられた後、時折、テレビ画面に御登場なさる彼女を、静かに見つめていたのである。

これでもう、何年になるだろうか。

「酒井さん……」

ええ、と頷くのも、ほんわかする気分であった。

「ええ。……で……実は、……先月、……まぁ、リストラされましてね」

「ああ、そりゃ……」

気の毒そうな表情を作る。

俺は、口を噤んだ。沈黙が、広がるに任せた。

「ええと、失礼ですが、……元は、どういった……」

「ま、小売業です。……店が、不採算を理由に、整理されまして。……あっけないもんです。でかい企業ってのは、冷たいもんです。現場に対してはね」

「へぇ……」

岡本が小さく咳払いをして、リネンを手に、ブランデー・グラスが並ぶ棚の方に向かった。少しおどおどしている。顔の、不自然な表情を読まれることを警戒したんだろう。

「ま」

俺は、わざと明るく言った。

「いま時にしては珍しく、まぁまぁの退職金も出たんでね。ま、少しゆっくりして、焦らずに、再出発をあれこれ考えますわ」

どうも、岡本が落ち着かない。そわそわしている。これはよくない。本当に、未熟な奴だ。

「それは……まぁ、ああ、そうですか。……私は、今まで会社勤め、というのかな、サラリーマンの経験がないもんですから。ちょっと、リストラされる、ということの実感はわかりませんけど、……大変ですよね」

「いやぁ、ま、社の業績が落ちている、ってのは知ってましたしね。新聞のネタには何度かなったし、店内の雰囲気も、妙に安っぽくなってね。だから、ま、覚悟はしてました」

「そうですか……」

「そちら、ちょっとよろしいですか？」

俺は、「小椋」の隣のストゥールを指差した。

「ああ、ええ。どうぞ」

「どうもどうも」

俺は席を移った。

「向こうだと、話がちょっと、遠いもんですから」

俺は、自分が最も嫌いな言葉を使った。だが、岡本は、すんなりと聞き流した。少しずつ、成長しているようだ。

「はぁ……」

「小椋」は、ほんの少し、警戒するような顔つきになった。そして、俺の目を窺いながら、言った。

「この店には、よくいらっしゃるんですか？」

「いえ、初めてです」

岡本が咳払いをした。俺はそれを無視して続けた。

「〈シティ・ライフ〉で読んだんですよ」

数年前に創刊された〈札幌　シティ・ライフ〉という趣味の悪い冴えない雑誌がある。鼻をかんだティッシュを広げて干して再利用するみたいに、さんざん使い古された特集を組み、有名店を「発見！　ススキノの穴場スポット紹介！」と取り上げるのが得意だ。この雑誌に紹介されると、客の質ががたりと落ちる、と言われている雑誌だが、反面、老舗のタウン雑誌が軒並み消滅しつつある札幌にあって、わりと健闘している雑誌なのだ。

作っている連中は、実は雑誌作りのシロウトばかりだ。親会社は北海道庁の第三セクターで、新千歳空港を経営し、道庁幹部の老後の面倒を見ながら、道民の税金を食いつぶして、暇潰しをしている組織だ。その組織が維持している、雑多なお飾りのひとつで、天下りやコネの押しつけをなんとか処理するための、陰の財布として使われる雑誌だ。そんなレベルの低い会社でも、とりあえずは雑誌だから、もちろん、文字が書いてある。つまり、制作者も読者も、字がちゃんと読める、ということだ。立派なことである。

「あ、あれね。バー特集。私もね、あれ、読んだんですよ。で、一度来てみたいな、とは思ってたんです」

そうだろう、と思っていた。

「で、先日、ちょっとしたきっかけがあって、初めて来て、……で、すっかり気に入っちゃって。最近、珍しいですよね。こんな本格的なバーは」

「そうですね」

話を合わせると、嬉しそうな、得意そうな顔つきになる。わかりやすい男だ。

「ところで、……ええと、酒井さんは、なにをお飲みなんですか？」

酒井って？　あ、俺だ。

「ああっと……ジンに、ティオ・ペペを混ぜたもんです。なかなかいい酒ですよ」

「へぇ。……強そうだな」

「まぁ、弱くはないですけどね」

「マティニくらい？」

「ええ、そうですね。割合としては、マティニのベルモットを、ティオ・ペペに代えたものです。それを、シェイクして、オールドファッションド・グラスに入れたボール・アイスに注ぐ。アンゴスチュラ・ビタースをワン・ダッシュ、レモン・ピール。オリーブは、なし」

「へぇ……うまそうですね」

そう言った時、落ち着きなく目がそわそわした。酒の味がわからないのだろう。そういう人間はよくいる。ベルモットとかアンゴスチュラとかいう名前だけはレシピを見て知っているが、味は知らない。そういう人間は珍しくない。味はわからないが一人前の口を利きたい、という切ない気持ちも理解できる。

「いい酒ですよ」

「名前は、なんていうんですか？」

「サウダージ、です」

「へぇ……追憶」

表情に自信が戻った。

「あ、御存知ですか」

「最近、流行語ですよ」

「そうか」

「ま、私は、高中正義のナンバーで、初めに覚えたんですけどね」

「ああ、ありましたね。二十年以上前だ……」

適当な相槌だったが、不意に、鼻の奥にあの頃の空気が甦った。俺はやや微かに動揺した。

「最初は私、スーデイド、なんて読んでたんですけどね。正しい読み方に、はたと気付いたのは、ポルノグラフィティの曲で……」

「ああ、はいはい」

話題は、いつの間にか音楽の話になっていった。スライド・ギターを結構巧みに演奏するだけあって、音楽の話題は豊富だった。ただ、その自分の話題の豊富さにうっとりしている気配があって、ちょっと気持ち悪い。

だが、今はそんなことを気にしている場合ではない。

集中しなければ。

ほんのちょっとした隙で、失敗するかもしれない。だから、全精力を傾注して、嘘をつくのだ。

……だが、別に失敗しても、どうってことはないんだけどな。俺は。

ただのボランティアだし。

「どうです？　味見してみますか、サウダージ」

俺がグラスをちょい、と傾けると、「へぇ……」と興味津々の表情で、しかしその表情の半ばはお世辞でもあるような感じだったが、とりあえずは愛想良く手を伸ばした。俺は、グラスを渡した。

本当は、こういうことは、俺は嫌いだ。こういうことってのは、つまり、「回し飲み」だ。やっぱり、これは特別な間柄での行動だろう。夫婦か、恋人同士か、あるいは命を分け合うような苛酷な経験をした男同士とか。女同士のことはよくはわからないが。

唾液が混じったら、きたねぇだろうよ。この頃は、犬や猫ともぺろぺろし合う人間が増えたらしいがな。犬や猫……ケダモノはたいがい、自分の尻をなめてウンチの整理をするんだがな。……人間が、みんなディヴァインになっちまったか。

唾液が混じったら汚いから、だから大阪や神戸の串カツ屋じゃ、ソースの二度づけ禁止という決まりがあるわけだろう。バスク人は革袋にワインを入れて、口を付けずに喉にワインを流し込むワザを洗練させたし、『プロ・スパイ』では、ロバート・ワグナーは、道連れの女が、決して嫌いじゃない美女であるのに、キャンティの飲み口を、きちんと丁寧に拭って手渡したのだ。グラスがなかったから。キスってのは、相手の唾液が汚くはない、そういう間柄です、ということの表明だろうが。俺は日本酒の献酬《けんしゅう》ってのが嫌いだが、あれはきっと、戦場で生死の境を共に体験して、命を預け、預けられた、そんな侍同士から来た衆道《しゅどう》チックな飲み方が発祥なんじゃないですか、どうですか、三島先生。

……本当に、なんで回し飲みなんてのを平気でできるかなぁ。俺はそれがしみじみ不思議でしょうがない。

だがとにかく、俺は今、別な人格になるわけだから、自分が好まないことを実行するのも有効なんじゃないかな。嫌いなセリフを使い、嫌いなことをすると、別人になれるような気がする。

　仕事で和田アキ子とディープ・キスをするベテラン男優（そんな仕事を受けるベテラン男優がいるとして）は、こんな気分だろうか。俺は、ぼんやりと目の前の壁にぶら下がってるウンダーベルクのベルトに目を向けたまま、視野の隅で、「小椋」を眺めた。正視に耐えなかったのだ。「小椋」は、俺のグラスに口を付け、難しい顔で一口飲んで、ほんの少し、むせた。

「おうわっ」

　変な声を出して、「小椋」はわざとらしく驚いて見せた。「芝居がかった男だ」と種谷は言っていた。「いろんな奴の前で、別々の人間を演じているような、そんな感じの男だ」そう言って、種谷は、ちょっと寒そうに首をすくめた。

　その時の、気味悪そうな目の色が、まだ俺の頭の中に残っている。「怪物」とも言った。俺が、どういうことだ、と尋ねたら、「会えばわかる」と言って、唇をひん曲げた。

「すごいですねぇ……」

　ほんの微かな阿諛《あゆ》追従《ついしょう》の気配を漂わせつつ、「小椋」はグラスを寄越した。俺は受け取ったが、もちろん、飲む気はない。

「でも、おいしいでしょ？」

「うまいですけど……」

「そんなには、強くないですよ」

「いやぁ、参った。ちょっと、僕には……」

自分のことを、〈僕〉と呼ぶようになった。いい徴候、だろうか。

俺は、こいつと〈友だち〉になるのだ。

「……」

ほんの少し、言葉が途切れた。

「あの」

岡本が、沈黙の緊張に耐えきれなくなったのか、話の中に入ろうとした。だが、なにも話題を考えていないのは明らかだった。俺と「小椋」が眺めると、岡本は微かに赤らんだ顔で、

「あの、……寒いですね」と言った。

俺も、「小椋」も、特に相手にしなかった。

「……あの……」

小椋が言った。

「はい?」

「いや、あの……もしも御迷惑じゃなかったら、ちょっと、もう少し、飲みませんか? いい店を知ってるんです」

小椋はそう言って、ちょっと顔を伏せた。エサを呑み込んだのだ。だが、俺は別に嬉しくはなかった。俺がエサだからだ。釣り糸は、どこに繋がっていたのだろう。俺から見えるのは、年老いた退職平刑事の陰鬱な眼差しだけだった。

7

金を払う時、ちょっと揉めた。思った通りだった。俺は、種谷からこの話を持ちかけられた時、このことが引っかかった。

俺は種谷に尋ねたのだ。

「成り行きによっちゃ、その檜垣ってのに、俺は奢《おご》られなきゃならないのか？」

種谷は、つくづく困った、という顔で俺の眉間を見た。回転の鈍い、俺の頭の中身を心配しているのだった。

「当ったり前だろ。友だちなんだから。自分が払う、とやつが言ったら、そうさせてやれ」

「それはお断りだな。人殺しに酒を奢られたくない」

「あのな。人殺しと決まったわけじゃない。いいか。日本じゃ、判決確定までは、容疑者だ。ってーか、起訴されて以降は被告だ。刑が確定するまでは、犯罪者じゃないんだ。中学校で習っただろ」

「そりゃ習ったけどさ」

「俺らは、めったなことを言っちゃいけねぇんだ。細心の注意を払う必要があるんだよ」

「笑わせるな。裏金作りに精出してるくせに」

「だからだよ。だから、言葉遣いには気を付けるんだ。アカがうるさい」

「またアカか。とにかく、俺は、あんたらと違って、酒を飲む相手は自分で選ぶんだ。……特に、奢ってもらう相手は。その檜垣ってのには奢られたくない」

「……まぁ、固いことを抜かすなって。奢ってもらうのがイヤなら、もっと高い酒を奢り返してやればいい」

「奢る相手は、もっと選ぶんだ」

「じゃ、……奢られた金額分だけ、パキスタン人に恵んでやれ。小樽に行って。埠頭にいくらでもいるぞ。あいつらなら、どんな大金でも、理由を聞かずに、喜んで受け取るぞ。小銭ならなおさらだ」

「まるで道警の警官だな」

「コジキは道警の幹部だけだ。現場の人間は、恵んでやる立場だ。ひーこら汗かいてな」

「ま、それはそれとして、でも、パキスタン人に金をやって、それを連中が誤解して、気を利かせたつもりで、俺の嫌いな誰かを殺しちまったら、どうする」

「……マジでヤバいな」

種谷は真剣な顔で考え込んだものだった。

その時の心配は見事に的中して、支払いの時に、ちょっとごたごたした。俺は、レジの前で伝票を引ったくり合い、金を押しつけ合う、というのが本当に嫌いだ。だがまた、嫌いなヤツに酒を奢ってもらうのが、本当に嫌いだ。「本当に嫌い」同士がぶつかり合って、収拾がつかなくなった。

ちょっと不自然な沈黙が続いた。岡本が、酸っぱい顔で俺のことを見ている。

そこで、はたと気付いた。これはこれでいいんじゃないか？　俺は、自分ではない人間になっているのだ。ということはつまり、やりたくないこと、いつもの自分がしないことをすれば、偽装はなおさら補強される。

これは、俺じゃない。こんなことをしているのは、俺じゃない。困った知り合いに頼まれて、こんな役を演じているだけだ。

そう思うことにした。

それで割り切れた、と思ったが、やっぱり、そう簡単には意識は操作できるものではない。それがたやすくできる頭なら、サラリーマンになってる。公務員だって務まるはずだ。仕事をしないでぶらぶら暇潰しをして、給料をもらえばそれでいいんだから。それができないから、その日暮らしで苦労しているのだ。

初めて売春する時の女は、こんな気分なんだろうか。と、想像しながら、俺は言った。

「いやぁ、参ったなぁ。申し訳ないですねぇ。そうですか。それじゃ、お言葉に甘えて」

胸がムカムカした。

「いや、ま、ま」

小椋は気持ちよさそうに言いながら、右手で俺をなだめるような仕種をして、金を払った。ぶん殴ってやろうか、と思った。

8

「いやぁ、本当にね、いいママなんですよ」

小椋は、酔ったらしい。ツルツルの路面で時折危なっかしく滑ってよろけつつ、クドクドと何度もそう言った。もともと、酒はそんなに強くはないようだった。酒に弱い酒好き。最もアル中になりやすいタイプだ。貧乏な浪費家。博才のない博打好き。金のない女好き。心臓の弱いジョギングマニア。見栄っ張りのブス。緩やかな斜面を滑り落ちていく人生だ。それが必ずしも悪い、というわけじゃないが。

好きずきだ。

「きっとね、酒井さんなら、一目で気に入ると思うな」

酒井？　あ、俺だ。そうそう。酒井和歌子と同じ名字。「一目で気に入る」？　誰が、誰を？　俺がママを気に入るのか。それとも、ママが俺のことを気に入る、ということか。

小椋の喋ることは、妙にとりとめがない。

俺も、ほんのり酔っている。なんでこんな奴と飲んでるんだ。……そうだ、種谷に頼まれたからだ。

駅前通りも閑散としている。あまり人が歩いていない。正月でも人出はそれほどではない。

雪まつりにはまだ間がある。この時期のススキノは、札幌の人間にはあまり相手にされていない。だから、観光客を騙すために、客引き《カラス》どもが飢えた顔つきであたりを見回す。だから、なおさら札幌のまともな酒飲みは近寄らない。

やれやれ。

と思った時、小椋が、いきなりそこに立っていた若い男を突き飛ばした。

「邪魔だぁ！」

ぶら下がりのダーク・スーツ、チャラく染めた髪、ジャラジャラのネックレス、黒いシャツは、寒空に胸を大きく開けて、ピアスは耳や唇に数個。典型的な低能カラスだ。

「うわぁっ！」

カラスは転がった。

「てめぇ、このっ！」

尻餅をついたが、すぐに跳ね起きた。

「なんすんのよ、てめぇ！」

向かって来る。

こりゃ当然だ。目つきが血走っている。こいつらの自尊心は、とてもちっぽけで、すぐに潰れる。潰れると、すぐに破裂する。周りには仲間がいる。ここで恥をかくわけにはいかない。気持ちはわかるよ。

周りでは、仲間のカラスどもが動き出した。

すでに、小椋は尻に火がついたような感じでふわふわと駆け出し、ひょこひょこした足取りで、渋滞していたタクシーの間を縫うようによろめき進み、向こう側の歩道に到達した。タバコの自動販売機の前に立って、タバコを選ぶふりをして、こっちのようすを窺っている。別に俺を心配しているわけではない。誰かが自分に向かって来たら、すぐに逃げよう、と警戒しているのだ。

「まぁ、ちょっと待ってくれ」

不本意だったが、俺は宥《なだ》め役になって、状況を丸く収めることにした。運のいいことに、このカラスは俺のことを知らなかった。以前なら考えられないことだが、最近は客引きどもの出入りは激しくてサイクルが短く、俺の顔を知らない連中も珍しくない。一抹の寂しさはあるが、こういう時には便利だ。

「なんだ、てめぇはぁ！　仲間かぁ！　殺すぞ！」

「まぁ、待てって」

もみ合う形になった。みっともない。不様《ぶざま》だ。俺は、こういうのは好きではない。つくづく小椋が嫌いになった。

「放せ、こらぁ！　てめぇも仲間だべ！」

俺の顔に、右の裏拳《うらけん》を飛ばそうとした。左肘でそれをはね上げ、そのまま右手の脇の下を強く握って、筋をキメた。

「いってぇ！　てめぇ、やんのか!?」

「語彙が貧弱だな」

「うっせぇ！」

左の正拳を真正面から打つ。それを、右の手のひらでしっかり受けて、力を入れて、握り締めた。俺の方が5センチ背が高く、30キロ重く、関節ひとつ分、手がでかい。

「放せ、こらぁ！」

バカではなかった。分数の足し算ができなくて、中学校を途中でやめたのかもしれないし、「三人称」が理解できなくて高校入試に失敗したのかもしれない。あるいは、学校の教師と相性が悪くて、結局シンナーに手を出したか、ガンコロまでやっちまったのかもしれない。その点では、間違いなくバカだろうが、しかし、こいつは丸っ切りのバカではなかった。ケンカのやり方は知っていた。

俺が両手をキメたまま、どう「丸く収め」ようか、と途方に暮れていたら、右の膝で俺のミゾオチを狙ってきた。右手は届かない、と正しい判断をしたのだった。バカじゃない。俺は左の太股でこいつの右膝を受け、両腕に力を込めて、胸に引き寄せた。

「放せ！」

「なぁ、聞け。悪かったって。謝るから。あいつ、ちょっと頭のネジが緩んでるんだ」

「だからなんだっちゅのよ！」

「人殺しでな」

「はぁ？」

「⋯⋯人殺しなんだ」

「⋯⋯だったら、なんだっちゅうのよ」

 そういう声には、いささかの怯えが感じられた。本当に助かった。こいつは、バカじゃない。

「勘弁してくれや。一万でどうだ？」

「……放せや」

「そうだな」

手を離す前に、もう一度、右脇の腕の付け根を強く握った。「うっ」と短く呻いたが、そこには怒りはなかった。

「悪かった。とにかく、アブナイんでな」

「あいつ、あんたがいたから、調子に乗ったんだぞ。そんな感じだったべや。あんたがいたから、俺らばナメて、いきなり突き飛ばしたんだぞ」

「そうだな。確かに、そんな感じだった」

やっぱり、こいつはバカじゃなかった。

「野放しにしとくなよ、あんなキチガイ」

そうだな。確かに、あんなキチガイが野放しになって、大手を振って歩き回っているのは、どこかおかしい、という感じはする。だが、俺のせいじゃないんだよ。

じゃ、誰のせいなんだろ。

俺は、ダブルのスーツの尻ポケットに手を突っ込んで、そこに入っていた札を掴み出した。一万円札を手渡した。

「おう」

そいつは、まんざらでもない表情で受け取り、顎を持ち上げて、言った。

「誰を殺したのよ」

「……証拠はないんだけどな。……まぁ、……おそらくは、女子高生を、な」

「……やりそうな面だな」

そうだな。それは、確かにそうだ。俺は頷いた。

「してあんたはあれか、見張ってんのか？」

「まぁな」

「どっかの役所の人？」

「知り合いがな」

「大変だな」

「まぁな」

バイバイ。

＊

小椋は、俺が近付いても、気付かないふりをしていた。

「小椋さん」

俺が声をかけると、わざとらしくこっちを見て、「ああ、どうも。無事だった?」と言う。腹が立った。まだまだ人間ができていない。もうそろそろ五十なのに。

「なんであんなこと、したの?」

「なんでかな。……目障りでね。いつも、ムカムカしてたんだ」

「だからって、ありゃないだろう。いきなり。別に、小椋さんになにかを言ったわけでもないんだろ?」

「それにしてもさ。あんな連中、生きてたってなんの役にも立たないんだから」

お前が言うかな。

「もしそうだとしても、あれはないよ。こっちはいい迷惑だ」

「悪かった」

「……あれか? 俺が一緒だったから、だからあんなこと、したのか?」

ネオンの明かりの中で、小椋ははっきりと赤くなった。

「いや……そういうわけじゃ……」

「やめてくれよな。甘えるなよ」

「……言葉もないな……申し訳ない」

本当に済まない、という表情を作る。それがちょっと痛々しくて、俺はつい、図々しい口調を作って、押しつけがましく言ってしまった。

「じゃ、ま、とにかく、そのママの店で、オゴってくれよ」

この図々しさに反応して、小椋の顔が、パッと輝いた。

「ああ、うん。そりゃもちろん。もちろんですとも。お詫びにね。御馳走します。……ママ、喜ぶだろうなぁ。一目で気に入りますよ、きっと」

「……小椋さんは、その店は、もう長いの？」

「私？　そうだなぁ……結構、長い付き合いだな」

ほう。それはちょっとおかしい。

「もう……そうだなぁ、かれこれ、二年にはなるかな」

なるほど。ま、そんなもんだろ。

＊

ありふれたビルの通路に、ありふれた安っぽいドアが並んでいる。そのひとつを押すと、静かな、生温かい空気が流れ出て来た。〝モーニング・アフター〟の間奏が耳に入った。

「懐かしの映画音楽」というようなチャンネルなんだろう。

派手な、しかしガサガサした女の低音が破裂した。

「あら！　小椋さん！　あっら〜！　珍しい！　いらっしゃい！」

けたたましい声でそう言って迎えてくれたのは、小柄で、でっぷりと太った和服のママだ。

ススキノには、こういう女性が、五十万人くらい、いる。カウンターの向こう側の椅子に座っていたらしい。慌てて立ち上がった気配があった。

「う〜っす。元気だった？　ママ」

小椋が〈常連〉気取りで偉そうに言う。ママは、偉そうに喋る客に馴れているらしく、普通に受けた。ろくな店じゃない。

「おかげさまでねぇ、なんとか。どう？　お客さん、出てる？」

「だめだなぁ、カラスばっか。さっき、ちょっと揉めてさ」

「だめよぉ、小椋さん。威勢だけはいいんだから。正義感強いのも良し悪しだよぉ！」

「てへへへ！」

絵に描いたような、平凡な下らない会話だった。カウンターにストゥールが八つほど、そしてブースが二つ。天井から、カラオケのモニターがぶら下がっている。絵に描いたような、平凡な下らないスナックだった。もちろん、客は絵にも描けないほどに誰もいない。

「いらっしゃい」

気怠《けだる》い声がして、ブースの奥で、痩せた女性が起き上がった。ソファで寝ていたらしい。目の下に、濃い化粧でも隠せない隈《くま》がある。非常に陰気で、まるで幽霊のような印象の女だ。これで年齢は……四十五に見えるが、実は三十二、という見当だろう。

「なんだ。チカ。寝てたのか」

小椋の口調が、馴れ馴れしく崩れた。

「ごめんなさい。……ちょっと、横になってたの」

そう言いながら、サンダルをつっかけて、カウンターに向かう。

「なんだ。パッとしねぇなぁ！　今にも死にそうだぞ、お前」

誰も俺に座れ、と言わない。だから、俺は勝手にカウンターの右端に座った。

「あ、酒井さん、そこでいいですか。じゃ、そうしますか」

小椋が愛想笑いを浮かべて、俺と並んで座った。

「いらっしゃいませ……」

チカが、溜息まじりの陰気な声で、オシボリを寄越す。冷たく冷え切ったおしぼりだったが、かすかにプンと臭った。俺は手を拭かずに、脇に置いた。それから、指先をカウンターにこすりつけた。

気休めだが。

「なんか元気ねぇなぁ、チカ。なした？　小陰唇が痒いのか？」

俺は驚いて小椋の顔を見た。世の中には、いろんな下品な人間がいるが、突然こういうことを言い出すのは珍しい。

「いやだねぇ！　小椋さんたら……いっつもかっつも……」

チカが心底イヤそうに、顔をしかめて言った。

「一人前の口利くな、このブス！　ちゃんと風呂入ってんのか？　なんか、マンコ臭いぞ！」

そう言って、小椋は「エ、へ、へ、へ、へ！」と変な笑い声を響かせた。なかなか笑い止まない。口からのぞく舌が、細かく動いている。目尻のあたりがほんの少し紅潮しているのは、これでもしかすると性的に少しは興奮しているのだろうか。卑猥なことを口にして、興奮している？……やめてくれよ、おい。

　俺は不快になって、あたりを見回した。ママと目が合った。ママは、忌々《いまいま》しそうに舌打ちをする表情で、「ごめんなさいね」という感じで小さく頷いた。

　俺は、こんな男と同類、と思われるのだろうか。仲間だ、と思われるわけか。まっぴら御免だ。

「いやぁ、さっき初めて会ったんですけどね」

　初対面の赤の他人だ、と強調しようとしたのだ。

「そうそう。こちら、酒井さん。さっき、バーで、ね。〈ケラー・オオハタ〉。本格的なバーでさ。こんな、なぁ、ママねぇ、デキソコナイのスナックとはわけが違うぞ！」

「あらちょっと、憎たらしい。デキソコナイで悪かったね！」

「ハハハ！　いやほんと、いいバーなんだ。そこで、出会ったの。酒井さんと。で、意気投合して」

　意気投合しているわけじゃないんだよ。そこんとこ、わかってもらいたいな。

「よかったわね、お友達ができて」

　と言うチカの口調は、真面目なものだった。

「ははは、お友達じゃないんですけどね」

俺は、そう言ったが、誰も気にしなかった。

「じゃ、まずビール」

小椋がそう言うと、ママが俺に尋ねた。

「こちらも、おビール？」

いや、と言おうとした。だが、そうだ。俺は今、別人なのだった。リストラされた酒井だ。ならば、自分じゃ絶対に言わないことを言い、絶対に行なわないことをしよう。

「そうだな。じゃ、とりあえず、ビールで」

「ママもなんか飲めよ」

「じゃ、あたしもおビール」

「チカは？」

「あたしは……ウーロン」

「おめぇならなぁ……いっつも茶ぁばっかりでよ。色気ねぇなぁ。……乳首もマンコも茶色くなるぞ！」

俺はまた驚いて、思わず小椋の顔を見た。なんなんだ、こいつは。酔っているらしい。それは確かだ。だが、いくら酔ってはいても、こんなことを口走る男は、珍しい。

どこから来たんだ、この男は。

「いやぁ……小椋さん、いつも言うことが汚いねぇ……」

「汚い？　冗談言うな。汚いのは、お前のマンコだべや」

俺はうんざりしてタンブラーを置いた。ママが眉根を寄せて、俺の方を見る。

（お客さんの友だち、ろくなもんでないね）

そんなようなことを、北海道弁で考えているらしい。

（違うんだ。友だちじゃなくてね。いろいろと事情があって）

そう言いたかったが、「事情」がそれを許さない。俺はつくづくイヤんなった。

「澄ましたってダメだ、チカ。どうせお前、いくら澄ましても、オナニーしてんだべや。ハハハ、男、いないもんなぁ！　どっちだ、お前。手マンする時、マメは、縦にこするのか、横にこするのか？」

小椋の頬が、酔いとは別な赤らみで光っている。こいつ、チンチンを勃ててやがる。それが、はっきりとわかった。

俺は立ち上がった。

「小椋さん。あんた、言うことが汚い。ムカムカする」

小椋は、座ったまま、俺を見上げて、にやにや笑いながら言った。

「またまた。酒井さん。そうお上品ぶらないで」

「俺は別に上品じゃない。上品ぶっているわけでもない。俺は普通だ。そして、あんたは下品だ」

小椋の顔が強張った。俺は尻ポケットから札を出して、千円札を三枚、置いた。充分だろう。

「じゃぁな」

そこで、さっき〈ケラー〉で奢らせてやったことを思い出した。で、五千円札を一枚足して、店から出た。「小椋」がどんな顔をしていたのか、見なかったので、もちろん知らない。

＊

これでオシマイになっても、別にいい。俺は困らない。種谷には、別な方法を考えてもらうさ。とにかく、俺はボランティアなんだから。ボランティアだからって、NPOとかNGOみたいに税金にたかろうとしているわけでもない。イヤなら、「やめた」でオシマイにするだけだ。別に、種谷が好きなわけでもないし、借りがあるわけでもない。……どっちかと言うと、むしろ俺の方が貸し手だ。だが、種谷自身は、自分が借り手だなんてことは考えてもいないらしい。そこんとこが不思議だ。……まさか、「これはお上の御用だ」なんてことを考えているわけじゃないだろうが。

じゃなんで俺は、イヤイヤながらも、ここまでこの小椋に付き合ったんだ。

そこが謎だが、もう、どうでもいい。この件は、これで打ち止めだ。

9

俺は、街をぶらついた。別に、行きたい場所があったわけではない。ただ、飲み足りなかっただけだ。街から、知り合いがどんどん消えている。わざわざスキノで飲もうとするのは、飲み方のわからない女子供と、どこに行けばいいかわからない観光客と、どうやって生きて行けばいいのかわからないカラスどもだけだ。連中の共通点は、行列を作ることになんの抵抗もないらしく、平気な面をして並ぶ、という点にある。女子供はラーメンを食べるにもジンギスカンを食べるにも、カラオケボックスで歌うのにも、並ぶ。観光客は、行列を作って歩道を進む。カラスどもはビルの壁や歩道のガードレールに沿って並ぶ。あんな連中よりは、群れの中で頑張って生きているペンギンの一生の方が、はるかにドラマチックだ。

俺はムカムカしながらいくつかの行列をかわし、何軒かの店で飲んだ。サウダージ普及活動の実践だ。それから、泡盛を喉に放り込みながら、豚足など齧ったりもした。そんな感じで、あちらこちらフラフラしたが、どうにも落ち着かない。二時間ほど特に目当てもなく飲み歩いたが、結局、〈ケラー〉の方向に戻っていた。なんとなく、中途半端で落ち着かないのだ。一旦〈ケラー〉に戻って、あそこでいつも通りのきちんとした酒を飲んで、そして態勢を整えよう。

駅前通りから右に折れて、枝道を〈ケラー〉に向かうと、なんとなく見覚えのある人影が、〈ケラー〉に降りる階段の入り口に立っているのが見えた。不快な予感が漂った。近付くと、思った通り、二時間ほど前に別れた自称小椋、本名檜垣、だった。

「やっぱり、戻って来ましたね」

得意そうな口調で言う。ぶん殴ろうか、と思ったが、咄嗟に踏み止まった。その気配を感じたのか、檜垣は一瞬怯えた目つきになったが、すぐに落ち着いて、クスッと鼻で笑い、そして思いがけないことを言った。

「実は、私、あなたのことを知ってますよ」

俺は思わず動揺した。じゃ、さっきまでのあれは、全部芝居で、俺の目的を見通していた、というわけか。あなどれない。

「酒井さんて、高校、西ですよね」

全然違う。それに、もちろん俺は実は酒井じゃない。

なるほど。

ただ単に、はったりを利かせているだけだ。

「いや。東だ」

「あれ？　間違ったかな。じゃ、別なサカイだ。ほら、西って、そんなにケンカ強くないでしょ？　なのに、琴工《きんこう》の番長を倒したやつがいた、って、評判だったから。そいつが確か、サカイ、とか言うんだよね」

わかってきた。こいつは、平気で嘘をつく男だ。そういう人間は、それほどたくさんいるわけじゃないが、そんなに珍しくもない。

「そうかい。じゃぁな」

俺は背中を向けて、南に向かって、小路を渡った。檜垣が左の肘に軽く触れながら、くっついて来た。

「待って、ちょっと待った。悪かった。下品なことを言って、申し訳なかった。謝る」

俺は無視して歩き続けた。檜垣は離れない。

「あれから、ちょっと飲んで、で、後悔して、ここに来たんだ。来たのは、一時間ちょっと前。で、きっと戻って来るだろうな、と思って、待ってたんだ。本気なんだ。本気で謝ろう、と思ってたんだ」

妙に真剣な口調で言う。この真剣さも、つまりは嘘なんだろう。

「別にいいよ。どうでも。あんたとは酒は飲まない」

「いや、あれはね」

俺の左の肘を取る。肘を動かして払いのけた。

「しつこいな」

「いや、あれはね、理由があるんだ。あのチカがね。ああいう話がね、好きなの。ノリがいいんだよね」

あの女が、嫌がって顔をしかめたのを、俺は確かに見た。

「なんかね、そういう女、いるじゃんか。エロ話が好きってのが」

「俺は、そういう女と話をしたことがないから」

「またまたぁ！」

「ガキじゃないんだから、つきまとうなよ」

「ガキじゃないんだから、エロ話のひとつやふたつで、そうマジに怒んなよ」

「あれはエロ話でも猥談でもない。汚いだけの話だ」

「だから、謝るから」

肘をつかむ。それを再び払いのけた。

「俺は、あんたと飲まなきゃならないほど、友だちに不自由しちゃいないから」

檜垣が、小さく息を呑んで、立ちすくんだ。

悲しそうな顔になった。だが、これもウソかもしれない。俺は警戒を緩めなかった。

「じゃあな。下品な仲間と、似合いの酒を飲んでろ」

これは、ちょっと言い過ぎだったかもしれない。

「いや、あの」

そういう口調は、なんだか力がなかった。

「待ってくれよ。……参ったな。……ごめん。ほんと、ごめん。悪かった。……そうなんだよ。私は……ちょっと事情があってね、……そのう……友だちがあまり多くないもんだからさ、だから……いや、実際、ススキノで、酒場で隣に座った人と意気投合する、なんてことは、……生まれて初めて、くらいで……」

「いいか。勘違いするな。俺たちは、意気投合したわけじゃない」

「いやぁ……そう言われると、……なんか、寂しいな」

「俺のせいじゃない」

「いや、……そう言わずに……ホントなんだ、酒井さんの言う通りだ。それは認める。友だちが、あまりいないんだ。……確かにね。そうなんだ。友だちと飲むなんてこと、ほんと、滅多にないんだ」

「それも、俺のせいじゃないよ」

「あ、待って。ほんと、頼む。……だから、珍しく友だちと酒が飲める、ってことになったから、おれ、ちょっと舞い上がったんだろうな。……北海道弁で、オダった、ってわけさ」

「生まれは北海道じゃないの？」

「ああ、いや。生まれも育ちも札幌だけど」

「……ヘンな人だな」

「……まぁね。よく言われる。どっかヘンだって。……なんでだろうね」

「なにかをごまかして生きてるからじゃないのか」

「……不思議な人だなぁ……酒井さん、ほんと、あんたは不思議だ。そんなひどい悪口でも、あんたから言われると、腹が立たないんだよ。……ヘンだなぁ……」

心の底から不思議がっているように聞こえるが、どうやらこれも、芝居っぽかった。

「そうかい。じゃあな」

「いや、あの。だからさ、さっきの件は謝るから。だから、ちょっと一杯、付き合ってくれないか」

たとえ芝居にしても、縋り付くような目つきが哀れで、突き飛ばすことができなくなった。

それに、ここで我慢すれば、種谷の役に立つこともできる。

と、俺はついそんな風に考えてしまったのだ。

「……割り勘なら」

「いや、奢るよ」

「じゃ、断る」

「ああ、わかった、わかった。悪かった」

そう言って、先に立って歩き出した。先に立ってはいるが、俺がついて来ているかどうか、背中全体で窺っているようだった。

「知ってる店があるのか？」

「いや……行き当たりばったりに、どっかに入ってみようかな、と思って」

「そうか。それも、面白いな」

〈ケラー〉はなるべく避けたかった。なにしろ、俺はほとんど毎晩、この店で飲んでいるのだ。どこでどんなボロが出るかわからない。岡本はあんな風に芝居がぎこちないし、客にも顔見知りは多い。誰に声をかけられるかわかったものじゃない。

「あんなとこなんか、どうかな」

檜垣が指差したのは、最近できた、四十代五十代向けの「大人の隠れ家」を標榜する和食の店だった。焼酎の品揃えが豊富で、料理も、いま流行の「創作和食」ほどにわざとらしくはなく、そこそこ落ち着いて飲み、食べることができる。値段も手頃だ。

つまりいい店なのだが、問題は、この店の社長と俺は、三十年来の知り合いである、と言うか、一時はふたりして苦労したこともある仲だ、という点で、俺はこの店では金を使うことができないのだ。そんなに大したことじゃないが、一度、社長の命を救ったことがあるのだ。

だから、この店はまずい。

「ちょっと高そうだな」

「そんなこと、気にしなくていいよ」

そういうわけにはいかないんだよ。あんたの家が小金持ちだ、ということは知ってるけどな。

「あそこはどうだ？」

俺は、ススキノで最も客席数が多く、客の平均年齢が最も低く、もちろん客の平均年収も一番低い（だって、客のほとんどはフリーターかアルバイトなのだ）、最も安くて最もまずい、子供向けの大規模居酒屋を指差した。一億円もらっても、こんな店で飲みたくはないが、だからつまり、偽装としては最高だ。

俺は、自分が絶対しないことを、行なうのだ。

……なら、さっき、奢ってもらえばよかったのに。

……確かにそうだな。でもな、あれは譲れなかったんだ。

じゃ、このでっかい居酒屋は？　ここで飲み食いするのは、譲れるってわけか？

そりゃそうだ。ブッシュを大統領として戴いているアメリカ人の屈辱を思えば、この店で飲み食いすることなど、なにほどのこともない。

「え？……あんな店で？　ああいうの、酒井さん、平気なの？」

酒井さん？　あ、俺だ。

「もちろん」

北朝鮮人民の苦境を思えば、こんな居酒屋で飲み食いすることなど、なにほどのこともない。

「いや、そうだよね。そうなんだ。最近は、この手の居酒屋の大量生産の料理も、なかなかうまいんだ。進歩したもんだねぇ……」

下らないことを喋りながら舌をウニョウニョ動かしている檜垣と一緒に、俺は最低の大規模居酒屋に入った。

「いらっしゃいませ、こんばんはぁ～」

へんな顔の娘が、へんなアニメ声で言い、あちこちから、いろんな声の、へんな挨拶が飛び交った。

なのに、なぜか俺は我慢して、檜垣を殴ったりはしなかった。五十に手が届く人間は、さすがに違う。俺は自分に感心した。

10

目が覚めたら、朝だった。午前七時半。妙に白々しい朝だ。つまり、昨夜の酒は、あまりいい酒じゃなかった、ということだ。いい酔い方でもなかった。反感と不快感を押し殺して、適当に話を合わせて、飲み続けた。ススキノで、もっともお手軽な、貧乏臭い、客席の多さと値段の安さだけが取り柄の店で。中途半端な半可通《はんかつう》の知識を振り回す、知ったかぶりの男と飲んだのだ。酔いの後味が最悪なのも無理はない。語られる、紋切り型の悲憤慷慨《ひふんこうがい》。軽薄な世相分析。ひねくれた社会観。お前が言うな、としか言いようのない「パンピー」蔑視。

そもそも、二十一世紀になって、「パンピー」はねぇだろうよ。

舌の表面が、なんだか粘ついたようないやな感じで、そして昨夜のことを思い出すと、喉仏の下あたりに、ザラザラした不快感が甦って、なかなか大変だった。

とにかく俺は、小椋良一、というか本名檜垣紅比古の、自慢話と愚痴を延々と聞かされたのだ。愚痴はほとんど本気らしかったが、自慢話は、ほとんどが口から出任せだった。あの男は、内容など関係なしに、とにかく駄ボラを吹いて、いい気になるのが、たまらなく好きであるらしかった。嘘をつく時、うっとりとした顔をするので、非常に不気味だった。嘘をつく、という行為に、性的なエクスタシーすら感じているようだった。

彼自身の話によれば、小椋だか檜垣だかは、南高（札幌のトップクラスの進学校だ）に入ったが、教員と折り合いが悪く（「ま、教師に妬まれたんですわ、簡単に言えば」とうっとり語った）、二年半ばで退学。その後、アメリカ西海岸の大学（大学名は、巧妙にぼかした。俺がしつこく尋ねると、「UC……ま、ご想像にお任せしますよ」とニヤニヤした）で心理学（どいつもこいつも「心理学」だ）を修め（バチェラーですか、マスターですか、と尋ねたら、「……ま、ご想像にお任せしますよ」とニヤニヤした。額には汗が滲んでいた）、アメリカ大陸を横断して、ニュー・ヨーク近郊の新聞社に勤め（新聞社名は巧妙にぼかした。俺がしつこく尋ねると、「お教えしても御存知ないですよ。ほんの小さなローカル新聞ですから。でも、一応、クォリティー・ペイパーではあったんです」と言って、ニヤニヤした）、そこでコンピュータ（わざわざPCと言い換えた）を使ったグラフィックス（CG）に習熟し、それと同時にブルース・ギターの「アマチュア以上プロ未満」のプレイヤーとして、ニュー・ヨークのライブ・シーンでもそこそこの活躍をしていたのだが、母親が体調を崩したので、帰札した。SOHOでPCを駆使して、CGやらDTPやらサイトやらのデザイン・運営・管理・コーディネイト・カウンセリング、などで稼いでいるんだそうだ。尋ねもしないのに、「年収は、まぁ、ご想像にお任せしますけどね」と言って、歯を剥き出してニッタリした。「おかげさまで、シングルライフをエンジョイさせてもらってます」とのお言葉を賜《たまわ》った。大袈裟な身振り手振りと、ニヤニヤ笑い、おどおどした目つきで、そんなようなことを、立て板に水、というか層雲峡《そううんきょう》に銀河の滝の勢いでまくし立てた。

俺は、その総てを信じて見せた。総てについて感心して見せることができた。檜垣は、もちろん、丸出しで喜んだ。とにかく俺は、檜垣の言うことを、なんでもかんでも百パーセント信じて見せた。難しいことではなかった。人間は、「本当」のことを知っていれば、どんな欺瞞にも付き合えるものだ。

俺は横になったまま、思い切り伸びをした。気分はパッとしないが、とにかく、ぐだぐだとベッドの中にいても始まらない。ベッドに腰掛けて、パソコンを起動させた。メールをチェックしたら、いくつかの必要なメールの中に、toppo-og@で始まる、小椋の、つまり檜垣のメールがあった。昨夜、別れ際に〈ケラー〉のマッチに、俺のアドレスを書いて渡したのだ。〈件名〉は「Pale Moon」。着信日時は、今朝の4:38。

別れたのは、今朝の……あまり記憶は確かではないが、二時頃だった、と思う。女子供向けの大きな居酒屋で結構酔っ払った。それから、どこだかはっきり覚えていないが、ススキノの真ん中あたりの古いビルにある、ありふれたカラオケスナックに行った。どちらの店でも、檜垣はずっと自分のことについて、喋り続けていた。内容は、ない。新聞に書いてあることをちょっと捻って、中国人や韓国人・朝鮮人への露骨な軽蔑と、あからさまな男尊女卑を混ぜて、あとはいかにも「事情通」風な「あまりみんなは知らないけど、実はヤフーってのは……」みたいな、ありふれた「おたく」っぽい情報をこね回した、非常に平凡な俗説を、得意らしく喚き続けた。で、二時頃にカラオケスナックを出て、また飲もう、連絡先を教えてくれ、ということになって、俺が〈ケラー〉のマッチにアドレスを書いて渡し、タクシーに乗り込む檜垣を見送ったのだ。タクシーに乗る時、檜垣はいきなり右手を突き出し、「楽しかった！　また、飲もう！」とよろめきながら言った。その手を握ると、俺の右肩をバンバン、と勢いよく叩き、嬉しそうに何度も頷いた。そして、しつこく手を振りながら、タクシーに頭から潜り込んだのだった。

確かに北区北沼は、ススキノからは遠い。だがそれでもあの時間、道路は空いているだろうから、どんなに時間がかかっても三十分程度だろう。三時前には、確実に帰宅していたはずだ。

それからほぼ一時間半、檜垣は、いったい何をしていたんだろう。一度眠って、この時間に目を覚ましたか？　あるいは、俺と飲んだ酒のことをあれこれ思い出していた？

とにかく、不気味な男だ。

そしてまた、メールの内容も、なんだか意味不明だった。

〈門のところでタクシー降車。お気づきでしたか？　月が、とてもキレイで。Pale Moon! 蒼月って、素敵な言葉デス（単語登録してしまったほど）！　いや、あれは「作られた記憶」かな。実際は、空は曇っていた、なんてことだったりして。でも渡しは月をしのんでいました。今にも切れそうな、青ざめた糸のような下弦の月。是非今晩もご覧下さい。

フフフフ。

先程はお付き合い下さいまして、誠にありがとう御座居ました。こんな男ですが、呆れずに、もしもお嫌でなかったら、お付き合い下さい。どうも話の合う人間が身近にいなくて（アメリカ陰謀説などを大声でか建ったりするわけだから、当然？（笑）

またメールさせて下さい。
お元気で〉

なるほど。「渡し」というのは、「私」のことだろう。つまり檜垣の「私」は、「わたくし」ではなくて、「わたし」だ、ということがわかる。それから、「大声でか建ったり」というのは、「大声で語ったり」の変換ミスだろう。こういうことから、なにかがわかるか？ このメールを、専門家……心理学者？ 文章心理学者？……に見せると、なにかがわかるだろうか。……どうだろうな。どうも胡散臭いな。

思い付いて、ネットの「暦」のサイトにアクセスした。昨夜の月齢は、十八・六。つまり、満月が、少し削れた程度、ということだ。

ついでに天候のサイトも覗いてみた。札幌市北区は曇り一時雨。おそらく、月は見えなかっただろう。……断言はできないけどな。

つまらないウソだ。なんとなく、背筋がピリピリする。恐怖ではない。薄気味悪い感じなのだ。俺はとりあえず、ジーンズとTシャツを身に着けた。腹が減ってきた。

＊

一階の〈モンデ〉に行って、メニューをしみじみ眺めた。見なくてもなにがあるかはわかっているが、見ないと心が決まらない。まずいものを食べる勇気がなかなか湧かないのだ。あれこれ悩み、いろいろと考えたが、どうもやはり酒が残っていて少し気分が悪いので、スーパー・ニッカをダブル、ストレートではなくオンザロックで頼み、ナポリタン・スパゲティのハーフを注文した。ここのナポリタンは、赤いウィンナ・ソーセージ、ピーマン、わざと軽く焦がしたタマネギなどが入った由緒正しいものだ。「ナポリではナポリタンなど食べない」という説もあるが、どうなんだろう。『シシリアン』では、ジャン・ギャバン一家は、楽しそうに大皿に盛ったナポリタンを分け合って食べていたけどな。バート・ランカスターは『山猫』でナポリタンを食べただろうか。覚えていない。……アラン・ドロンは？　思い出せない。こうやって、段々バカになっていくのだろうか。

最近入ったらしい、顔に見覚えのない若い娘が、スパゲティを持って来た。鼻にピアスがひとつ、右手の手首の内側に蝶々のタトゥー。ま、別にどうでもいい。

午前中の〈モンデ〉は静かな場所で、客は少ない。そして、パラパラ散らばっている客の多くは、昨夜の酔いをまだ残して、気怠そうにしている。稀に元気な脂ぎった男の客が混っていることがあって、ケータイを顔の脇にくっつけて大声で喚いていたりする。気に障ると、黙らせたりもするが、そういう連中の三人にふたりは、指の長さが短くなっていたり、数が少なかったりするので、いささか剣呑だ。俺だって、わざわざ危険に身をさらす趣味はない。武士は、危機に直面することそれ自体を、恥辱とするのだ。いやまぁ、俺は武士じゃないけど。

そう言えば、『ラスト・サムライ』はダメな映画だった。そのことをしみじみと噛みしめながら、ナポリタンを噛みしめ、飲み込み、スーパー・ニッカのオンザロックを飲み下した。

全く平和なひと時である。

そこに、電話の音が鳴り響いた。鼻ピアス蝶タトゥー娘が受話器を上げて、店内に響き渡るような大声で「はぁい、〈モンデ〉ぇ！」と喚いた。窓際のところに座って、こそこそ小声で話していたガラの悪い若いのが、「揉んでやるぞ」と言い、その相手がわざとらしくテーブルを叩いて、歯を剝き出して笑った。鼻ピアス蝶タトゥー娘はそれを黙殺し、ひっそりした店内を見回し、不特定少数の客たちに向けて、俺の名前を大声で呼んだ。

「御電話でぇす！　いませんかぁ！」

「いるよ」

俺は立ち上がって受話器を受け取った。

「おう」

横柄な種谷の声が聞こえた。ふんぞり返っているらしい。

「ああ」

「あんたもそろそろケータイを持てよ」

「面倒だ」

「スパゲティを食ったら、真っ直ぐ部屋に戻れよ。こっちから電話する」

「……戻ったら、すぐに電話しろよ。いろいろと用事があるんだ。これから出かけるんだ。二分以上は待たないぞ」

電話は切れていた。俺が話す前に、切ったらしい。

*

「どうだった」

偉そうな口調で種谷は言う。どういう育てられ方をしたのか、同情したくなるほどに横柄だ。

「まぁまぁ、初対面のきっかけとしては不自然じゃなかった、と思うけどな」

ざっと簡単に説明した。

「どんな酒を飲むやつだ？」

「なんか、話が汚くなるやつだな。セックスがらみの、卑猥な話が好きだ」

「ほう。セックスがらみじゃない、卑猥な話、なんてのがあるのか？」

「道警裏金不正経理の話題なんてのは、セックスがらみじゃないけど、なんか卑猥だろ」

「……バカ。あれは、立派にセックスが絡んでるんだよ」

「……不勉強だったな。反省する」

「わかったような口、利くな」

「偉そうな口、利くな」

「……とにかく、話が汚いんだな」

「そうだ」

「性的にな」

「ああ」

「学生時代の知り合いも、そう言ってたな。……ほかには？」

「やけに無意味なウソをつく」

「らしいな」

「……なんでも知ってるんだな」

「……いや、そういうわけじゃないが」

「幼稚園児の、『そんなこと知ってるも〜ん』『僕も知ってるも〜ん』ってので遊んでる暇があったら、自分で檜垣と会えば？」

「それができないから、頼んでるんだ。悪かった」

真剣に怒っちゃ、大人げないな。

「……ま、そんなところだ」

「了解。で、今度は、いつ会うんだ？」

「わからない。俺のメールアドレスを教えておいたから、会いたくなったらメールを寄越すはずだ」

「メールが来たのか？」

「ああ。昨日、別れて、あいつは真っ直ぐ北沼に帰って……」

「現着二時五十三分だ」

「そうか。変だな。メール受信は四時三十八分だ」

「……あんたのパソコンの時計は合ってんのか?」

「そんなにずれてはいない、と思うよ」

「……じゃ、……なんだ。……あんたとの出会いを噛みしめていたのか」

「……やめてくれ」

「一度寝たかな。……で、目を覚まして、……トイレに起きる、で、ついでにあんたのこと
を思い出して、メールを打つ……ピンと来ないな」

「……ま、大したことじゃないかもしれないけど」

「……帰宅直後に、あいつの部屋の灯りが点いた。そして、それはすぐに消えたんだ。……

で、それがまた点いたのが、……四時十二分。で、四時四十六分にはまた消えた」

「……」

「どうでもいいことなのかもしれないが、……なんだかピンと来ないな」

「朝のようすは?」

「今朝か?　いつも通りだ。誰も出てこない」

「父親の病院は?」

「それな。……実はな……いいか」

「ん?」

「……誰にも言うなよ」

「……なんだ?」

「秘密なんだがな、あんたにだけは、教えてやる」

「……」

俺は、シンと静まった心で、種谷の次の言葉を待った。

「実はな……」

「ああ」

「今日は、日曜日だ」

電話は切れた。

11

くそ。やられた。あっさりと。

非常にムカムカする。別に俺自身はどうでもいいんだが、種谷が今ごろ、いい気分でいるんだろう、と思うとそれがシャクに障る。

……ま、どうでもいい。

さて、今日は日曜日だ、と。なるほど。スケジュール管理ソフトで今週の予定を眺めたが、今日は特に決まった用事はない。明日、つまり月曜の朝はちょいと忙しい。キャバクラで働いているミカとトモとシビル、三人で暮らしているこの娘たちの犬と猫、計五匹の面倒を見るという仕事がある。三人は正月休みを取って、今日の昼過ぎに出発して、那覇に三泊四日の予定で遊びに行くのだ。火曜から、彼女らが帰るまでは、トモの「カレシ」である「たあと」とシビルの「えいち」がその役目を引き受けたのだが、月曜日だけはどうにもならない、引き受け手がいない、ということで、「オジサン、お願い」と頼まれて、オジサンが面倒を見てやるのだ。

で、ほかにも月曜は用事の多い日で、夕方から、ススキノを撮影しに来たカメラマンの案内の仕事がある。ま、結局は酒好きのこのカメラマンと飲み歩く、ということになるわけだが、結構際どい写真を撮りたがるこの男にくっついて、トラブルを未然に防ぎ、なにかが起きた場合には適切に処理をする、というアルバイトだ。ペットの世話は五千円。カメラマンのお守りは、十五万円。ま、景気が悪くなったススキノでの一日の稼ぎとしては、悪くない。ま、今日の日中は暇だから、独立系ミニ・シアターでなにかマイナーな映画でも観よう、と思ったのだが、その前に、ちょいと気が向いたのでメールをチェックした。

欲求不満の熟女を紹介する、金の融通をしてやる、という迷惑メールにはさまって、〈toppo-og@〜〉からのメールが四通、あった。

パソコンの時刻表示によると、今は11:42。さっき開いた、「Pale Moon」の後に、「おはようございます」が9:54。「ご機嫌いかがですか」が10:12。「こんにちわ」が10:25。「今夜は？」が11:36。

不気味だったが、とにかくひとつひとつ開いてみた。

〈おはようございます！
酒井　様
おはようございます（＾o＾）／。物スゴい、二日酔いデス。酒井さんはいかがですか？　私もそろそろ四十路も半ば。体はムリがキカナイっす。ムリすると、翌朝キツいっすね（＾＾；）
こういう時は、朝のうちは、禁酒を誓った利しちゃいますけど、夜になると、また、ああ、ネオンが俺を呼んでるぜっ〜！　ネオンちゃ〜ん!!!!　なんてなもんで、元気になる自分がナサケナイ。今夜は日曜日。ススキノ、スいてます。人出がない、バカもいない。いかがですか、連チャンで。いやぁ、不良中年とバカにされても、これが我らの道だぁ〜い！　ってなわけで。日曜日でも、〈ケラー〉はやってますよ。確認済みです。御連絡、待ってます。ではまたm(＿＿)m〉
署名は、とても四十過ぎの男のものとは思えない、記号と絵文字をふんだんに使ったコラムで囲まれていた。一目見ただけで、ほとほと疲れるデザインだった。
で、その約二十分後に、次のメールを受信している。
〈ご機嫌いかがですか。
まだフツカヨイ、デス。きついなぁ（笑）。さっきメール送ったんですけど、読んでくれてます？　まだ寝てる？　もしも〜し！　ボクチン、寂しいでっチュウ！（爆）。ま、それはさてオキ、マラガ難民の苦労を偲びながらの宴、いかがですか。メールお待ちしております。

ところで、御存知ですか〉

とあって、なぜかその後に、ロルカが「ジプシー」に同情していたこと、そして「そして、実は」と、ロルカがファシスト軍につかまって暗殺されたことなどを延々と書き連ねてあった。で、「自分が埋められる、その穴を自分で掘らされた」ということを悲憤慷慨しつつ述べ、で、「彼が同棲亜社だったが故にコロされた、ということは、ほんの一握りの人しか知らない、真実です」と書いてある。「同棲亜社」というのは、「同性愛者」のことだろう。……一握りの人？……俺が知っているくらいだから、わりと常識に属するんじゃねぇか？　と思うんだが、檜垣は自分の知識と、それを披瀝することに酔っていて、うっとりと、どうでもいいようなことを延々と書いている。

とにかくこれで確実にわかるのは、檜垣はキーボードを叩くのは、相当早いらしい、おそらくはブラインド・タッチに習熟しているのだろう、ということだ。普通にプリントアウトすると、まぁこれでA４三枚ほどになるであろう文章を、二十分たらずで打ったわけだから、確かに早い。どんなに下手くそな、無内容な文章であっても、タイピングが早いのは争えない事実だ。

しかし、つくづく、無意味な技術だ。部屋に引きこもって、物凄いスピードでキーボードを叩いている、フケっぽい長髪の四十男。

いやはや。

……で、ロルカのことや、ファシストやナチス・ドイツによる、ジプシー、同性愛者、心身障碍者への弾圧・虐殺などに憤激した後、檜垣は突然また俺に呼びかける。

〈ところで、先程御提案させていただいた、今晩の、ささやかな宴の件、御検討いただけましたか？　あるいは、もしかしたら、御検討頂いた結果の沈黙であるやもしれず、だとすると、私の絶望いや増すばかり、どないしょう、っちゅ〜ことですが、お願いです、見捨てずに、御返事の程、お願い致します。見捨てちゃ、いやぁ〜ん！　なんちゃって。

あ、そうか。もしかすると、キー・ボードの操作が、あまりお得意ではない？　そういうことも充分に考えられますよね！　あの、まぁ、たいがい、在宅しておりますから（SOHOですし！）、もしもあまりキー・ボードがお得意でなかったら、もちろんもちろん、ファックスでも御電話でも、なんでもオッケー！　であります。電話の場合、とても声の若い女性が出るかもしれませんが、それ、実はうちの母です。慌てずに、『息子さんをお願いします』と落ち着いて告げてやって下さい。間違っても、『御主人を……』とは言わないで下さいネ。母が変につけあがりますから！　身の程を知れ、ババァ！（悲惨）なんてネ。ま、御連絡お待ちします。よろしくお願い申し上げマス〉

で、それから十三分後に受信したのが、このメールだ。

〈こんにちわ。

昨夜は、楽しいお酒でした。

もう外出なさったんでしょうか。

それとも、アキレタ？

私は、ちょっと事情があって、あまり人と飲む、ということがなかったので、ちょっとはしゃぎすぎたようです。今、送信済みのメールを読み返して、赤面しておりますデス。

変な奴だ、と思われましたか？ それは、つらい、つらい、ほんとうにつらい、津の裸の異！

変な奴だとお思いでしょうけど、その通りです。変なヤツです。でも、呆れずにお付き合い下さい。少し、おとなしくしマス。だから、お時間おありの時に、御連絡などいただけたら、トッポ、とってもうれP〜！……いやいや、冗談冗談。昔、酒井法子を心憎くからず思っていたりしたもんだから。ま、同世代の湿った下腹部（NATOのトルコのように）として、ひとつその大目に見てやって下さい。小松なんとか、という芸人が、なが〜い目で見て下さい、なんてギャグ、やってましたよね（レトロ！）。それでいうなら、松島トモ子並みに、大目に見てやって下さいっ！ ライオンに噛まれて、すぐに豹に噛まれて、でも、我々は彼女を見捨てなかったじゃあ〜りませんか。

だからさ解散も、おおお！ 傑作誤変換発見！ だから酒井さんも↓だからさ解散も！いや傑作！

とにかく大きな目の松島トモ子を大目に見たように、私のこともひとつ、よろしくお願い致しマス。ではでは！〉

……四十代で「こんにちは」を「こんにちわ」と書くのは、結構珍しいように思うが。そうでもないのかな。ローマ字入力で、変換をそんなに注意深く読んでいない、ということか？　それとも、「こんにちわ」が正しい、と思い込んでいるのだろうか。

　どっちにしても、こいつは、やっぱりおかしい。いやもちろん、おかしいから、だからストレートに人殺し、などと考えるほど、俺は短絡的じゃないが、しかし、まともじゃないのは明らかだな。

　で、その一時間あまり後に届いたのが、このメールだ。


〈今夜は？

度々申し訳ありません。

どうやら、気分を害されたようですので、これを最後のメールと致します。

今まで、重ね重ね失礼致しました。

未熟者故、お許し頂けましたら幸いです。どのような軽蔑も甘受します。

ただ一言だけ、今夜、ススキノで飲むか飲まないかだけ、それだけお知らせ下さい。

と申しますか、私は午後六時に、〈ケラー〉に参ります。もしも酒井さんが御都合悪くなければ、そこでまたお目にかかれませんか。おかけした御迷惑、御不快について、ちょっと弁明させていただけましたら、と念願しております。

　御面倒でしたら、御返事もいりません。ただ、私が、今夜六時、〈ケラー〉で飲んでいる、ということだけ、お知らせいたします。宜しくお願いいたします。あとはもう、酒井さんにお任せします。宜しくお願いします。平に平に。　m(_ _)m〉

　どうしようか、と考えた。どうもこいつには触るのもイヤだ。だが、それなのに「どうしようか」と考えているのはつまり、接触を続けよう、という気持ちがあるからだろう。自分の胸に尋ねてみて、そう思う。でも、なぜだ。種谷の頼みを聞いてやるわけではない。もちろん、正義感なんてののせいでもない。……だが、もしも万が一、あの男の部屋で、エリカが監禁されて生きているのなら、助け出してやりたい。……だが、それならそれで、こんなヤツと並んで座って酒を飲むよりも、こいつの家に飛び込んで行って、中を探し回ればいいだけだ。邪魔されたら、殴り倒せばいい。で、もしもなにもなかったら、その時は、謝って、牢屋に入る。

だがまぁ、そうそう無茶はやっていられない、というくらいの分別は、俺にもある。種谷たちの動きを見ていると歯がゆいが、刑訴法に縛られない、一介のチンピラである俺にしたって、分別に押さえ込まれているわけだ。なんでだ。これが初老になる、ということか。そうなんだよなぁ。四十歳から、人間は初老なんだ。大ショックである。

えいえい、と俺は自分の尻を蹴飛ばす気分で、無理矢理メールを打った。

〈酒井です。

小椋良一　様

メールが遅くなって申し訳ない。朝、友人に叩き起こされ、そのまま野暮用に付き合わされて、さっき帰宅したところです。メールチェックをして、何度もメールを頂いたことを知りました。失礼しました。今日はこれから映画を見に行く予定。その後、それでは19時頃に〈ケラー〉に行きます。ただ、明朝早いので、そんなに遅くまでは飲めません。

では、後ほど〉

ま、こんなところだろう。

送信したら、着信が三件あって、そのうちの一件は「正月明けでお金のない方に朗報！　高額所得美女たちが男性を援助希望しています！」だったが、残りの二件は〈toppo-og@～〉からのものだった。面倒だ。無視することにした。俺はきっと、メール送信をクリックして、それからすぐに映画を観に出かけたのだ。そう思え、檜垣。

電話の着信履歴のボタンを押して電話をかけた。０９０で始まるケータイの番号だ。種谷が横柄な口調で出たので、状況を手短に説明し、今夜、檜垣と飲む、と教えてやった。種谷はわかった、と答えて、別に感謝もしなかった。俺も、それで充分だ。別にこいつに感謝されたくてやってるわけじゃない。バイバイ、と受話器を置いた。

それから、メールの内容にリアリティを附加すべく、パソコンで麻雀を半荘やった（これが野暮用）。それから出かけて、札幌駅北口近くの名画座で、今日はルキノ・ヴィスコンティの『山猫』を観た。途中、ちょっとウトウト眠ったので、バート・ランカスターがナポリタン・スパゲティを食べたかどうか、確言することは相変わらず不可能なままで終わった。

12

〈ケラー〉の階段を下りてドアを開けると、相変わらずキィと音がした。

その音が耳に入ったのか、キャパの写真のすぐそばに座り、じっと見ていたらしい檜垣がこっちを見た。相変わらずフケっぽい長髪だ。隣のストゥールには、毛皮のハーフコート。変な深さのブーツも、昨夜と同じだ。俺を見て、嬉しそうな笑顔になる。

「いらっしゃいませ！」

岡本が、相変わらずの張りのある声で言う。わかってんだろうな。ヘマするなよ。

「やぁ、どうもどうも。メール？　しつこく何度も繰り返して？　どうもごめんなさい。煩わしかったでしょう」

「出たり入ったり、ばたばたしてたもんだから。全部は読んでないかもしれない」

なにか言おうとするのをとりあえず無視して、岡本に頼んだ。

「サウダージ、お願いします」

「畏《かしこ》まりました！」

「いきなりですか。強いな」

「好きなものでね。でも、本当にこの写真が好きなんですね」

「うん、そう……いい目をしてるでしょ？」

「え？」

「この子」

「……ああ、そうですね」

檜垣は、老婆の横で、しっかりと前を見つめている、幼女に心を奪われているらしい。最初にここにやって来て、この写真を見て夢中になり、以来繰り返しやって来て、この少女を見つめている、ということなのか。

「アナっていうんですよ」

また下品な話をしようとしているのか、と思った。

「ほら、『ミツバチのささやき』の、あの子ですよ」

ああ、覚えている。役名はアナで、……確か本名が、アナ……トレント、という少女だった。映画の中では、イザベルという姉がいて、この役を演じた少女もイザベルなんとか、という名前だった。

「アナ、つまり、アンナ、ということなんでしょうね。英語とかロシア語では」

首を振り、左手で長髪を弾《はじ》きながら言う。やめろよ。フケが飛びそうで、気分が悪い。なんてことは、言わない。大人だもん。

「でしょうね」

「似てませんか、彼女と。アナと。こう、……なんというか、凜々しいところ。そして、無垢な感じ。……凄惨なものを見て、虚ろになった、そんなこの目力《めぢから》、どうですか」

「……目力、ね」

「ええ。どうです。……いい目をしてますねぇ……」

深い悲しみを湛えていた写真が、いきなりぺたんと薄っぺらくなったような気がした。檜垣の甲高い声と平板な言葉遣いは、どんなに高貴なものも、陳腐で薄汚れたものにしてしまうようだった。

「あ、でも、誤解しないでくださいよ」

慌てた口調で、付け加える。

「は？」

「別にあの、萌え、とかそういうことじゃないですから」

当たり前だろ、バカ。

俺の顔を見て、ニヤニヤした顔になる。

こいつは、なんでもかんでも薄っぺらにしなけりゃ気が済まないらしい。

「そこんとこ、誤解されると、ちょっと辛いんで、ヨロシク」

どうも、ダメだ。実際に会うまでは、なんとか話を合わせることも不可能ではない、種谷のためにも、少し付き合ってやろう、と思うことができるんだ。だが、いざ面と向かうと、二分と保たずにムカムカが始まる。立ち上がって、以後一切の関係を絶ちたくなる。

檜垣は、ポカンと開けた口から、舌の先をのぞかせて、それをウニョウニョ動かしながら俺の顔を見た。そして、おどおどした表情になり、「あ、ごめん」と言った。そして、「なんか、気分、害した？」と続ける。

真正面から来られたので、ちょっとうろたえて、言うべき言葉が思い浮かばず、俺は黙ってサウダージを飲んだ。

「中学・高校と、イジメを受けてたんで、それでちょっと、こんなんなっちゃったんだよね、おれ」

よく聞く話だ。最近の流行か。

「いじめられて、そうなったのか？」

「……ああ、まぁ……」

「そんなだから、いじめられてたんじゃないのか？」

「あ、いや、それは……そういうことは、言っちゃいけない、ということになってるんだけど」

「そうだったな。忘れてたよ。なにしろ、ヒガイシャだもんな」

俺の目を覗き込みながら、ぼんやりと頷く。

俺も悪い。中途半端な気分でここにいるから、俺自身も、檜垣も、酒も、時間も、全部をぶちこわしにしている。嫌なら、来なけりゃいいんだ。付き合わなけりゃいいんだ。種谷に頼まれて、それなりの役割を果たすのならば、それはそれ、と割り切って、役に徹すりゃいいんだし。中途半端な俺が、一番よくない。

えい、くそ。

俺は、腹を括った。

「しかし、そうだな。言われてみれば、確かにそうだ。あの、……アナ・トレント、だったっけ？　確かに、面影、あるな」

「あ、そう思う？」

だらしない笑顔になった。

「でも、へぇ……そうなんだぁ……」

「え？」

「酒井さん、アナの名前、というか名字まで、覚えてるんだ。……なるほど。ツラっとした顔して、この！　この！」

俺の目を覗き込みながら、（わかってるよ）とでも言いたげな、得意そうな顔つきで、ロをひん曲げている。そして左肘で、俺の右胸をグリグリする。

俺は本当に成熟した。こんなことをする相手を、殺さなかったのだ。

とにかく、ひとつ明らかなのは、こいつは、俺をイライラさせるために生まれて来たのだ、ということだ。

「やめろ」

「あ、ごめん。そんな冷たい声、出さないでさ。ま、二次元の美少女をふたりで取り合う、というのも、これはまたこれで、なかなかに独特の味わいが……」

語尾を濁して、ニヤニヤしている。俺は無視してサウダージを飲んだ。

＊

その後のことは、あまり覚えていない。酔っ払ったのではなく、不快なことなので、無意識のうちに、忘れよう、と努力したんだろう。

とにかく檜垣は、なにが楽しかったのか知らないが、以来毎日、というか毎時間、というくらいの頻度でメールを送って寄越すようになった。そして、ほとんど毎晩、俺たちは〈ケラー〉で並んで座って酒を飲んだ。俺のこれまでの生涯で、そして、〈ケラー〉にとっては開店以来の歴史の中で、最も不快な悪夢の二週間だった。会えば必ず俺は不愉快になり、腹を立て、檜垣に向かって悪口雑言を浴びせることになった。これがとてもイヤだった。悪口を言うくらいなら、会わなければいいのだ。それがそうできない、そういう状況を受け入れている自分がそもそもイヤでイヤで、それでなおさら檜垣が憎くなり、そして自己嫌悪に陥った。

そして、最も辛かったのは、俺がどんなに邪険に扱っても、口汚く罵っても、檜垣がめげずにニコニコと近寄って来ることで、これがなおさら、俺の神経を参らせた。

おかげで、思い出したくないことを思い出してしまった。

小学校の三年生頃のことだった、と思う。俺の家には、白い犬がいた。雑種で、父親が道ばたに捨てられていた子犬を拾って来たのだ。その犬と、俺は親友同士だった。

で、ある日、つまり俺が小学校三年で、犬が、もう五歳くらいにはなっていた、と思うんだが、俺は父親につまらないことで激しく叱責されて、家から飛び出した。俺は、激怒していた。怒りが抑えられなくなって、可哀相に、俺は犬を蹴った。

犬は、俺に蹴られても、俺が蹴った、とは思わなかった。犬は、「いつも通り、一緒に楽しく遊んでいるのだが、何かの間違いで、つい、足が強く当たった」と思った。ちょっと戸惑った顔をしたが、いつも通り、大きく口を開けて、舌をハァハァさせながら、ふざけるつもりで、駆け寄って来た。俺は、また蹴った。犬は、蹴られた、とは思わなかった。駆け寄って来た。俺はまた、怒りにまかせて、蹴った。

　俺は、何度も何度も蹴った。犬は、何度も何度も、遊ぶつもりで飛びついてきた。そして突然、何かを悟ったのか、「キャ〜ン」と悲しい声をあげて、犬小屋の中に逃げ込んだ。その時は、それっきりもう、出て来なかった。

　小学校三年生だった俺は、それで相当参って、翌日、犬を見るのが恐かった。だが、翌朝、いつものように散歩をさせるために出て行った俺に、犬は、それまでと全く変わらない様子で、喜んで飛びついた。

　俺は、犬が、俺を許してくれたのだな、と思った。

などということを、クソ！　なんで俺は、このヘンタイで人殺しの檜垣のことと結びつけて、しみじみ思い出してるんだよ！　バカヤロウ！

と、檜垣に対する嫌悪と軽蔑、怒りは、一分一秒ごとにいや増しに増していくのであった。

檜垣は、俺のすさまじい嫌悪と軽蔑と憎悪を知ってか知らずか、酒に酔ってはアナ・トレントへの愛着の言葉を並べ、沢渡朔の写真集『少女アリス』を絶賛し、ルイス・キャロルについて延々と語り、『フェアリーテイル』のハーヴェイ・カイテルの悪口を言い、ピーター・オトゥールの卑猥さを褒め称え、そしてなおも酔うと「これの」と左手の小指を立てて「いる店に行きませんか」といやらしく笑いながら言い、そこここの平凡な、なんの魅力もないスナックに誘い、そこではたいがい嫌われて軽んじられていて、鉋屑《かんなくず》のような軽い扱いを受けているのに、それがまた嬉しいらしく常連風の口を利き、そして、驚くべく下品で不潔なことを喋り散らすことを続けて止まなかった。で、結局俺はむかむかして立ち上がり、数千円をカウンターに叩きつけて退散する、ということになり、せっかくの夜を無駄にドブに捨てて終わる、ということになるのだった。

で、朝になってメールをチェックすると、〈toppo-og@～〉からの愚にも付かないメールがズラズラと並び、その合間合間に種谷（taneyan-jin@～）からの「一別後3分経過後S叩くシー乗車直帰現着午前1時12分以後外出なしお前なにや照るんだ」（Sは、おそらくはサスペクトの略で、檜垣のことだろう。「S叩くシー」は、「Sはタクシー」の誤変換、「なにや照るんだ」は、「なにやってるんだ」のミスタッチだろう）というようなメールと、「大事なお知らせ！　高収入セレブたちが、援助する男性を求めています！」のメール、「過激ＤＶＤ」の販売メールなどがぎっしり並ぶ、という煩わしさで、起き抜けからいきなり意気阻喪する、という日々が続いたのだ。どうも俺のメールソフトの迷惑メール・フィルターは、うまく機能していないような感じがしてならない。

それはとにかく、そんなふうに、最低の冬がどんどん過ぎて行った。朝は下らないメールの羅列を読み、昼間は小遣い稼ぎに犬猫にエサをやったり、ホモの夫婦の養子に英語を教えたり、東京のテレビ局の、ススキノ取材のコーディネイトをしたり、聞き覚えのない声の、泣きながらの電話の相手になって、いろいろと相談に乗って、最後の最後に、これが間違い電話だった、ということが判明し、「でも、助かったわ。気持ちの整理ができました。ありがとう」と礼を言われたりして過ごし、時折は種谷と電話で話し合い、あるいはまた第一グリーンビルの屋上で種谷と、その後輩であるらしい、若いデブ刑事と語り合ったりした。

そして、夜は、檜垣に付き合って、飲んだ。そもそも最初は、毎週土曜日、週に一晩を潰すだけ、のつもりだったのだ。それが、ほとんど毎晩付き合うことになってしまった。端から見たら、とても仲の良い親友同士、なんて感じだっただろう。

本当に、生涯最低の冬だった。

13

そんな面倒で下らない冬のある夜、しんしんと雪が降り積もる水曜日午前一時十二分、ビルのてっぺんにあるタパス料理の店で、俺と檜垣は飲んでいた。片方の肩が常に見える、ルーズなシルエットのウールのセーターを素肌に着た、お尻の小さな、細いジーンズが似合うオネェチャンが、店内を漂って、客たちのテーブルの上に気を配っていた。檜垣の好みの店にしては珍しく、落ち着けるいい店だった。もしかすると、檜垣の大事な隠し玉で、今まで取って置いたのかもしれない。だが、あの綺麗なオネェチャンには興味はないようで、大きな窓から見える、ちょっと寂しげな夜景を眺めながら、珍しく口数少なく、淡々と飲んでいる。なにか、心境の変化、のようなものが感じられた。

「ええと……」

檜垣が、夜景から目を離した。俺の方を見て、だらしなく酔っ払った口調をことさらに強調するような感じで、こそこそと俺の目を覗き込み、まるでこれから万引きをする、気の小さい劣等高校生のような、落ち着かない表情で、言った。

「酒井さん……」

「ん?」

「あの……いや、あの、でも、ホント、酒、強いよね」

「そうでもないよ。最近は、弱くなった」

「毎晩、だもんなぁ……俺、もう、疲れちゃった」

「じゃ、飲むのやめろよ」

「……そうもいかなくてさぁ……それにしても、……毎晩、よくお金、続くねぇ……」

「……ま、退職金が出たから」

「……へぇ……俺はもう、そろそろ小遣いも乏しくなってきてさぁ……」

「じゃ、飲むのやめろよ」

「……そうもね。……これで、なかなかね。そうも、いかなくてさぁ……。あああ、これから、どうしようかなぁ!」

「飲むの、やめな」

「……それじゃなくてさ。今晩、これから」

「まぁ、飲むの、やめるんだな」

「またそれか。酔っ払ってんの？」

「いや」

「……雪、止みそうもないなぁ……」

「朝まで積もるだろ、きっと」

「……そんな感じだねぇ……なにやってんだろ、オレたち」

「そう思うんなら、飲むの、やめろよ」

「……またまたぁ……でも、ホント、今晩これからどうしようかなぁ……」

「……ま、帰るか」

「そうだ、酒井さんは、どこに帰るの？」

「ん？　俺か？　今まで、俺の住んでるとこの話、したことなかったか？」

俺は、ちょっとうろたえていた。住所を言ったことがなかっただろうか。その場しのぎの、どこか適当な住所を言ったことはなかっただろうか。檜垣は、何かを探ろうとしているのか？

「うん。知らない」

「そうか」

「どこ住んでんの？」

どこだ！　どこにする！

「中島公園の向こう側だ。幌平橋《ほろひらばし》の近く」

実際よりも少し遠くにした。

「へぇ……」

「歩いても、帰れるんだ。まぁ、歩いて二十分、てとこかな」

「へぇ……そりゃ、いいねぇ……でも、この雪の中、二十分は、ちょっときついねぇ」

「……まぁな」

「まだ飲み足りない感じなんだけど、……酒井さんは？」

「うん……」

微妙な、なにかの変化を俺は感じていた。話が盛り上がったわけでもない。お互いに気持ちが通じ合った、などという気持ちの悪いことが起きたわけでもない。だが、なにかが変化した。……それはもしかすると、檜垣と、その向こうの、家族やらなにやらの変化かもしれない、というような気もした。

「まぁ、これでオヒラキにしても、いいんじゃないか？　もう疲れたよ」

俺はわざとそう言った。檜垣の表情に寂しさが漂った。

「別な店に移動するのも面倒だし。これで、ピッと帰ることにしよう」

もちろん、半ば、どころか百パーセント、本気だった。

「いやあの……これから雪ん中、二十分も歩くのも……」

「いや、いいよ。面倒だから、タクシーで帰る」

「じゃ、そのまま、おれの家に来ない？」

「ん？　なんで？」

「あの……」

そこで口ごもったが、檜垣は一気に言った。

「ま、その……、もう少し、話をしないか？　なんかこの、語り明かす、とかさ。……つまり、おれの家に泊まってけよ、ってこと」

「……あんた、ホモか？」

「おれが？　いや、そんなことじゃない。そういう話じゃなくて、……だって、おれ、親と住んでるんだ。オヤジと母さんが一緒だから。だから、そっちの心配はないから」

「迷惑だろう、両親に。もう、寝てるんだろ？」

「まぁな。……でも、ま、冷蔵庫を開ければ、なにかはあるし、おれ、簡単なものなら、さっと作れるし。外で飲み食いすると、結構、金、かかるじゃないか。その点、家で飲むのはいいんだよ。金はかからないし、タクシー代もかからないし。だから、たいがいそうしてるんだ。珍しいんだよ、おれがこんなにススキノに出てくるの。普通は、家で飲んでるんだ。でまた、その方がいいんだって。金は安いし、タクシー代もかからないし。酔ったな、眠くなったな、と思ったら、そのままバタンキューで寝ちまってもいいんだから」

そこまで、休みなしにガァッと語って、そして俺の目を見る。

俺は、酔っているのと、驚いたのと、その他いろんな思いが錯綜して、混乱し、考えがまとまらなかった。

「ん〜と……」

「そうしなよ。どうせ仕事もないんだろ？　楽だよ、ホント。酔っ払ったら、すぐに寝られるんだから。それに、お客さんだからさ、なにしろ、飲み代も食い物も、タダだから」

「いや、少しは払うよ。タダじゃ悪いだろ。……二千円くらい、取ってくれ」

「いや、それは……ああ、そうか。うん。わかった。じゃ、それはもらう」

檜垣は、俺が差し出した二枚の千円札を受け取った。金の問題じゃなくて、そうすれば、もう俺が必ず檜垣の家に行く、と考えたんだろう。

「じゃ、行こうか。……ちょっと待ってて。いつも使ってるタクシー屋があるんだ。電話で呼ぶから」

檜垣が耳にケータイを当て、ちょこちょこした足取りで、慌てて出て行った。俺は、お尻の小さな、細いジーンズが似合うオネェチャンを呼んで、五千円札を渡し、お釣りはいらないよ、と言った。非常に安い店で、そしてそれほど飲み食いしたわけではない。チップ、というほど余るわけではないが、足りないことはないだろう。

店のドアがせわしなく開いて、明るい顔の檜垣が戻って来た。

「じゃ、行くか」と立ち上がった俺を、檜垣は「ままま」と広げた両手で抑える仕種をした。

「ま、まだ座って、待ってて」そう言って、にやにや笑いで続けた。「いつも使ってるタクシーなの」

尋ねもしないのに、そんなことを言う。相当酔っているらしい。俺は別に答えずに、ただ頷いた。

「ビルの前に着いたら、ケータイ鳴らすってことになってんのさ」

と檜垣が言った時、ケータイが鳴った。檜垣が耳に当てて、「はい、小椋です」と言うのと同時に、俺は立ち上がった。

「え？」

そう尋ねる檜垣の表情が、激変した。憤怒、と言っていい表情だ。不気味だった。

（ん？）

俺が目顔で尋ねると、檜垣は右手を大きく広げて「ままま」という仕種をして、鋭くなった顔で、耳にケータイを押し当てたまま、足早に去って行った。俺はそこに放り出されて、中途半端な気分であたりを見回した。

時間も時間なので、客はあまりいない。ウールのセーターの、肩を出した、お尻の小さなオネェチャンが通りかかり、大きな瞳を半分閉じた、色っぽい顔つきでオレたちのテーブルの上を眺めて、呟くように言った。

「あのう……」

その、なんとなく構えた口調が、なんだか気に食わなかった。

「残念だけど、今夜はスケジュールは埋まってるんだ」

俺の口調は、ややぶっきらぼうだったかもしれない。オネェチャンは、くすり、と笑って見せて、言葉を続けた。

「それはよかったわね。あなたたちの愛の行方には、興味はないけれど、祝福するわ」

「そんなんじゃないけど」

「わかってるわ。おやじギャグでしょ？」

なんということを言うのだ。

「もう少し、愛ある言葉を喋るように努力しなきゃ」

「この頃は、愛は高いのよ。値段、天井知らず。セックスは、とっても安くなったのにね」

「いくらぐらいだ？」

「昔から言うでしょ。女の値段は、靴の値段と同じ」

「確かに」

「愛は、フェラガモのオーダー。セックスは、東京靴流通センター」

俺は、なにか洒落たことを言おうとして、ちょっと考えた。その「ちょっと」の分だけ、このオネェチャンに、負けた。

「ところで、そろそろラスト・オーダーなんです」

「ああ、なるほど」

「ドリンクはまだOKですけど、フーズの方は、これで終わりです。なにか御注文はございいますか？」

「いや。もう満腹だ」

「そ」

オネェチャンは、緩やかな笑顔をそこに宙ぶらりんにして、クルリと背中を向けて歩み去った。

呼び止めて、名前を聞こうか、と思った。だが、やめた。檜垣と縁が切れてから、ひとりで来て、改めて尋ねる方がいい。

だが、オネェチャンは、窓際に座っていたカップルに話しかけ、そしてオーダーを受けたらしい。ふらついているようだが、妙に腰の決まった、不思議な歩き方でこっちの方にやってきた。厨房は、俺の後ろの方角にある。で、目が合ったので、尋ねた。

「あの」

「はい？」

小首を傾げて、俺を見下ろす。

「私と一緒の、客……」

「はい」

「ここには、よく来るの？」

「月に一度くらい……って、お客さんの話を、私がなぜ他人に話すと思うの？」

「きっと、君は、あの男が嫌いだ、と思うんだけど」

オネェチャンは、頭をのけぞらせて、フッと一度、小さく笑った。

「私は、ごく普通の女だから、みんなと同じ」

「ん？」

「あの人は嫌いよ」

「みんな？」

「そう。あの人は、必ず、女子高生と来るの。彼女たちは、みんなあの人を嫌ってる」

「なるほど」

「あの人が、一緒に来たお相手の中では、あなたが一番の仲良しって感じね」

薄気味悪いことを言う。俺は、ちょっと黙ってしまった。オネェチャンは、また頭を軽くのけぞらせて、フッと短く笑った。

「なにか、面白そうな感じ。結果が出たら、なにがあったのか、教えてくださいね」

そう言って、細いジーンズの尻ポケットから、わりと固い厚い紙の、小さな明朝体で地味に出来上がった、小ぶりな名刺を出して寄越した。この店の住所・電話番号があって、〈オーナー　松江　華〉とある。

「え？」

「あなたは違うと思うけど、どっちにせよ、警察がらみの話でしょ？」

「……」

「変わり者のひねくれたお爺さんが来て、あれこれいろんなことを話して行ったわ」

「……なるほど」

「警察のすることには興味はないし、積極的に協力しよう、とも思わないけど、面白い話は、好き」

「……」

「あなた、便利屋さんでしょ？」

「は？」

思いがけず、うろたえた。

「覚えてないのね」

「ええと……申し訳ない」

「濱谷のオバチャンのところで……」

「ああ、なるほど」

拝み屋のオバチャンだ。霊感治療で痛みを取ったり、女の子の源氏名、新規開店の店名を決めたり、招福印鑑の取り次ぎをしたりして食っている。日中、彼女の部屋は、ススキノで働く女性たちの溜まり場になっている。俺も、時折は顔を出す。情報が交錯する、わりと役に立つ場所なのだ。

「面白い話だったら、いつか聞かせて」

「了解」

「あの人、犯罪者？」

「よくわからない」

「じゃ、人殺し？」

「よくわからない」

華は、キラキラ光るようになった瞳で、俺をじっと見下ろし、それから嬉しそうな顔でひとつ頷いた。

「ありがと」

そう言って、小さく頷き、俺の後ろのほう、厨房に向かった。

檜垣は、なかなか戻って来なかった。

14

ようやく戻って来た檜垣は、えらく不機嫌で、タクシーの中でもブスッと黙り込んだままだった。音は鳴らなかったが、何度かケータイに着信があったらしい。ムッとした顔で画面を睨み付けて、大袈裟に舌打ちをして、切った。なにか、状況は悪いらしい。

「俺は、やっぱり、帰るよ」

そう言ったのは、作戦とか駆け引きじゃなくて、本心だった。帰りたかった。

「いや、待って、酒井さん」

檜垣は慌てて、せかせかした口調で言った。

「無理に誘ってるわけじゃなくて。こっちの都合で悪いけど、こっちの予定が狂うから。だから、……そのつもりでいるんだし」

「なんか、用事ができたんじゃないのか？」

「いや、ちょっとね。……まぁね、家庭の問題で」

「じゃ、なおさら帰るよ。後は、家族水入らずで……」

「そうじゃないんだって。いいんだって。……そんな、この歳になって、子供扱いすんなって、そういう話さ」

「俺には関係ないよ」

「ああ、うん。そうです。もちろん、そうなんだけど、……いや、こんな、こんな風に、イヤな思いをさせるつもりじゃなかったんだけど」

「もう、いいよ。これ以上いくらやっても、もっともっと不愉快になるだけだと思うんだ。だから、とりあえず、今日のところは、帰るよ」

「いや、そういう問題じゃないんだって。そりゃさ、この歳にもなって、独身で、両親と同居してる、というのは、ちょっと変な感じがするかもしれないけど、別にそんなの、珍しくもない、そんなの、いくらでもある話だし、別に俺は、ちゃんと家賃も入れて、食費も入れてるしね。独立して、自活してるわけだから。ただ、年取った両親が、心細いだろうな、と思って、それで同居してるだけでね。だから、……まぁ、店子《たなこ》、というかさ、言葉が古いな、とにかく、こっちは借り主、というかさ。アパートの。家賃を払って、食費も払っている、いわば下宿人なんだから。居候《いそうろう》じゃないわけ。しかも、この歳なんだから、帰宅時間とか、門限とか、そういう話も変だろう。親友と酒が弾んで、連れて帰って、一緒に飲むことだってあるだろう。……そういうこと、世間じゃそんなに珍しくないよね……ねぇ？」

自信なさそうな顔で、こっちの目を覗き込む。

「まぁね。普通にあることなんじゃないの？」

「だろ？」

「でもま、それぞれの家庭には、それぞれのルールがあるわけでね。御家族に歓迎されない
んなら、無理に押し掛けるのは、俺としても気が進まないな。とにかく、御家族は、迷惑だ、
と言ってるわけだろ？」

「でも、対等で、自活してるんだし」

「御家族は、ご両親？」

「……そう。ヘンかな」

「いや、そんなことはないけど。今まで聞いたことがなかったから。小椋さんの家のこと」

「そうだったっけ？　話さなかったっけ？　とにかく、そうなんだ。両親と暮らしてます。

……それが、なにか？」

「そのご両親が、迷惑だ、というんなら、こりゃ無条件に、ダメだ、ということだよ」

「え？　じゃ、俺の気持ちは？　偶然、家主が両親だ、というだけで、俺の意志は無視って

わけ？　俺も一応、一国一城の主？　世帯主？　ってことなんだけど」

「でも、要するに、大家なんだろ？　いわば」

「え？　じゃ、両親の家に同居して、年取った両親を面倒見てたら、自由には暮らせないってこと？　俺には自由意志は認められない、と？」

「いや、そういうことじゃないけど……年取ってるわけ？　ご両親」

「……そりゃそうだろ。俺の親だから」

「いくつ？」

「……ええと……まぁ、そろそろ七十近い、と思うけどな。父親は、七十なってるかもしれない。七十二、三とか」

「……ああ、そういえば、お母さんの声が、やけに若いとか、そんな話、してたね」

「……そうだったかな。……とにかく、今夜は、来てくれよ。来てくださいよ。ここまで来ちゃったんだから。ねぇ、家で飲んで、泊まってってよ」

「……気が重いな。正直言って」

「そんなこと言わないでさ。……こんな話したから、酔いが醒めちゃったよ」

「……ああ、そんな感じだ」

「じゃ、やっぱ、飲み直さなきゃ。ね、そうだよね」

「……なんだかなぁ……」

「酒はあるんだ。ウィスキーも、モルトも、ワインも、泡盛も、もちろん、エビスも、ちゃんとあるから。あとはね、缶詰やなんかを適当に開ければ、もう、ホントにそれでいいんだから。コントレックスも、氷もあるし。モルトはね、アードベックと、ラフロイグ、ボウモアがいつも買ってあるんだ。アイラが好きでさ。ね。明日、朝になったら、朝起きたら、朝飯の用意もすぐできるから。卵は、長沼の地鶏業者から取り寄せてる、本当にいい卵なんだ。俺、ココット作るのうまいんだ。塩をかけなくても、充分においしくできるんだ。ココットが。卵がいいから。……だからさ、もう、とにかく、一度上がってよ。ね、そうして。泊まってってよ」

「……」

俺は渋々頷きながら、あれこれ考えていた。とにかく、中に入ればこっちのものだ。最悪、なんの意味もなく、原因不明で暴れてもいい。それから、錯乱して、自分で警察を呼べばいいのだ。当然俺も交番までは行くことになるが、「悪いようにはしない」と種谷は言った。俺は、警察は一切信用しないが、種谷だけは、少しは相手にしてやってもいい、とは思っている。

……今ごろ、俺と檜垣が連れ立ってタクシーに乗って、檜垣の自宅方面に向かっているという事実は、少なくとも、種谷は知っているはずだ。それと、種谷の後輩だという、七三分けの、ほっぺたがアバタで赤くなっている、鼻毛の始末の悪い中年刑事もおそらくは状況を把握しているだろう。あ、ほかにデブ刑事もいた。とにかく、だから、ほんの少し、一騒動起こして、一一〇番すれば、それでもう、交番警官に始まって、じわじわと、所轄の刑事たちが入り込んで来て、なし崩しに、家のあちこちを見て回る。そこでとにかくなにかを発見して、正式の家宅捜索の令状を取る。

「そうなりゃ、もう万全だ」

種谷は、七並べで八と六が手札の中にいっぱいあるのを発見した幼稚園児のような、単純に狡い顔で、ニヤリと唇を歪めたのだ。

とにかく俺は、檜垣の家の中に入ればいいのだ。そして一騒ぎする。だが、ここまで来たら、焦ることもない。不自然に中に入りたがるよりは、自然に嫌がる方が、成功に結びつく、と思う。とにかく、俺はエサで、檜垣はエサに食らい付いた。あとは、相手が呑み込むのを待つだけだ。焦っちゃいけない。

俺はテレビで何度か見た、そして種谷にも「この子だ」と数枚見せられた、邑隅エリカの写真を思い出していた。それぞれの写真によって、驚くほどに顔つきや表情は違っていたが、とにかく、若くて明るい少女であることは見てわかった。それなりの屈折や、悩みや、打算、駆け引きなどもあったんだろうが、それはそれとして、わりと素直に、伸び伸びと育ってきた娘、という感じがした。

親は、本当に辛いだろう。エリカの祖父が、号泣しているのを、テレビで見たことがある。

そろそろ決着が付くのか。

エリカの両親、祖父母たち、家族たち、そして、種谷やその仲間、そして俺は、とうとう、エリカの今の姿に直面するのか。

それを思うと、ちょっと心臓がパタパタした。だが、それを力任せに抑え付けて、俺は平静を装いつつ、檜垣と並んでタクシーの後部座席に座って、窓の外を流れる、札幌の郊外の街の灯……ほとんど、街灯だけ……を眺めていた。雪明かりが思いの外白く明るく、街は重苦しい灰色だった。夜明けまではまだ数時間ある。

15

「実際、やってられないっすよ」

檜垣は何度もそう言った。

話すことは支離滅裂で、アメリカで心理学を学んだ、と話したことを時として忘れて、「ずっと親元で親に縛られて暮らして来たんだ」と悔しそうに口走ったり、「俺は挫折ってのがどういうもんか知っている」などと繰り返し、「俺の人生は挫折の連続だった」と何度も惨めったらしく言うので、ちょっとおかしかった。檜垣紅比古が、俺に聞かせた「小椋良一」の人生には、どこにも挫折などなかったからだ。せいぜい「南校を二年半で退学」というところが「挫折」と言えば言えるが、先月そのことを語った時には、檜垣はいかにも得意そうだったのだ。

「挫折かぁ……でも、私は、小椋さんの人生には、挫折なんか全然ない、と思うけどな」

「いや、そうでもないんだ」

「だって、中学校の時から、ずっとトップ・クラスだったんだろ？　で、南高に入って、蹴飛ばすみたいに退学して、アメリカ留学。心理学の学位を取って、ニュー・ヨークでジャーナリストをやってたってんだから、もう、順風満帆の人生じゃないか」

「いや、それはそうだけど……」

「コンピュータの達人だし、ニュー・ヨークのミュージック・シーンをリードしてもいたんだろ？」

「うん、まぁ、それは？　そうだけど？　でも……ま、志？　志半ば、みたいな？」

「あ、……そうか。お母さんが体、壊した、とか言ってたっけ」

「……ああ、うん。そうそう。そういうわけで？　札幌に戻った？　みたいな？」

「でも、俺みたいな、リストラされた人間から見たら、優雅な人生ですよ。札幌でも、あれでしょ？　コンピュータを駆使して、ソーホーだって言ったじゃないですか」

「ああ、うん、それは？　まぁ、そうなんだけど、その……自由が、やっぱ……」

「そうかぁ……なるほどなぁ……カリフォルニアで学生生活を送って、ニュー・ヨークでジャーナリストとして活躍してたわけだから、そりゃやっぱり、自由、ということの満喫度合いが違うんだろうなぁ！」

「ああ、まぁ……そういうような？」

「でも、俺に言わせれば、贅沢な話だな。そういう自由を満喫できたのも、元はと言えば、御両親が、カリフォルニアに留学させてくれたからでしょ？　それを思えば、少しくらい、親孝行したって……」

「ええと……うん、まぁ、それはそうですけどね」

「……やっぱ、私、これで帰りますわ。運転手さん」

「は？」

「会社に連絡して、……そうだな、次に左側にコンビニがあったら、そこで降りるから、そこに一台、車を回してもらうように……」

「いや、だめだめ、酒井さん、それじゃだめさ。それじゃだめ。やっぱり、今晩は、ウチに来てよ。話が変にこじれちゃったけど、俺も別に意地になってるわけじゃないし、ひねくれちまったわけでもないけど、でも、とにかく、今晩は、やっぱ、飲もう」

「……気が進まないなぁ……」

「親には、好きなこと言わせないから」

「親が好きなこと言ったっていいだろうよ。それがイヤなら、出てけばいいのに。別にあれだろ？　出ていけない理由とかがあるわけじゃないんだろ？」

やり過ぎか？　ちょっとヒヤリとしたが、もう少し言ってみることにした。

「親が作ってくれた喫茶店とかで食ってるわけじゃないんだろ？」

「違う！　そんなんじゃないけど。……親が、心細いだろう、と思って……」

「向こうはそうは思ってないんじゃないか？　『ウチの息子は、いつまで経っても親離れできなくて』とかなんとか、そう思ってるんじゃないか？　よくあるんだよ、そういう言い分の行き違いってのは……」

檜垣が物凄く険悪な表情で俺を睨んだので、俺は、演技じゃなく、薄気味悪くなって、思わず口を噤んだ。

「酒井さんまで、そんなことを言うのか」

「……いや、まぁ、詳しい事情を知らないのに、立ち入ったことを言っちゃったな。申し訳ない」

「俺は別に、酒井さんがリストラされた、と聞いたって、それはあんたが無能だからだ、とか、会社にとって価値がないからだ、とか、そんな悪口は言わなかったろ」

「ああ、うん。それは確かに」

檜垣は、俺の偽装を、全く疑っていないようだった。

「それは、言っちゃいけないことだ、と思ったから、だから、自分に禁じてたんだよ。やっぱ、リストラされた、と言うと、みんなまず、サラリーマンとして、仕事人として、無能だった、と思うんじゃないの？　普通は。あるいは、会社にとって、無価値な人間だった、とか」

どうやら、檜垣は本気で怒っているらしい。

「まぁ、そうだろうな。それは認める」

「でも、そういうことを言っちゃいけない、と思ったから、だから俺は、絶対に言うまい、と決めてたんだ」

「……悪かった」

俺は、神妙な表情を作ってマジに詫びた。

本当に、申し訳ない、という感情が少し漂ったので、不思議だった。俺はもしかすると、演技のツボ、というようなものを掴みかけたのかもしれない。

「それなのになぁ……酒井さんから、あんなこと、言われるなんてなぁ……」

「悪かった」

と詫びたが、正直な話、「あんなこと、言われる」の「あんなこと」とはどれなのか、はっきりとはわからなかった。

「……親離れしてない、か。……なるほどね。やっぱ、それが世間一般の見方ですか」

あ、それね。

「いや、それは……まぁ、言葉のアヤで。申し訳ない。もちろん、違うよね。違うさ。なにしろ、カリフォルニアで勉強して、ニュー・ヨークで自活してたんだもんねぇ。しかも、ジャーナリストとして。で、ギタリストとしても活躍してた。そうだよな。もう、親離れなんか、とっくに、完了してたわけだもんな」

「俺、もう、四十過ぎてんだから」

「うん。そうだよな。そうだ。悪かった」

「やっぱ、世間は、そう見るわけかな！」

檜垣は、吐き捨てるように言って、荒い仕種で腕組みをして、麻生太郎のように口許をひん曲げた。オヤジ面が、妙に子供っぽくなった。ポカンと開けた口からのぞく舌の先が、ウニョウニョと動いていた。

16

街灯の明かりの中に堆《うずたか》く積もった雪が浮かび上がっていた。俺の背よりも高いブロックの塀が、回してある。その向こうは暗くて、広い。冬囲いをした庭木がポツラポツラと立ち尽くしているのがなんとなく見える。大きな車庫のように見えるのが、おそらくは檜垣の花屋だろう。造りとしては、歩道から花屋に直接入れるようになっているようだが、今はその花屋の入り口に雪山ができていて、出入りは不可能だ。

タクシー代は、檜垣が払った。これはまぁ、払わせた。檜垣が「いや、酒井さんは、お客さんだから」と強く言ったせいでもあるが。

俺と檜垣がタクシーから降りた時、なにか気配か物音にでも気付いたんだろう、暗くて大きな庭の向こうの、大きな家の玄関に灯りが点った。

「いつもどうも！」

運転手が言い、檜垣が酔いの滲む声で「じゃまた！」と機嫌よく手を振った時、奥の方で、玄関のドアが開いた。タクシーが走り去った。

「紅比古ちゃん！」

女の声が言った。やけに若い声だ。どうやら、玄関に立っている人影らしい。はっきりとは見えないが、小柄な女性であるようだ。その後ろに、肥満した男が立っているように見える。

「あけひこぉ？」

俺は、小声で、わざと呟いた。

「いや、いろいろとね」

檜垣は額の汗を拭い、「ちょっと、待ってて」と小声で言って、足早に玄関に向かって行った。俺はとりあえず、そこに立ち尽くして、見送った。去って行く檜垣は、不格好な大きな尻を、チョコチョコと左右に振る。

すぐに玄関に着いて、そこで激しい言葉の応酬が始まった。紅比古も、母親も、興奮して、強い言葉をぶつけ合っている。しなびた老婆だが、声だけは、妙に若い。その若い声でキャンキャン喚くので、耳に突き刺さる。だが、近所に遠慮はしているらしく、大声ではない。その分、声をそれなりに押し殺したエネルギーが各々の体の中にこもって、下手をするとすぐに暴力にまで結び付きそうな気配だった。

ここで揉めてもダメなんだ。せっかく殴り合いになるんなら、家ん中じゃないとな。

俺は、やれやれ、と溜息をつきながら、近寄った。

「小椋さん、やっぱ、私、帰りますわ」

「オグラ？　アケヒコちゃん、あんたまだ」

しなびた老婆が、やけに若い声でキャンキャン喚いている。

「いや、酒井さん、ちょっと待って」

「あんたがサカイかぁ！　コンチクショウ！」

婆さんは、滅茶苦茶になりかかっている。若い声が、迫力のあるダミ声に変わった。腹の底から、吠えるような声だ。

「参ったな。とにかく、今日のところは、帰るから」

「いや、待って。そりゃないでしょう。母さん、ちょっと、友だちの前で、恥かかせないで」

「あんた、何バカなこと！」

「いや、そんなに心配しなくても、あの人は、大丈夫だから。友だちなんだ」

「バカなこと言うんじゃないよ！　大丈夫なわけ、ないでしょう！」

その時、父親らしい肥満した男が言った。

「あまり大声出すなよ。ご近所の迷惑だ」

そう言い置いて、家の中に引っ込んだ。

「じゃ、小椋さん、とりあえず、これで」

「いや、酒井さん、だめだって、それじゃ。それじゃ、なんにもならない。俺はどうなるのさ。このまんま、ずっと、死ぬまで、この家で腐っていくのかい」

「あんた、なにバカなこと言ってんの！」

「うるさい！」

「うるさいじゃないでしょう⁉　誰が悪いの⁉　こんな、いきなり……」

「いきなり？　いきなり？　いきなり？　いきなり？　なにが〈いきなり〉さ。ええ？　なにが〈いきなり〉さ。何回も話したじゃないか。飲み友だちができたって。何回も話したじゃないか」

「いや、小椋さん、とにかく……」

「なにがオグラですか！　ウチには、檜垣、という歴《れっき》とした名字があります！」

「え？」

俺は、この時のこの演技だけは、百点満点で九十八点の、非常に優れた演技だった、と今でも思う。

「いや、酒井さん、なんでもないんだ。気にしないで」

「なんでもないことじゃないでしょう！」

俺はズボンの左のポケットから缶ピースを取り出して、一本抜いた。

「うるさい！」

「アケヒコちゃん！　あんた、なに考えてるの⁉　誰のせいだと思ってるの⁉」

ピースに火を点けて、肺の奥まで喫い込んだ。しみじみとした解放感が俺を包んだ。大丈夫だ。もう少し、頑張れる。

「やめろ！　いい加減にしろ！」

「あんたまたいっつも、バカばっかり！」

「大丈夫なんだって。酒井さんは、友だちなんだから。親友なんだから。ちゃんとわかるんだ。大丈夫なんだ。わかってくれるから！」

「あんたまたいっつも、そんなバカばっかり！　友だち!?　ハッ！　あんたの友だち、今までみんな、ろくでもない連中ばっかりじゃないのよ！」

「お母ちゃん、それはひどいよ」

「あら！　ちょっと、そこの人！　あんたです、あんた！」

どうやら俺のことらしい。

「は？」

「なんですか、あなたは。勝手にヒトの家の敷地内に入って来て！」

「だって、お母ちゃん」

「ああ、これは失礼……」

言葉を続けようとした時、檜垣母親は、チョコチョコッと駆け出した。俺に向かって来る。

（は？）

俺にぶつかりそうになって、俺の右手から火のついたピースをむしり取り、俺のシャツの胸に押しつけて、火を消した。腹の底からの吠え声で、喚いた。

「ヒトの土地で、タバコを喫うな、田舎モン！」

どうでもいいことだが、もちろん、熱かったし、これでシャツが一枚、ダメになった。おそらくは、俺の目には怒気が浮かんだだろう。それを見て、髪を振り乱したしわくちゃ婆さんは、ヒョイ、と腰を浮かせて、ちょこちょこと逃げて行った。

こいつは、勇気があるわけじゃない。繋がれた犬に、遠くから石をぶつける悪ガキと一緒だ。自分が「弱者」だということを熟知して、その弱者性を振りかざして滅茶苦茶をやる弱者商売の連中と同じだ。相手が、反撃に出られないことを知っていて、姑息な暴力を用いる。「正義の味方」「弱者の味方」の業者がよく使う手だ。

「タバコを喫うな、バカ！」

「これは、ひどいな」

「なにがだ！　タバコを喫うな！」

「おい、小椋さん、俺は、帰る」

「いや、待って。お母ちゃん。ひどいよ。友だちなんだから」

「ハッ！　友だち！　あんたの友だち！　今まで、誰がいたの。まともな友だちが、ひとりでもいたかい？」

「いたさ」

「はっ！　オカベ！　ハヤシダ！　エンドウ！　トチナイ！　イシダ！　スズキ！　タテウラ！　みんな、あんたを利用するだけ利用して、ポイ、だったじゃないの！　その尻拭いは、全部、お母ちゃんがして来たんじゃないか」

「それは言うなぁ！　それは言っちゃ、ダメなんだよぉ〜！」

「なにさ、バカ！　こうなったのは、誰のせいなのよぉ！」

母親は、そう叫ぶと、ウワァっと金切り声で泣き叫び、紅比古にむしゃぶりついた。

「放せ、バカ！　気持ち悪いだろ！」

家の二階の窓が、スッと開いた。そこから、肥満した父親の上半身がニュッと出た。

「うるさい！」

野太い声で怒鳴って、「バカ！」と付け加え、物凄い勢いで窓を閉めたらしい。ガラスが響くような、ガシャン、という音が聞こえたが、割れはしなかったようだ。

……ただ、……いや、俺が過敏になっているせいか、そんな気分でいるせいか、それとも事実そうなのか、はっきりと自分では断言できないが、……窓ガラスが開いた時、なにか、ほんの一瞬だが、……とってもイヤなニオイが、パァッと、広がったような気がするのは、……やっぱ、気のせいか？……なにかこう、放っておいて、カビが生えて、ヌルヌルするようになった、しかし、大部分は、乾燥している、パサパサになっている、しかし、ねっとりとしたニオイがかび臭さと混じっていて、……部屋には小さな蠅がびっしり飛んでいる、というような……いやいや、これは気のせいだ。俺の先入観だ。

そう思うことにした。

そうしないと、いきなり吐いてしまいそうになったからだ。

それは、いくらなんでもまずいだろう。

一瞬で、ここまでニオイが漂う、というのは、そもそもおかしい、ということくらいはわかる。だが、……雪の多い冬の、しかも雪がしんしんと降った後の、いつの間にか風が収まった、澄み切った冬の夜の冷たい空気の中で、「あのニオイ」は、ビシビシとこっちの皮膚にしみ込んでくるような感じもするし。

いや、寒いから、ニオイはあまりしないんじゃないか。……なんのニオイが。……考えるな。とにかく、今んとこは。

とにかく、ニオイは、漂ったわけじゃない。カメラのフラッシュのように、ほんの一瞬、パッとあたりに広まって、あとはわからなくなった。

いやしかしとにかく、もうこうなったら、オシマイだった。檜垣や、その母親が、ふとお互いの顔を見交わすのも、喧嘩している親子の普通の仕種だ、と思えばそれでいいのだが、どうも、今この瞬間、このニオイに気付いて、ふたりでうろたえている、その表情、と思えるし。

気付いた素振りを見せてはいかん、と思うと同時に、いかにも自然に、「あれ？　なんのニオイ？」と尋ねた方が、怪しまれないかも、とも思うし。

どうすりゃいいんだ。

ニオイが強烈であれば、気付かないふりをするのはおかしい。だが、さほどでもなければ、こっちは酔っていることでもあるし、気付かずに済んでもＯＫだ。

どっちがいい。

気付かれないように深く息を吸い込んで、ニオイを確認した。

こういう時、嗅覚、というのは、本当にあやふやだ。さっきのニオイがまだ残っているようにも思われるが、冷たい雪の香りの中に溶け込んで消えたような感じもする。

（クソ！　面倒だ！　無視、無視！）

「小椋さん、とにかく、私、今日んとこは、帰りますわ。また御連絡します」

俺はそう言い置いて、背中を向けて歩き出した。門はすぐそばだ。とにかく、あの門から早く外に出たい。一旦撤退だ。再訪のチャンスはすぐにあるはずだ。

「あ、いや、酒井さん、ちょっと待って」

檜垣が足早に追い付いて、俺と並んで歩きながら忙しない口調で喚く。

「申し訳ない。謝るから。だから、とにかく一度、上がって。頼む。このままだと、お母ちゃんに負けっ放しだだし」

「家庭の問題は、家庭内で解決してくれよ。少なくとも、俺には……」

後ろの方で、檜垣の母親が、おそらくはケータイを出したんだろう。大声で喚いている。

俺は思わず立ち止まって、聞き耳を立てた。檜垣も、俺の前に立って俺の両肩を押さえたが、そのままの姿勢で、母親の方を見ている。母親は、押しつけがましい下品な声で、声高に、つまり、俺と息子に聞こえよがしに、荒い口調でまくし立てた。

「もしもし、はい、檜垣です。いつもどーも。あのね、今、ついさっき、お宅のところの車両番号七〇六のね、タクシーがね、息子を送ってきてくれたの、だから、まだ近くにいると思うのよ。もしも空車だったら、こちらに寄越して頂戴。ひとり、帰るから。……はい。はい。……あ、そう。間に合った。じゃ、よろしくお願いします」

「あのババァ！」

檜垣は、母親のところに駆け戻った。だがもちろん、手は出さない。

「なんだよぉ、お母ちゃんよぉ、どこまで俺に恥ぃかかせたら気ぃ済むんだよぉ！」

「あんたが恥かくようなことするから、お母ちゃんが尻拭いして」

「うるせぇよぉ！　友だちの前でやめてくれよぉ！」

「ハッ！　友だち！　あんたの友だちは、どれもこれも」

「友だちの悪口を言うなぁ！」

また不毛な言い合いが始まった。二階の窓にぼんやりと明かりがあって、そこに、肥満した男が立っているらしい影が浮かび上がっていた。そう気付くと、いるいる、あたりの家の二階の窓のあちこちに、室内灯の仄かな明かりが点っている。たいがい、カーテンが不自然に筋になっていて、どうやらその向こうで、住人が、様子を眺めて、耳を澄ましているらしい。

そこに、タクシーがやって来た。さっきここまで乗って来た、同じタクシーのようだった。俺は、檜垣家の親子喧嘩をそこに放り投げて、タクシーに乗り込んだ。こっちの動きに気付いたらしい。紅比古が「ちょっとちょっと」と言いながら、駆け寄って来た。

「ちょっと、酒井さん」

「とにかく、この場は、これで帰るわ」

「酒井さんまで、そんな」

「とにかく、さよなら」

「あ、……もう！　じゃ」

紅比古は、両手でキーボードをパタパタと叩く仕種をした。詳しくはメールで、というつもりなんだろう。

「紅比古ちゃん！」

母親が呼んでいる。

「くそ、あのババァ！」

紅比古は、俺の方をチラリと見て、ウィンクを残し、母親の方に駆け戻って行った。

「お客さん、どこまで？」

「ススキノ、お願いします」

そう言うと、胸のつかえが、スッとおりた。

17

「いやぁ、変な一家なんだわ」

運転手が言う。

「有名なんですか」

「ウチじゃね。いやね、いつもウチの営業車を使ってくれる、ありがたいお客さんなんだ。そりゃね。……でもね、なんだかね、ヘンなんだわ」

「どんな風に？」

「どんな……あの一家は……そうだなぁ……みんな、なんだか、ヘンだわね」

「はぁ」

「ま、旦那さんは、お医者さんなんだけど、……あの人は、あまり営業車には乗らないわね。運転が好きらしくてね。……ま、主に乗るのは、乗ってくださるのは、奥さんと、息子さん？　ありゃ、息子でしょ？」

「だと思いますよ」

「そこがまずヘンなんだわねぇ……あの息子さんね、自分じゃ、アメリカの大学に行ってたって言うんだけどね、なんもあんた、ずっとウチの営業車に乗ってるんだも。本人は、もう二十年前から十年くらい、アメリカにいたんだ、って、これは、俺にもそう言うんだけどさ。でも、俺はあんた、少なくとも十年ちょっと前にさ、あの息子さんをススキノから家まで、なんべんも乗せてんだよなぁ。……なんか、すぐにバレるウソをつく癖のある親子だんだな」

「変な一家ですね」

別に深い意味はなかった。すでに知っていることについて、適当に相槌を打っただけだ。だが、その俺の、熱のない相槌が、運転手を刺激したらしい。

「いや、ホント、ヘンなんだわ」

と前置きして、運転手は、とっておきの話を、こっそりと聞かせる、という態勢に入った。

「あのね、……あの親子、いやつまり、母親と息子だけどね」

「はぁ」

「あれ……息子と……まぁ、少なくとも、高校の頃には、まだ一緒に風呂に入ってたみたいだもね」

「えぇ？」

運転手は、俺の顔をリア・ビュー・ミラーから覗き込んで、ニヤリと笑った。

「気持ちわりぃだろ？」

俺は無言で頷いた。

「したけど、これが、あの親子にとっては……ってーか、母親には、自慢なんだな。独特の教育方針、というわけで」

「自慢？」

「ああ。聞かせたいなぁ……聞かせたかったなぁ、あの喋り方。要するにな、裸ってのは、人間の、最も自然な姿だ、と。で、しかも、女の体というのは、とても美しいものなんだ、と。隠すべきものじゃなくて、自然に受け入れて、馴染んでおくべきものなんだ、と。ま、そんな言い方してたね。だから、子供の頃からずっと、息子と風呂に入って、それが、高校生の今になっても続いてる、というのが自慢なんだな。もう、よだれが垂れそうな口調で、自慢してたよ。おっぱいにも触らせる、撫でさせて、馴染ませる、なんてことを、得意そうに自慢するもんだも、あんた」

「……」

「こっちゃあんた、背筋が、ゾゾォ～っと寒くなってさぁ」

「はぁ……」

「してあんた、その横で、息子が、ムッとした顔で……」

「え？　そんな話を、息子のいる前でしてたのか？」

「ああ。そうなんだ。おっかちゃんは、もう、得意の絶頂。息子はムッとした顔で窓の外ぉ見てたけどな。……気持ち悪いのよ。その時の、……オッカチャンの顔が、もう、目尻んとことか、ほっぺたとか、赤くなってな。興奮してんのがわかるんだ。口臭もきつくなったし」

「……」

「女の裸は美しいって、バカこの、どこさ叩いたら、そんな寝言、出るんだってくらいのブスなのに、なぁ」

「……まぁ、今はしわくちゃババァだったな」

「なに、ずっと前からだ」

「……」

「……とにかく、不気味な一家だ。あれは」

「……」

「滅多なことは言えないけど、お客さん、女子高生失踪事件、……北沼の、行方不明事件、知ってるかい？」

「え？　ああ、なんか聞いたことはあるな。花屋でバイトしてた女子高生が……」

「そうそう。その花屋はね、あの息子がやってたもんだも。わかんなかった？　門の脇に、雪山あったべさ。あこが、その花屋の入り口さ。いやいや。だからね、みんなして言ってんだよ。あの息子なら、なにやるかわかったもんでないな、ってさ。あっこらの人は、たいがい、息子が犯人だ、と思ってんでないかなぁ……ってあんた、お客さん、そんなこと、人に言ったら、ダメだよ」

「わかってますよ」

「いやぁ、失敗した。ねぇ、お客さん、今言ったことは、絶対に、人に話したら、ダメだよ。俺、これだから」

　と左手で手刀を作って、首の脇をポンポン、と軽く叩いた。

　その時、古ぼけたデザインのカローラが、際どく俺たちを追い越した。追い越される時、助手席で誰かが手を振っているのに気付いた。よく見ると、種谷だった。横柄な顔つきで助手席でふんぞり返り、斜め前方を指差した。そのまま前に出て、左のウィンカーを点滅させせる。

「危ね！」

タクシーの運転手が怒りの呟きを漏らした。

「ああ、運転手さん」

「は？」

「知り合いだ。送ってくれるらしい」

「は？」

「そこで乗り換えるから」

「はぁ……あ、そう」

やや気分を害したようだ。俺は千円札を三枚出して、「お釣りはどうぞ」と言った。運転手は、にこにこした声になって、「あらぁ、悪いねぇ、ありがとさん」と言った。今、札幌では、懸命に働くタクシー運転手の収入が、生活保護受給世帯の保護費よりも安いのだった。これは、どう考えてもおかしい、と俺は思う。

＊

カローラの中には、かび臭い汗のニオイがこもっていた。俺は後部座席にひとりで座り、状況をざっと説明した。

「ま、焦んなくて正解だったかな」

種谷が偉そうに言った。

「中に入らなきゃなぁ、話にならんが、ま、自然な形で入る方がいい」

「そうなんじゃないかな、と思ってさ。シャツを焦がされた時に激怒して、一一〇番する、ということもチラッとは考えたんだけどな、そこまでする気にはなれなかった」

「詰めが甘いな。シロウトさんは」

「そのシロウトに頼ってんのは、誰だ」

「哀れな無職老人だよ」

「ま、とにかく……」

誰だか知らない、運転している若い男が言った。

「これで、一度貸し、ということになるから……」

「んん……」

種谷が不機嫌そうに唸った。

「次回は、ちょっと断れないでしょう」

「ま、そういうこともあるわな」

「とにかく、部屋に戻ったら、きっとメールが来てると思うんだ。それを読んでから、また考えるさ」

「そうだな。……とにかく、ここまで来たら、焦るな。不自然に、中に入ろうとして、殻をぴったりと閉じられちまったら、はい、それまでよ、だ。また何カ月もかかる」

「庭には、梅と桜の木があるみたいだった」

「おう。そうだぞ。よく気付いたな。まるでシャーロック・ホームズだな」

ニヤリと笑うのを無視して俺は続けた。

「だから、花の頃になったら、あの広い庭だ。きっと、桜の下でジンギスカンをするはずだ」

「非道民じゃなきゃな」

「きっと俺も誘われるだろう、そうなったら。家の中には入っちゃダメ、とは言われたとしても、酔っ払って、トイレに行って、で、そのまま家ん中で道に迷って中をウロウロする、というチャンスはできるだろう」

「……そうだな。いささか気の長い話になるがな」

「焦りは禁物なんだろ」

「そりゃそうだ。ま、しゃーねぇ」

*

種谷とその運転手は、ススキノの外れ、俺が住んでいるビルの前まで送ってくれた。……送ってくれたのか、寄り道しないように連れ帰ったのか、そこのところははっきりしないが、とにかく俺も疲れていた。ニオイのこもったカローラから降りて、じゃぁな、と手を振って、そのまままっすぐ部屋に帰った。

メールチェックをしたら、驚いたことに、〈toppo-og@～〉からのメールは、なかった。雑多なメールはいくつも並んでいたが、檜垣からのものはなかった。

ヘンだな、とは思った。こういう時、檜垣は、必ず、意味のない、空疎で軽薄な、そしてなぜか自己愛とケレンに満ちた文章を、延々と送りつけてくるのが普通だったからだ。

18

翌朝目が覚めて、パソコンのモニターの右下隅を見たら、11:32だった。最近にしては珍しく寝過ごした。……とは言え、朝早く起きても、用事があるわけじゃないが。
とりあえずメールをチェックした。相変わらずのゴミメールの中に、檜垣からのがあった。受信時間は9:33。
〈ごめんなさい
酒井様
昨夜は、本当に失礼なことになり、申し訳ありませんでしたm(_ _)m（恥）。
こちらからお誘いして、あのザマで、大変驚かれたことと思います。すぐにお詫びのメールを、と思いましたが、あのバァサンがゴチャゴチャとうるさいことを言い、ムカムカして、とてもお便りできる状態ではありませんでした（怒）。

　そこで、はた、と思い当たりました。酒井さんが、「親離れしろ」と言ったこと。あれは、私を馬鹿にしておっしゃったのではなくて、私の成長をうながそう、という友情から出た言葉だったのだ、と。ありがとう御座居ます（｀o´）／。そうですよね。他人がどう見ようと、そんなことはどうでもいいんだ。問題は、「自分自身が、その本人として、なにをどう決断するか。自分の足で立っているのだ、ということを、いかに自覚し、それを周囲に示すのか、と言うことですもんね。ああ、酒井さんはそのことを言っていたのだ、と肝に命じました。ありがとうございます。自分で、じっくり考えて美馬s。

　あのババァが、名字とか、名前と可のことで、ヘンなことを口走っていましたけど、そのことも、今度お目にかかって、御説明します。ヘンな話だ、と思うでしょうけど、愚か者相手に、つまらない事情もあるんです。お察し下さい。

取り急ぎ、お詫びと御挨拶まで。

これに懲りずに、またお付き合い下さい。

必ずですよ。

失礼します。ｍ（＿ ＿）ｍ〉

思わず溜息が出た。

　そして、昨夜、俺があの家の前を立ち去った後で、どんなことがあったのか、ちょっと恐いもの見たさの興味が湧いた。檜垣は、メールを送るのが生き甲斐のようになっている男だ。それが、即座にメールを送らずに、数時間控えていた、というのは、よほどのことがあったからだろう。文章も不思議に固く、顔文字もとってつけたような感じだ。興奮して、指がよく動かない、なんて状況が目に見えるようだ。

よほどのことがあったんだな。……どんなような騒ぎだったんだろう。

いずれにせよ、不気味な家だ。

その時、ふと、檜垣は、実は白状したいのだ、という考えが頭に浮かんだ。

そういうといかにも平凡、ありふれたことのように思えるが、俺が感じたのは、もっと不気味なものだ。つまり、檜垣は、白状することで興奮するのではないか。白状したくてしたくて堪らず、しかし、白状すればとてつもない快感であると同時に身の破滅である、ということは理解しているから、もうそのあたりのことを、身悶えするような気分で味わっているのではないか。とことん、しゃぶり尽くし、白状へ向かう心を、白状することの快感の予想を、舐め、撫で、匂いを嗅ぎ、胸にこすりつけているのではないか。

そして、その破滅への恐れを、檜垣は、その母親と共有している……あるいは、父親も交えて、一家で共有しているのではないか。

なんだか、そんな感じがする。

そこに思い至った時、俺はもう、なんだか全部投げ出したくなってしまった。あまりに生理的に気持ち悪すぎる。

檜垣が、あるいは檜垣一家が、そういう快感に溺れて身悶えしている時、俺はいったい、なんなんだ。顔をしかめて眺めているオッチョコチョイ、というわけか。

間抜けだ。

種谷に、やっぱ手を引く、とメールを送ろうとした。だが、いざ「送信」をクリックしようとして、邑隅エリカの顔が頭をよぎった。素直な、いい笑顔だった。

そうだな。手を引くのは、明日でも、明後日でもできる。だから、今のところは、もうちょっと付き合ってみようか。

思い直して、檜垣から取り乱したメールが来たこと、まだなんの疑問も持たず、俺との付き合いを続けたいらしい、ということをまとめて、送信した。すると、着信が数件あって、そのうちのひとつが、また〈toppo-og@～〉からのものだった。

〈酒井様へ
御世話になっております。

本日夕方、もしも御都合悪くなければ、お目にかかりたく、お願い申し上げます。ススキノ交番の隣に、ロッテリアというお店がございます。そこで19時、というのはいかがでしょうか。御都合悪い場合、メールでお知らせ下さいましたら幸甚です。御都合宜しければ、御返事は不要です。よろしくお願い申し上げます〉

なんだ、これは。全然調子が違う。……もしかすると、あの母親が打ったのかもしれない。

……充分にありそうな話だ。あの年輩で、パソコンを使いこなす人は珍しくはないし、もしかすると、あの母親が文章を書いて、それを檜垣紅比古に、「この通り打って送信しろ」と命じたのかもしれない。それに唯々諾々と従って、こういう結果になった。これも充分ありそうだ。

いずれにせよ、……付き合おう、と決めた。どういう出方をするのか、ちょっと興味がある。……あとで後悔するかもしれないけどな。

俺は、簡単な前文を付けて、この変なメールを種谷のケータイに転送した。紅比古の母親が書いたんじゃないか、という俺の考えも付け加えた。

それからシャワーを浴びて、再びメールをチェックしたら、〈taneyan-jin@〜〉から返信があった。

〈おれもそうおもう〉

＊

夕方、ススキノ交番隣のロッテリアでは、仕事前の打ち合わせをするカラスども、熱心に化粧する女子高生らしい一群、「なにが食べたい？」とキャバ嬢に尋ねたら「ロッテリアのハンバーガー」という返事で、戸惑いつつ連れて来たらしい背広オヤジ、富良野に来たついでに、ススキノで一晩遊ぶつもりらしい観光客グループなど、さまざまな客が、思い思いに、同じような物を食べて、同じ物を飲んでいた。

見回したが、檜垣はいない。俺はコーヒーを買って、適当な空席に座り、あたりを見回した。すぐに、檜垣と母親が入って来た。どこかで見張っていたらしい。ススキノ交番前の、公衆電話あたりだろうか。それにしても、寒かっただろうに。母親は、俺の方を見てちょっと会釈のような仕種をした。そして、紅比古に、「あんたはここに座ってなさい」というようなことを言ったんだろう。紅比古が頷いて、入り口近くの空席に座った。母親は、きっとした顔をこっちに向けて、真っ直ぐつかつかとやって来る。小太りの小柄な体を、高級そうな布地のオーバーに包み、ヒールがやけに高い靴を履いた足が、揺るぎなく近付いて来る。化粧は濃く、パーマはきつい。髪は、肩のあたりでまるでガッちゃんの羽のように左右に広がっていた。六十代終わりから七十代くらいのはずだが、やけに元気そうだ。ま、最近の年寄りは、たいがいみんな元気だが。

「酒井さんでいらっしゃる?」

切り口上で言う。質問、というよりは詰問、あるいは事情聴取だ。顔や容姿に似合わない、若い声だ。

「はぁ」

「失礼します」

そう言って、俺の真正面に座った。向こうの方、俺の視野の隅で、紅比古が俺の方を見た。俺の視線を捉えよう、としているらしい。無視した。

「酒井さん。単刀直入に申します。息子につきまとうのを、やめて戴きたいのです」

「え?」

なに言ってやがる。状況は、逆だろう。俺は別に紅比古になにかアプローチしているわけではない。紅比古が勝手に、自分から、近付いて来ているだけだ。

……まぁ、実際には、俺がやつをハメているわけだが、しかし、現象としては、紅比古が俺につきまとっているわけで、その逆ではない。

「私は別に……」

「あなた、酒井さん。あなたは、誘いを断る息子に対して、母親と、自分、つまり、酒井さんのことですよ、つまり、『おまえの母親と、俺と、どっちを取るんだ』なんてことを言って、息子を困らせるそうですが」

「いや、ちょっと待ってください。そんなこと、私は一度も言ったことはないですよ」

とんでもない話だ。

「最初に声を掛けてきたのも息子さんの方からだし、その後、メールを頻繁に寄越して、毎晩毎晩、飲みに行こう、と誘うのも息子さんの方だ」

「息子の話と、違いますね」

「じゃ、ここに息子さんを呼んで、問い質してみればいい」

いくら紅比古でも、まさか俺の目の前で、ウソは言わないだろう。そんな度胸はないだろう。

「おや。本気ですか？　そんなことをして、恥をかくのはそちらですよ」

一瞬、不安になった。だが、俺は突っ張った。

「じゃ、呼べばいいじゃないですか」

「もちろん、そうします！」

首をめぐらせて紅比古を睨み、手を差し伸べて、気持ちの悪い甘ったるい声で言った。

「紅比古ちゃん、おいで」

手を細かく、苛立たしげに動かして、手でおいでおいでをする。紅比古が素直に立ち上がり、それから俺の顔を見て、ちょっとふくれっ面をして、もそもそとやって来た。

「紅比古ちゃん、あなた、はっきり言ったわよね。つきまとわれて、困ってるって。だから、お母さんに叱られるから、会いません、と言いなさいと言ったら、この酒井さんが、怒って、『母親と俺と、どっちを取るんだ』って、怒鳴ったんでしょ？」

呆れてものも言えない。俺は鼻先でせせら笑った。だが、紅比古は、なにかしきりに迷っているようすだったが、「ええと……」と呟いて俯き、「う～んと……」と唸る。

「紅比古ちゃん、ちゃんとこの男の目を見て、きちんとお話するって、そうお約束したでしょ！」

「うん……」

「じゃ、ほら、ちゃんとしなさい」

「う～んと……」

「おい、お前、大丈夫か？　大人か？　幼稚園児か？」

「うるさい！」

母親が怒鳴った。若い声が、野太い吠え声になった。

「横から口出すんじゃない！　紅比古ちゃんが、自分の口で、きちんと言いますから！　ほら、紅比古ちゃん！　紅比古ちゃん！」

「うん……ええと……ホント、迷惑してるんです。メールするの、やめてください」

呆れてものも言えない。俺は黙って紅比古の顔を眺めていた。五秒後、自分の口がポカンと開いているのに気付き、慌てて口を閉じた。頭には、なんの考えも浮かばない。なにかを言わなきゃダメだ、とは思うものの、なにをどう言っていいのかわからない。俺は、なぜナチスが、というかヒトラーがドイツで政権を手に入れたのか、わかったような気がした。ヒトラー本人も言っているが、あまりに大胆なウソは、受け入れられるのだ。というか、受け入れるしかないらしい。相手は、驚きのあまり呆然として、言葉が出てこないのだ。

「お前……そりゃないだろ……」

そう言うのがやっとだった。やっとの思いで言ったのだが、それは情けない呟き声になってしまった。途端に怒りが湧いて来たが、こんなことで怒ったりするのが、そもそも情けない。大声を出したり、暴れたりするのも最低だ。俺は、為す術もなく、事態が推移するのを見送るしかなかった。

「じゃ、おわかりですね。はっきりと申しましたからね。もう、息子につきまとうのはやめてくださいよ」

そう叩きつけるように言って、立ち上がった。紅比古の腰をポン、と軽く叩き、「ほら、行くわよ」と言った。紅比古は俯いて、俺の顔を見ずに、クルリと向きを変えて母親の後に足早について行った。

なんだ、こりゃ。

19

ふたりの後ろ姿をぼんやり見送ってから、徐々に腹が立ってきた。その怒りは、どんどん膨れ上がり、爆発しそうになった。そして、もしかすると、ストーカーとか、町内のトラブルメイカー、ゴミ屋敷の住人、の心の中では、こんなような、やり場のない怒りが渦巻いているのかもしれない、と思ったりもした。

もちろん、俺は安定した人格の持ち主だから、そんなような奇行に走ったりする気遣いはない。ないが、しかし、クソ、てめぇこのババァ、てめぇの家に石ぶつけるぞ、そこらに「キチガイ一家」って塀とか町内にポスター貼りまくるぞ、このブスババァ！

というくらいの不快感ではあった。

あれこれ考えているうちに、自然と呼吸が荒くなる、というくらいの怒りだった。

どうもダメだ。このネタは筋が悪い。そうだ。そもそも、いくら昔なじみだからとはいえ、退職刑事の頼みを聞いて、協力してやる、という、そのそもそものスタートが変だったのだ。気の進まないことをやるのは、体と心の健康によくない。サラリーマンじゃあるまいし、イヤな奴と我慢して酒を飲む、話を合わせる、なんてこともすべきじゃなかった。

そもそもの最初っから、おかしかったのだ。

俺は、このネタでなにをやりたいんだ。……やっぱ、邑隅エリカの行方が知りたいわけだ。生きているのなら、……あの家の中に監禁されているのなら、助け出したい。生きていないのなら、その事実だけでも明らかにする、……というか、骨を拾ってやりたい。

それだけの話だ。

非常にシンプル。

じゃ、それで行こう。

シンプルに扱えることがらは、できるだけシンプルに扱えばいいんだ。裏金道警の退職刑事にそそのかされて、変な陰謀、というか策謀に加担したのが間違いなのだ。

俺はすっかりぬるくなったコーヒーを飲み干して、カップをゴミ箱に捨て、ロッテリアから出た。そしてそのまま枝道に入って、〈ケラー〉に向かった。

＊

客はいなかった。俺はサウダージを頼んで、右端に座った。マラガ難民の少女が、大きな瞳でこっちを見ている。俺が、何事かじっくり考えようとしている、ということが岡本にはわかったらしい。俺の前に酒を置くと、少し離れたところに立ってグラスを磨き始めた。

さて。なぜ警察はあの家の中に踏み込めないのか。それはつまり、家宅捜索令状を請求するほどの物証がないからだ。だが、物証本体があの家の中にあるとすると、その物証本体を捜索するための物証は、もちろん、どこにもないから、つまりあの家の家宅捜索は不可能で、物証は永遠に家の中に安置されている、ということになる。生死にかかわらず。

であるならば、いきなり押し入って、物証本体を発見すればいい、と思うが、それは最悪手だ、ということだ。つまり、違法な捜査で得た物証は、証拠能力を完全に失う、と種谷は言った。

ま、それもまた法治国家としては、当然のルールかもしれない。司法警察員である刑事や、司法巡査員である制服警官は、あの家の中に押し入って、たとえば監禁された少女とか、少女の遺体を発見したとしても、ま、その救出や遺体の搬出は、もちろんできるんだろうが、それらを証拠として、檜垣紅比古や、その母親の犯行を立証することはできない、ということなんだろう。

いや、実際に発見すれば、また別なんだろうが、万が一、非合法的に押し入って、それでなにもなかったら、これは大変な失態だ。所轄署の署長とか、道警本部幹部の進退にまで影響するような大事件になるだろう。それを覚悟で実行できるような、そんな役人はいないんだろう。役人にできることは、せいぜい、「娘の安否を早く確認してくれ」と懇願する両親の前で「参ったな」などと、うんざりした顔をしかめる程度のことだろう。

だから、種谷は俺を利用しよう、としたわけだ。俺が紅比古と親しくなって、あの家の中に足を踏み入れるチャンスが、たった一度でもいい、到来すれば、というわけだ。俺は酔っ払ってあの家の中を、トイレを探すかなにかの理由で歩き回り、そして異様なものを発見して、びっくりして一一〇番する。それで、あの家の秘密が暴かれる、というわけだ。

だが、それはやっぱり、回りくどい。

泥棒に入るか。泥棒に入って、異様なものを発見して、びっくりして一一〇番する。……俺自身は、どうしたって身柄を拘束されるな。それはやや、避けたい。泥棒に入って、なにか派手なものをひとつ、盗むか。で、それを警察に届けなかったら、つまり家の中になにか人目をはばかるものがある、ということの状況証拠になる……けども、なんにもならないな。

忍び込んで、火を点けて逃げるか。ボヤ程度で収まるような具合に……こりゃもう明らかに犯罪だし、現住建造物放火という大罪だ。いささか、気が引ける。それに、俺みたいなシロウトが放火して、加減がわからず大火事になったらどうする。あるいは、簡単に消せるようなボヤで終わっちまったら。なんの意味もないことになる。

じゃ、どうする。

とにかく、一度、忍び込む必要はあるな。現状をはっきりと確認した方がいい。となると……

要するに居空き巣、という泥棒だ。人がいる家の中に忍び込んで、気付かれないように物を盗む。ま、本当に盗む必要はないが、人がいる家の中に忍び込んで、中を見て回る。

そんなことは、これもまたシロウトである俺には難しいだろう。

じゃ、誰かに頼むか。

……心当たりは何人かいないわけじゃないが、……どうも気が進まない。若い頃に、面白半分で窃盗に手を染めたが、今はすっかり足を洗って、堅気に勤め人をやってる連中ばかりだ。そんな奴らに、「お上」のためにってわけで昔の悪癖をちょいと試してみてくんな、なんて言うのは、やっぱ……人としていささか問題無しとしない。いや、事情を説明すれば、結構ノリノリになる可能性もあるが、その結果、昔の悪いクセが甦ってしまって、……というようなことを考えると、やや憂鬱になる。

やめた方がいいな。

だいたい、他人を利用するなんて、まるで種谷ではないか。俺のすべきことじゃない。とすると……たとえば、ネットの掲示板かなにかで、誰か頭ののんびりした人間を釣り上げて、メールなどで操って、あの家に侵入させる、という方法もないわけじゃないが、……小説や映画ならまだしも、現実にそういうことをするのは、どうも気が向かない。それにこれだって他人を利用することになるわけで、今ひとつ……

もしもパソコンの達人なら、しかも超が付く、そして違法性など気にしないような達人なら、檜垣のパソコンに侵入して、なんらかの証拠を覗き見することもできるんだろうけどな。……それはちょっと俺には無理だ。ただ、そういうことができるやつは、探せば見付かるだろう。最近の極道どもには、そんなような分野の達人もいないわけじゃない。ま、いざとなったら、ひとつの選択肢、ということで考えよう。だが、そんなようなまだるっこしい方法には、あまり気が進まないのも事実だ。

やっぱ、自分で突っ込むか。

……そうだ。紅比古と、その母親の言い分、やり口に激怒して、家に怒鳴り込み、乱暴狼藉を働いて、上がり込む、ってのはどうだ。……同じことだな。もしも物証本体があればいけど、なかったら、無駄に逮捕されてそれで終わりだ。変なストーカー男と思われて、それでゲーム・オーバー、と。

……いっそ、真正面から、疑惑をぶつけてみるか。お前は小椋じゃなくて、檜垣だろ、例の女子高生失踪事件の疑惑の店長だろ、と怒鳴りつけてみる。……で、どうなる？ ダメだな。ああいうタイプは、それだけで殻の中にとじこもってしまうだろう。そうなったら、もうそれでオシマイだ。

つくづく失敗した。昨夜、あの家に行った時、あのまんま、上がり込んでしまえばよかったんだ。両親は相当抵抗しただろうし、檜垣自身も邪魔しただろうけど、それくらいなら、俺ひとりでも制圧できたはずだ。一旦上がり込めば、もう、こっちのものだったのに。俺は警官じゃないから、違法捜査だなどと、指弾される心配もない。女子高生失踪事件の犯人が、きっと檜垣である、と疑惑を持っている、正義感の強い一般市民が、無理に押し入って、エリカを発見した。そして警察に通報する。これは、充分に自然な、あり得ることだった。

……そうか……。これは、俺の失策だな。

それに、胸でピースを消された時に、激怒して一一〇番すればよかったのだ。やはり、あれが最善手だった。くそ。好機を見逃した。これは、俺の失策だ。俺がなんとかして挽回すべき失敗だ。

やはり、手を引くわけにはいかないな。

二杯目のサウダージが空になった。岡本さんが、無言で手を伸ばす。

「いや、今はいい。ちょっと行くところができたんだ」

俺は立ち上がった。とにかく、あの家にまた行ってみよう。別に押し入るわけじゃない。ぶらりと一回りして、土地鑑をつかんでおくのも無意味じゃないだろう。思わぬ見落としに気付いたりすることもあるし。

20

金を払って、階段を上った。出口から外に出ると、そこに檜垣が立っていた。

「やぁ、酒井さん……」

悲しそうな表情で、おずおずと近付いて来る。右手を差し出しているのは、握手を提案しているつもりらしい。……提案ではなく、懇願か？

俺は一瞬、対応に困った。だが、自然と怒りが湧いて来て、声と言葉にそれが滲んだ。

「おい、なんだよ、あれは」

「申し訳ない」

「いったい、どんな話をしてるんだ、母親に」

「いや、……ああ言うしかなくて……」

「こっちの迷惑も考えろよ」

「いや、本当に申し訳ない」

右手を突き出す。俺は無視した。

「言うに事欠いて……」

「申し訳ない、ホント。謝る。ただ、酒井さんなら、わかってくれるかな、許してくれるんじゃないかな、と思って……」

右手を突き出す。俺は、払いのけた。

「お前から、声を掛けてきたんじゃないか。お前が、毎晩毎晩、いや、一日に何度も何度も、メールを寄越すんじゃないか」

「そうなんだ。その通りなんだ。それはそうなんだけど……」

「甘えるなよ。もう、付き合うのはゴメンだ」

「いや、ちょっと待って……」

差し出す右手を、もう一度払いのけた。

「だいたい、あんたの名前はなんていうんだ」

「あ、それは……」

「なんて名前なんだよ」

「いや、いろいろと事情があってさ。……ま、仕事の関係があって、親とは、その……別世帯、というかね」

「別世帯？　なんだ、そりゃ」

「ま、親がね。……その、金融問題でさ。ま、はっきり言えば借金。サラ金に借金を作って、その返済中なんだけど、……ま、俺にはそのとばっちりが来ないようにってんで、戸籍上だけね。操作をして、別世帯、という形にしてあるもんだから。だから、名字は親とは違うわけなんだ」

「なんの話だ」

「いや、そういうことなんだ。だから、法律的には、俺は小椋、という名字だけど、生まれた時は檜垣だった、というわけ。父はね。病院の名前を変えるわけには行かないし、母は母で、檜垣の名字に愛着があるらしくてね。でも、俺は背に腹は代えられないから、金融関係の問題清算のために、小椋、と。これは、法律的に認められている、というか正式な本名、ということなんだ」

滔々《とうとう》とまくし立てる。もちろん、ウソだ、ということはわかり切っているが、なにをどう追及すればいいのか、ちょっと戸惑ってしまった。サウダージ二杯で、酔ったのだろうか。だとすると、本当に情けない。

「……でも……」

「ま、そういうことなんだよ」

「じゃ、生まれた時の名前は、なんと言うんだ？」

「あ、いや……一応、別世帯になったあとは、昔の名前は人には明かしてはならない、ということになってるらしいんだけど」

「ヘンな話だな。そんなこと、聞いたこと、ないぞ」

「いや、それは……」

左上の方に視線を投げながら、あれこれ考えたらしい。自分でも、あまりにデタラメなウソだ、と思ったんだろう。

「生まれた時は、檜垣良一、という名前だ。名字だけ、変えたんだ」

「お前の母親は、アケなんとかちゃん、と呼んでたんじゃないか？」

「アケ……いや、アキヒコ、と呼んでたんだ。明るい、に海彦山彦の〈彦〉。おふくろは、そっちの名前にしたかったらしいんだ。でも、父親が、良一がいい、と言ったらしくてね。で、母親は、生まれた時から、たまに俺のことを、明彦ちゃん、と呼ぶわけ」

そういう口調は、恐ろしいほどに自然だった。自分でも、自分の言っていることを信じている、そんな感じがした。不気味だ。

「とにかく、あんたと会うのはこれが最後だ。もう二度と会わないから。じゃあな」

俺は背中を向けて西に向かって歩き出した。

「あ、ちょっと、ちょっと待って」

俺の左の袖に触れながら、付いて歩き出した。

「離れろ」

「いや、待ってくれよ。待ってくださいよ。謝るから。きちんと話すから。だから……」

「話すって、なにを」

「話……つまり、……わかってると思うけど、いろいろと、今まで、酒井さんにウソを話してたんだ。だから、もう、そういうウソはつかないから、本当のことを話すから、ちょっと話を聞いてください、ということさ」

そう言って、俺の左の肘をつかむ。

「放せって」

「うん。だから、話すから、聞いてくれよ」

「……いや、そっちの〈はなす〉じゃなくて……」

「いや、嫌われたんなら、しょうがない。諦めるけど、誤解されたままで別れるのも、寂しいから、いろんなことをきちんと話すから」

その声は、真剣なものに聞こえた。どうせウソを話すのだろうが、それによって、なにかボロを出すかもしれない。

話を聞こう、と決めたが、問題はどこで話をするか、だった。一緒にいるところを人に見られたくない相手と飲むのは、場所の選定が非常に難しい。

どこにしようか、と激しく悩んだ結果、ふと「かあさん」の顔が浮かんだ。今にも粉々に崩れてしまうのではないか、と思われるほどの深いシワが、縦横無尽に刻まれている顔だ。

そうだ。かあさんのところに行こう。あそこなら、なにが起きても大丈夫だ。万が一、檜垣の母親が乱入して来ても、かあさんが追い払ってくれるはずだ。

＊

ススキノの南西部、少しはずれたあたりに、市場のような建物がある。一本道の両側に細長い木造の店が並び、その二階が住居、という造りだったのだが、一時はその二階部分が安直な自由恋愛の場所になった時期もあり、その後地上げ屋が横行した時期には何度か不審火に見舞われたりしたが、完全に焼却される前にバブルが弾け、北一銀行が破綻し、燃やされずに生き延びた。

別になんの危険があるわけでもないが、このあたりを知らない人間は、昼間でも、この一本道を通り抜けることを恐がる。そんな街の真ん中に、〈かあさん〉という文字が辛うじて読める、埃だらけのアンドンがぶら下がっている。ほかにも何軒か、時折営業する店もあるのだが、今は、この通りで明るいのは、このアンドンだけだった。ススキノの喧噪も遙か彼方で、この通りはしんと静まり返っていた。

〈かあさん〉はおでん屋だ。これは、とても大事なことだ。なぜなら……

俺は注意深く、そっとドアを押した。ベニヤ板でできた、息を吹きかけたら今にも壊れそうなドアだ。ドアを押して中を覗き込む。やっぱり、かあさんは寝ていた。中はムッと息が詰まるほどに、蒸し暑い。俺は石油ストーブの火を強から微弱に換えて、その上で煮えたぎっているヤカンを手に取った。思った通りだ。ほとんど空だ。来てよかった。

ヤカンを手にカウンターを回り、項垂《うなだ》れて気持ちよさそうに寝ているかあさんの脇に立って、ヤカンに水を入れた。激しい音と湯気が発生したが、かあさんはビクともしなかった。死んでいるのか、と思ったが、胸が上下しているので、生きている、とわかる。よかった。

そして、この店がうまいおでん屋でよかった。

これで焼魚の店だったりしたら、焼魚を食うために、かあさんをおこさなくてはならない。だが、おでん屋なので、かあさんが寝ていても、おでんが食える。大事なことだ。

俺は八重泉のボトルをカウンターに置いて、おでんを適当に皿にとって、コップを二つ並べて、檜垣に言った。

「じゃ、話を聞こう」

「……なにが気に食わないの？」

「は？　話を聞いてくれ、と言ったのは、お前だろう」

「だから、……なんの話をすればいいのかな、と思ってさ」

「……」

どうも、こいつの言うことは今一つよくわからない。

「なんでも聞いてくれよ。わかる範囲で答えるから」

「……お前の母親は、なにが気に食わないんだ。なにを気にしてるんだ？」

「あのババァ、頭オカシイから。気にしなくていいんだよ」

「でも、わざわざロッテリアまで来るってのは、よっぽどのことだろ。よくよく家に来られたくないんだろうな。なにがあるんだ？」

「……別に、なにもないよ。普通の家だ」

「あんなに嫌がるもんかな。中に入ったらゴミ屋敷、なんてんじゃないのか？」

「それはない。本当に、普通の家だ」

「……死体があったりしてな」

「ははは！」

檜垣は手放しで笑った。ちょっと大袈裟すぎるように思ったが、先入観のせいかもしれない。

「しかし……」

「え？」

「四十も半ばになって、明彦ちゃん、はないだろ。一人っ子で、おかあさんっ子で、未だに『明彦ちゃ～ん』『は～い、ママァ！』ってわけか？」

檜垣の目が、スッと細くなった。

「どうした？」

「そのことは、言うな」

「なんで。いい歳して、どうした、明彦ちゃん」

「……そのことは、言うな」

唇を震わせている。

「なんだよ、急に。おでん、食べろよ。オイチイでちゅよ、明彦ちゃん、はい、あ〜ん！」

殴りかかってくるか、と思った。それならそれで好都合だ。半殺しの目に遭わせてやって、タクシーであの家に送り届けてやる。家の中に上がり込むチャンスができるかもしれないし、ドアを開けたらニオイくらいは嗅げるだろう。

檜垣の目が据わっている。手がブルブル震えている。

来い。いいぞ。先に手を出せ。死んだ方がマシだってくらいの目に遭わせてやる。

「やめろぉ！」

檜垣が大声で怒鳴った。ほとんど聴力を失っているかあさんが、深く眠りながら、首をほんのちょっと傾げるほどの大声だった。

「そのことは、言うなぁ！　俺は、本気だぁ！」

おめぇは本気か。で？　それがどうしたよ。

俺は、じっと檜垣の目を睨み付けた。

俺だって、本気だぞ。住居侵入・不退去・器物損壊で警察にとっつかまってもいい、と半ば真剣にそう思うほどに、俺だって本気だ。

ほら、かかって来いよ。本気なんだろ？　じゃ、かかって来いよ。

「本気だったら、なんだってんだよ」

俺は立ち上がった。

そのとたん、檜垣はピョコン、と跳ねるように立ち上がり、俺に顔を向けたまま、ささささっと後ろに下がった。俺のトレンチ・コートと檜垣の毛皮のコートがぶら下がっている壁に、背中からドン、とぶち当たって、そこで手を付いて、床に頭をこすりつける。

「ごめん、ごめん、悪かった。ごめん、いつも気にしてることなんで、つい……ごめん、本当にごめん」

どこまで行っても情けないやつだ。

俺は思わず舌打ちをして、椅子に座った。檜垣が、こそこそっと俺の隣に戻って来て、落ち着きなく座る。

「いや、本当にゴメン。あのババァ、くそ、なに考えてんだか、明彦ちゃん、だってよ。胸がムカムカする。いつまで経ってもチャン付けで」

「……で、お前のおっかちゃんの言い分は、なんなんだ。もう二度と俺と会うなってことなんだろ？　じゃ、そうすればいいじゃないか。おっかちゃんの言うことをちゃんと聞いてさ。だって、俺の目の前で、俺に面と向かって、メールするのやめろ、と言ったんだぞ。俺の方からお前を誘っている、という話になってて、で、お前はそれが迷惑だって話なんだろ？　じゃ、それはそれでいいから、もう付き合いはナシ、ということでいいじゃないか。少なくとも、俺はそれで全く問題ないけどな」

「あんなクソババァの言うことなんか、気にしないでくれよ」

「お前のおっかちゃんの言ったことを気にしてるわけじゃないさ。お前自身が、俺の前で、面と向かって言ったことについて、ああそうなのか、と納得したわけだよ」

「あれは、仕方なくああ言ったけど、でも、本心じゃないんだ。一緒に飲みたいし、メールをもらうのも嬉しいし。わかってくれよ」

「なんか、変な奴だなぁ……」

「そうかい？　俺、やっぱ、変か？」

「変だな」

「そうかなぁ……やっぱ、クソババァのせいだろうな。子供の頃から、あれこれ、とにかく口うるさくて……」

「育て方のせいじゃないかもな」

「え？」

「遺伝じゃねぇのか？」

きっとした顔を向けて、俺の目を睨んだが、すぐに顔から力が抜けた。

「かもな……クソッ！」

そう言ってから、おどおどした目で俺の顔色を窺う。

それからなんとなく、俺たちは地味に飲み始めた。お互いに、じっくり腰を据えて飲む、という空気になった。カウンターの右端、昔ながらの黒電話の脇に、片面印刷のチラシを四等分に切って、ホチキスで留めたものが置いてある。それを一枚破り取り、いちいちメモしながら、おでんネタを皿に取って、静かに飲んだ。

「……ねぇ、酒井さん……」

「ん？」

「さっき、家の中に、死体でも隠してるんじゃないか、って言っただろ？」

「ああ。そんな感じじゃないか、おっかちゃんのあの態度は」

「……でも、なんでいきなり死体、なんて言ったの？」

「別に、意味はないよ。ただ思い付いただけだ。最近、不気味な事件が多いだろ。ゴミ屋敷とか。長年死体と一緒に暮らしてたとか。ま、冗談だけど、そんな秘密があるのかな、と思ってさ」

「……」

なにか考え込んでいる。勘付いたかな、とやや心配した。あるいは、これが「真実の瞬間」というやつだろうか。ほら、小説なんかであるじゃないか、「落としのヤマさん」とかなんとかいう名物刑事に事情聴取されて、ポツリ、と白状してしまう容疑者のエピソード。そんな時の独特の雰囲気を、「真実の瞬間」なんて名付けてたんじゃなかったか？

「あのさ……」

考え考え、言葉を選んで、呟くように言う。

「ん？」

「あれかな。……酒井さんも、死体とか、興味あるの？」

「……いや……まぁ、普通の人間なら、やっぱ興味あるんじゃないの？　いつかは結局死ぬわけだし。……死体に全然興味がない人間、なんてのはいないだろ」

「ああ、……まぁね……」

　不気味な沈黙が、天井から降りて来て、俺たちふたりを分厚く包んだ。

「……あのさ……」

「ん？」

「……酒井さん、クソーズって、知ってる？」

「は？」

と尋ねた後で気付いた。九相図のことだろう、話の流れから言って。地獄絵図、みたいなもののひとつだったんじゃないか。人間の死体が、徐々に腐って、最後には土に還るありさまを、リアルに描いた、仏教関係の絵巻だ。

「ああ、わかるよ。死体が腐敗する様子を描いた絵巻だろ？」

「へぇ！　知ってるんだ。なんで？」

「なんでって……まぁ、学生時代、習ったよ。日本仏教史かなにかで。……それに、『ドグラ・マグラ』の小道具でもあるし」

「へぇ！　酒井さん、物知りだ、とは思ってたけど、インテリだねぇ」

「……」

「夢野久作も読んでるんだね」

「一度な。たいがい忘れたけど、あの絵巻のことは覚えてるな」

「……こういうことなんだ。つまり、人間が死んで、その死体が、どんどん腐って行くわけだけど、そのようすを克明に描いてあるんだよね。メメント・モリってことだろうな。九相の〈相〉ってのは、想念の〈想〉にも通じてるわけ。瞑想の〈想〉ね。つまり、そのようすを、頭の中にありありと描くわけ。まず、チョー想、これは、死体がまず膨張するね、その膨張した死体のようすを指すわけね。そして、セー想、これは、死体が段々色が変わって行くようす。その次が、カイ想、これは、文字通り、死体が破壊されて行く、崩れて行く、そのようす。そして、ケット想、これは、死体の破壊が全部終わって、血まみれの状態。それから、ノーラン想で、膿が溢れて、どんどん腐敗が進んで行く段階。それから……」

目をギラギラさせて、延々と語り続ける。そのようすが不気味で、ちょっと付き合うのが辛くなった。それで、言葉を遮って、尋ねた。

「それを見たのは、いつ頃なんだ？」

「ええと……幼稚園の頃かな。仏間に、巻物があってね。両親は、子供には刺激が強すぎるとかなんとか思ったらしくて、見せてはくれなかったんだけど、……子供の頃から、仏壇とかに興味があってさ。で、仏間の簞笥を開けて、中の数珠とか仏画とかひとりで見てたんだけど、そんな時に発見したんだ」

「へぇ……」

「ほかにも、地獄極楽の絵とか、雲の上に、象に乗った仏様がいる絵とか、いろいろあったけど、一番夢中になったのは、この九相図だった。……いつの間にか、なくなったけどね」

「へぇ」

「あれは、きっと……俺がよく引っ張り出して見ている、というのがわかって、それでどっかに隠したんだろうな。……小学校に入ってからのことだ。隠されたのは」

そう言う口調には、恨みがこもっていた。

俺は、言うべき言葉が見付からず、黙って八重泉の水割りを飲んだ。焼酎は珍しくなかなか入って行かず、俺は力を入れて飲み下した。

「でも、そうか。酒井さん、九相図を知ってるんだ。……やっぱり、それは、やっぱり、……死体に少しは興味あり、ってことなんじゃないの?」

「……そうかもね」

冗談じゃねぇ。

「……あのさ……」

まだなにかあるのか? それとも、そろそろ「真実の瞬間」か?

「酒井さん、……アニメとか、見る?」

「見ることもあるけど」

「ジブリのは?」

「何本か、見たよ」

「そうか……『火垂るの墓』は?」

「見たよ」

「ラスト、辛かったねぇ……」

そう言う顔つきは、しかしうっとりしている。目がちょっと赤っぽくなっていて、潤んでいる、とも見えるが、充血している、とも見える。呼吸が、妙に静かだ。抑え付けているような感じで。ポカンと開いた口の中で、舌の先がウニョウニョ動いているのが見える。

突然、俺はぞっとしながら、あることに思い至った。

……こいつ、勃ってやがる！　きっとそうだ。こいつは、あの『火垂るの墓』のラストを思い出し、あの少女の臨終の様子を反芻《はんすう》し、遺体を思い出し、勃ってやがる！

なんともイヤな戦慄が、腰のあたりからわき上がって、背中一面に広がった。皮膚の表面、指の先などに、チリチリする感じが泡立った。

俺はこの時、初めてこいつの有罪を確信した。絶対間違いない、こいつはやってる。

そして、絶対に野放しにしないぞ、と決心した。

その決心が表情に出ないように、俺は必死で考えを逸らした。

「戦場ってどんな感じなのか、いくら考えてもわからないんだ。そこらに死体がゴロゴロ転がっていて、自分もいつ死ぬかわからない状況って、実感として、どうなんだろ？」

「さぁ……」

「ほら、カンボジア虐殺、あるでしょ？」

「あったな」

「クメール・ルージュ、というかポルポトの政権が誕生して、すぐにカンボジアは鎖国状態になったんだ」

「ああ、覚えてる。俺は、そのあたりの流れは、リアル・タイムで知ってるよ。ベトナム戦争の停戦条約の調印式を生でテレビで見た。確か、浪人中だったと思うけどな」

「あ、そうか。……で、カンボジアが鎖国状態になって、中でなにが行なわれているか、全然わからなくなった時に、最初に虐殺が行なわれているらしい、ということがわかったのは、なんでだか知ってる？」

「さぁ。覚えてない」

「ベトナムにね、ベトナムの川にね、カンボジアから、死体が流れて来たんだ。いくつもいくつも。夥《おびただ》しい数の死体が、ベトナムに流れて来た。それで、じゃ、国内ではなにがどうなってるんだ、ということでね。全世界が注目したわけさ」

「そうだったかな。うん、確かに……そんなような感じもするな。相変わらず、詳しいね」

俺が褒める口調で言うと、檜垣は手放しの得意そうな笑顔になり、「いや、そんな」と口先で謙遜した。

「どんな光景だったと思う？　川に、夥しい死体が浮かんでいて、それが虐殺の、凄惨な死体で、それが、ゆっくりと、密林の中を流れて行く状況って。実感として、どんな経験なんだろうねぇ」

「……さぁな」

「マラガの難民たちもさ。逃げまどう難民たち、空中から、フランコ軍の戦闘機が機銃掃射する。……知ってる？　地上の、無抵抗の……つまり、武装をしていない、一般市民ね。そういうのを機銃掃射する時、パイロットや射手は、ニヤニヤするんだって」

「……そうかい」

「そうなんだ。どうしてもそうなるんだってさ」

「いやな話だな」

「ホントだね。……で、バタバタと人が死んで行く。周りでそれを見て、呆然と立ち尽くす、少女。彼女も結局、死んだんだろうなぁ……そのあたり、キャパはなにも書いてないけどね。きっと、死んだ、と思うな。……可哀相に。どうも、『火垂るの墓』の節子とダブるんだ。可哀相になぁ……」

　俺は自分の心の中を一通り、グルリと回ってみた。確かに、死体に対する興味はある。死ぬことへの好奇心もある。だが、檜垣のように、それを涎を垂らしながら味わう、そういう嗜好はない。それは、俺は自分に対して断言できる。

　ちょっと精神的に堪《こた》えてきた。戦場で死んだ少女のことを思って、勃てるやつと、並んで酒を飲むのは、なかなか辛い。

「そろそろ、行くか」

「ああ、うん……まだ、友だちでいてくれる？」

　なんだ、そのセリフは。四十面下げた男ふたりの会話とも思えない。

「別に、元々友だちでもないし」

「そんな言い方……あのさ」

「……」

「俺、ずっと友だちがいなくてさ。なんでかわかんないけど、本当に、幼稚園の頃から、遊び仲間ってのがなくて、いつもひとりだったんだ」

当然だろう、とは思ったが、それは口にはしなかった。

「そしたらさ、……小学校三年の時、転校生が来てね。どっかの炭鉱町から」

「転校生な」

「そう。ありがちなパターンなんだけどさ。要するに、友だちがひとりもいない同士で、ちょっと仲良くなったわけ」

「わかるよ」

「で、俺は舞い上がってさ。……タダってやつだったんだけど、俺は、『ターチャン』て呼んでさ、ふたりで一緒に学校に行ったり、一緒に帰ったりしてたんだ」

「家が近かったのか」

「いや、それが学校を挟んで、逆方向だったんだけど」

「なるほど」

「……それくらい、俺にとっては嬉しい出来事で、貴重な友だちだったんだ」

「で?」

「うん。それで、次の週になったら、もうタダには遊び仲間ができてさ。で、いきなり、なんの前触れもなく、『もう君とは遊ばない』と言われたんだ」

「……」

「そしてさ、……ターチャンと呼ばれるのが、本当に厭だった、と言われてね」

「そうか」

「殺してやろう、と思ったけど、殺せなかった」

「いきなり、殺すとこまで行くのか」

「ま、子供だったし」

「……ま、殺さないで、よかったな」

「でも……あの時殺してたら、復讐ができて、そして俺はもちろん、小学生だから、少年法に保護されて、何年もしないうちに社会復帰してたさ」

「それはそうだろうけど……」

「それを思うと、あの時、ためらわずに殺せばよかった、と思うこともあるんだ。復讐ができて、そして俺にはほとんどダメージがないわけだから」

「あんた、やっぱ、変わってるわ」

「……自覚してる」

「友だちがいないのも当然だよ」

「だから……こんな俺だけど、……また付き合ってよ。飲み友だちもひとりもいないんだ。あの家で、両親と暮らして、仕事して、たまに、女のいる店で、嫌われながら酒を飲むだけ。

それだけの人生なんだから。頼むよ」

「ま、機会があったらな」

待ってろ。俺がちゃんと機会を作るから。

「約束だよ」

「約束するよ」

「酒井さんからも、誘ってくれる？」

「そういう折があったらな」

折はあるとも。必ず、誘うから。

「じゃ、今日のところは……」

「行くか」

俺たちは、メモのおでんを計算し、それぞれ自分が食った分の金を、メモと一緒にカウンターに置いて、建て付けの悪いドアをそっと押して、真っ暗な通りに出た。

「タクシーを呼ぶよ」

「じゃ、そうしろ。俺は、歩いて帰る」

「幌平橋まで？」

「ああ。ちょうどいい散歩だ」

「もしあれだったら、タクシーで送るよ」

「いや、いい」

まだ帰るわけじゃない。

「そうか」

「じゃあな」

「じゃ、また」

中途半端な表情で立っている檜垣に、手を一振りして、俺は西屯田《とんでん》通りを南に向かった。で、すぐに東に折れて、街灯だけがついている静かな通りを進み、それから北に曲がり、ススキノの中心部を目指した。

21

高田の店は、午前二時の放送開始までは、そこそこうまいものが食えて、落ち着いて酒が飲める、まぁいわゆるレストラン・バーとか、ダイナーとか呼ばれるジャンルの飲み屋だ。雰囲気はなかなかのもので、〈ケラー〉に倣ったのか、カウンターはイチイの長い一枚板だ。で、デザインがいろいろ様々の椅子は、緩やかな曲面が特徴で、座ると尻や背中が気持ちよく収まる。これは、ウィスキーの樽を原材料にした、オリジナルの木工品で、俺はこの落ち着いた座り心地が気に入っている。

テーブル席も八席あるのだが、俺はたいがいカウンターの右端に座る。その席の正面、アイラのモルトが並んでいる棚の前が、オーナーである高田の定位置なのだ。

「よく来たな」

珍しく、高田が歓迎してくれた。

「よぉ」

「飲むのは、ラフロイグ15だな」

「え？」

「この前の酒代だ。きっちり払ってもらうぞ」

いやに記憶のいいやつだ。

「ああ、もちろん、そうしてくれ」

「で？　なんの用だ？」

「用がなけりゃ、来ちゃダメか？」

「当たり前だ」

「……俺、お前になんかしたかな。嫌われるようなこと」

「いっぱいしてるけどな」

「……確かに、そうだな」

その点は認めるが……

「なんか、見た目が物騒だぞ、お前。なんか、ちょっとつついたら、すぐにも爆発するってな感じだ」

「そうか」

どうやら、見た目に出ているらしい。これはいけない。精神修養が必要だ。落ち着け。

「今でも、〈トムボーイズ・パーティ〉の連中は、来るか？」

〈トムボーイズ・パーティ〉は、いわゆるショー・パブだ。ススキノでは老舗の部類に入る。とびきりの美人が多いが、全員、元男、つまり、ニューハーフだ。ビューティー・チームのほかに、コミカル・チームがあり、最近はマッチョ・チームのメンバーも増えている。

「来るぞ。普通に来る。つまり、午前一時頃にべろんべろんでやって来て、馬みたいに食うだけ食って、放送を始める前に、さっと帰ってく。化粧はしたマンマでな」

「誰か、俺が知っている人間、いるかな。大野は東京だろ？」

大野は、以前はチーフ・マネージャーだった。今は東京の統括本部で、ナンバー・スリーくらいの地位にあるらしい。そこまで出世すると、なかなか声を掛けづらい。

「そうだ」

「ほかに、誰かいるかな。人間の出入りはけっこうあったから、俺の顔を知ってるやつはひとりもいないんじゃないか、って気がしてさ」

「いつ頃から行ってない？」

「かれこれ……」

考えて、驚いた。

「もう五年は顔を出してないいな。……あっと言う間だな、五年なんて」

「そうだなぁ、ホントに」

溜息をつきながら、高田が自分専用のマイセンのゴブレットから、ヱビスの黒生を一口飲んだ。俺も、高田が作ってくれたラフロイグのトワイス・アップを飲んだ。

「どんな用件なんだ？」

「アリスの系統を、探してるんだ」

「おう。懐かしい名前だな」

「アリス、今、どうしてる？」

「直接聞いてみろよ。〈メビウス・タワー〉で店やってるから」

「あ、そうか。ススキノにいるのか」

俺はてっきり、東京本部か静岡に転勤になったもの、と思い込んでいた。〈トムボーイズ〉は元々、静岡資本なのだ。

「この前、四周年をやってたから、ま、四年前、ってことだな」

「独立したの？」

「いや。チェーン店を任されてるらしい」

「どんな店だ？」

「薄暗くて、居心地のいい、……ま、ちょっと広めのスナック。スタッフは全員、コミカル・チーム出身で、ビューティー・チームはアリスだけ。客のメインは、キャバ嬢に風俗ネーチャンたち、というあたりだ。雰囲気、悪くないぞ。ここだ」

ショップ・カードを寄越す。南五条西三丁目、メビウス・タワー八階、〈ルビコン〉。

「でも、なんで俺、この店のこと、知らないんだ？　アリスも、俺に知らせてくれなかったし」

「お前、ケータイ持ってないだろ」

「……開店挨拶の手紙とかさ」

「その〈ルビコン〉の名前で来たからな、封筒が。だからお前、中身を読まないで捨てたんじゃないか？　俺も、そうするところだったんだ。封筒を見ただけじゃ、ただのDMだった。開けてみてやっと、アリスからだ、とわかったんだ」

「じゃ、行ってみる」

カードをポケットに入れて、俺は立ち上がった。告げられた金額は、法外なものに思われたが、ラフロイグ15をボトル・キープしたことになっていたので、納得した。

「毎度ありがとうございます」

高田が頭を下げて、ニヤリと笑った。

＊

確かに、〈ルビコン〉の雰囲気は悪くはなかった。カウンターに二十席、その他ブースが六つ、という手頃な広さで、落ち着いた内装で、木の壁と真鍮の小物が、いい感じで溶け合っていた。客は、そんなに多くない。こういう店は、早い時間と遅くなってからが混む。つまり、出勤前と帰宅途中のキャバ嬢や風俗嬢で混むわけだ。

今いる客も、ほとんどが女性で、勤めが休みか、あるいは、遅刻したので電話して休みにした、というお嬢ちゃんたちだろう。だらしなく足を投げ出して座り、ギャアギャア喚くカラスと、それに貢いでいる三流風俗ギャル、などというカップルなどは、恥ずかしくて二歩しか入れない、というような、良い意味の風格がある店だ。

「いらっしゃいませ！」

アリスがそう言って会釈してから、俺の顔に気付き、ぱっと明るい表情になった。

「あら！　珍しい！」

「しばらく」

平凡な挨拶を交わした。なんだか、照れ臭い。アリスはもうそろそろ三十代も終わり、という年齢であるはずだ。だが、とてもそうは見えない。小柄なせいもあって、二十歳そこそこの乙女です、と言っても通用する。……お世辞じゃなく。そう言うと、嬉しそうに頰を赤らめた。実際には、三十代も終わりに差し掛かった、自衛隊出身の空手使いで、一昔前までは、玉もペニスも持っていたのだ。だが、そう言っても、誰も信じないだろう。だが、そう思ってみると、ロング・ドレスのところどころからこぼれる、背中や肩、腕の筋肉が、妙に充実しているので、観察力の鋭い人間なら、なにか妙な感じがするはずだ。

「まだ、バック転はできるか？」

「できるわよ。トレーニングは、毎日続けてるし」

「ホルモン剤は服《の》んでるんだろ？」

「そうだけど、なぜか私、筋肉は落ちないの」

「うらやましいね」

「ありがと。そうだ、この前、フローラと電話で話したのよ」

「おお。フローラ。懐かしいな。今、どこでなにやってるんだ？」

「東京本部で、ショーの企画立案。いろいろと大変みたいよ」

実際、〈トムボーイズ〉のショーは、非常にレベルが高い、と俺は思っている。その時々の「トレンド」を取り入れて、水準を維持するのは、本当に大変だろうな、とは思う。

「……でも、ホント、久しぶりねぇ……ねぇ、こっち、来て」

アリスに導かれて、個室に入った。その途中、何人かのスタッフとすれ違った。中には見覚えのある顔もあった。お互いに笑顔で頷き合ったりするのが、なんだか、懐かしい。

「VIPルームよ。今の娘《こ》たち、本当に歌うのが好きだから。造ったの、わざわざ」

「アリスも歌うの？」

「まさか！」

と笑ったが、ややあって、頬を赤らめて頷いた。

「最近は、歌うようになったのよ。……へんねぇ。……カラオケ、あんなに嫌いだったのに。一旦、歌う楽しさを知ると、もう抜けられないわね」

「そうだな」

「アナルと同じよ」

「いや、それは俺は知らないけど」

「知って」

「いや、今日はそういう話じゃないんだ」

アリスはプッと吹き出した。

「当たり前じゃないの。なに考えてんのよ」

「実はな……」

きちんと理解してもらいたかったので、エリカの失踪事件から、丁寧に話した。そのせいで、結局一時間以上かかった。だが、その甲斐あって、アリスはどうやら必要なことはきちんと理解してくれたようだ。

「心当たりはあるわ」

「そうか。非常に、助かる」

「じゃ、……そうね、明日、今ごろの時間に来て頂戴」

「迷惑じゃないか？」

「迷惑だったら、迷惑だ、と言うわ」

「ありがとう」

「だって、あなた、なんだか顔が本気なんだもん」

「……よくないな」

「そんなこと、ない」

アリスは、小首を傾げて、ニッコリ笑った。キレイだった。こんな時、油断すると「美人なら、性別は関係ないよな」というような気分が揺らめいたりするので、人生、なかなか油断はできない。

22

翌日は、檜垣からのメールは一通もなかった。珍しいことだ。なにをやっているのだろう、と気になる。

ま、それはそれとして、種谷とメールをやり取りして、また〈福島〉で会うことにした。時間をずらして、今回は種谷の方が先に入った。俺が行くと、ガツの塩焼きとビールを前に、むっつりした顔で、座っていた。誰が見たって、焼鳥を食いに来たのではない、ということが明らかだった。

「もっと楽しそうな顔をしろよ。まるで、仕事で、いやいや来てるみたいだぞ」

「調子はどうなんだ。すっかり仲良しになっちまったみたいだな」

「仕事で、いやいややってるんだよ」

「仕事か。金は出ないぞ」

俺は生ビールと豚タンを頼んだ。

「わかってるさ。それで、ちょっと苦労してるんだ」

「金は、一銭も出せないからな」

「わかってるって」

「で、どうなんだ？」

俺は、状況をざっと話した。母親がススキノに来たのは種谷も知っていて、「あれには驚いた」と言った。あれが、種谷が知る限り、唯一の外出だったんだそうだ。母親は、あのあと真っ直ぐに帰ったらしい。ススキノ交番の前で、少し揉めた、と教えてくれた。

「まるで幼稚園児とその母親ってな感じだったぞ。紅比古ちゃん、帰りましょ、ということだろうな。四十男の手を摑んで、引っ張って、タクシー乗り場に向かおうとしたんだ。紅比古は、手を引っ張られながら、渋々ついて行ったけどな、タクシーの直前で、立ち止まって、動かなくなったんだ。そして、足踏みを始めてな。もう、本当に駄々をこねてる幼稚園児と一緒だ」

「それから、引き返したんだろうな」

「そうなんだな。俺は、母親の方を尾けたから、その後は視認してないけどな。ま、そこから〈ケラー〉の前に戻ったのは、間違いないだろうな」

「母親は、真っ直ぐに帰ったのか？」

「そうだ。以後、なんの動きもなかった」

「そうか」

それから、檜垣と話したことを、取り留めなく伝えた。あの変な弁解、そして九相絵図や『火垂るの墓』のこと。種谷も、薄ら寒い顔つきになって、俺の顔を見た。細かく頭をブルブルッと振って、気持ちの悪いものを振り落とすような仕種をした。

「ヘンタイだな」

「そうだな」

「いやだなぁ……」

種谷の声を聞いて、今の今まで、種谷はエリカが生きている、という希望を、ほんの微かであれ、持っていた、ということがわかった。その希望が、完全に絶たれた、と種谷の力無い声は語っていた。

「で、どうしたらいいんだ、俺は」

「……」

「手詰まりか。どうしようもないのか。あの一家が、エリカを外に出さない限り、俺らにはどうしようもないのか」

「……」

種谷は、細く唸った。でも、なにも言わない。

「コンピュータは俺も詳しくないんだが、国家権力は、個人のパソコンの中を覗けないのか。ネットから」

「……」

「檜垣は、ああいうヘンタイは、家の中にエリカがいたとしたら、どういう状態であれ、写真に撮って、その映像を、公開せずにはいられないんじゃないか、と思うんだがな。同じような趣味の奴らと、映像の交換、なんてのをするんじゃないか。そんな映像データが蓄積されてるはずだし、ヘンタイ同士のメールのやり取りを、盗み見ることもできるんじゃないのか？　添付ファイルで、映像のやり取りもしてる、と思うんだがな」

驚いたことに、種谷はすぐに反応した。

「俺も、それは考えた。で、調べさせたよ」

「誰に？」

「道警には、そういう特殊技能のデカがいるんだ。公認会計士、中国語通訳、コンピュータの専門家、なんてのを、中途採用したんだ」

ぼんやりと思い出した。そんなような新聞記事を読んだ記憶もある。

「コンピュータの中は覗けないのか、覗けたら話は早いぞ、ってな。現場の連中に言って、連中が、コンピュータ屋にいろいろとやってもらったそうだ」

「で、結果は？」

「めぼしいものはなかったそうだ」

「……」

「ただ、あんまりクリーンで、掃除が行き届いてるんで、そのコンピュータ屋は、逆に非常に怪しい、と言っていたがな」

そして、へなへなの背広の胸ポケットから、メモ帳を取り出して、あちらこちら探し始めた。目当てのメモを見つけたらしい。声を出して読む。

「受送信履歴？　アクセスの履歴？　そんなのが、普通よりもきれいに削除されてるんで、相当ヤバイことをやってるんじゃないか、という話だ」

俺は驚いた。

「そんなことまで、外部からわかるのか？」

「俺は、コンピュータの保秘なんてのは、全く信じちゃいないんだ」

「そりゃ、あんたの自由だが、そんなに簡単に、他人のパソコンに入れるのか」

「俺も詳しくは知らんが……」

またメモを慌ただしくめくって、続ける。

「檜垣の家は、〈北沼ふれあいタウンネット〉ってのに加盟してるんだな。で、某ハッカーが、身元を秘匿して、このネットに加盟して、そこから檜垣のパソコンに潜り込んだんだ、と。そういう話だ。俺には、なんのことかさっぱりわからん」

「合法的なのか？」

「バカヤロウ。こんなことが法律で認められたら、国民のプライバシーは完全になくなるだろうが。……ま、その方が、治安は行き届くけどな」

「ま、要するに、違法だけど、物理的には可能だ、と」

「そういうことだ。我が社のパソコン屋の友だちを紹介してもらってな。個人的に頼んだんだ。〈金寿司〉の〈福〉を奮発してな。俺の一週間の酒代が吹っ飛んだぞ。……退職公務員てのは、つましく暮らしてるんだぞ」

「尊敬するよ」

「ま、とにかく事実としては、ハッカーが、個人的な趣味で、北沼ネットに潜り込んで、犯罪スレスレ、か、犯罪同様の手段を駆使して、檜垣のセキュリティを突破した、ファイルを閲覧した、ということだ」

「それにしても、なんでまだネットに加盟したままなんだろ。あいつはコンピュータには詳しいはずなんだ。だから、ネットワークから侵入される危険性は知ってるはずなのに」

「だからだろ。我々は無罪です、と。だから、こんなにコンピュータを開けっぴろげにしてます、と。そういう無罪アピールだ。そういうことをする連中は、腐るほどいる」

「そうか。……なるほどな。この事件をきっかけに、ネットから抜ければ、なにか警戒している、と思われるからか」

「そういうことだろう。檜垣の花屋、父親の皮膚科、母親のカルチャー教室、そんなものの告知と、伝言板みたいなのを使っていて、今は、ほとんど更新はされていない。タウンネットに関しては、檜垣の家は休眠状態だ。アップしている情報も、今は父親の皮膚科の、診療時間や定休日程度のことしかないが、それでも、加盟し続けて、たまには、〈北沼ヴァーチャル商店街〉ってのを通して、寿司の出前を取ったりしてるんだそうだ」

すんなりと、「アップ」という言葉が自然に出て来た。種谷も、相当真剣に、コンピュータのことを勉強しているらしい。

「……なるほど」

「で……」

また、メモをあちこち見て、咳払いをひとつして、続ける。

「ヤバいネタに関しては、ネットを経由していない、と某ハッカーは考えてる。デジカメで写真を撮ったとして、そのデータをパソコンに取り込んでいない、ってんだな。つまり、プリンターでデジカメから直接プリントして、その写真を郵便で送れば、パソコンにはなんの痕跡も残らないわけだ。メールのやり取りも行なわずに、郵便や宅配便で行なっているんだろう、ということだ」

「なるほど。じゃ、その郵便や宅配便をこっそり……」

「おいおい。……いやぁ、一介の一般国民は、恐ろしいことを考えるなぁ。通信の秘密の尊重は、日本国憲法の基本のひとつだろうが」

「そりゃそうだけど、公安は、そんなこともするだろ」

「公安はな。でも、俺らはマトモな刑事警察だ。……のＯＢだ」

「なるほど……手詰まりだな」

「うう……」

じゃ、俺は俺のやり方でやろう。

「で、ひとつ考えたんだが……」

俺は、考えていることを、ザッと話した。

「おい……」

「ん？」

「……そうそう思い通りに進むか？」

胡散臭そうな目つきで俺を見る。

「どうかな。そりゃ、やってみなけりゃわからない」

「……思い通りに行けば、そりゃ楽だけどな。相手は、ビリヤードの玉じゃねぇぞ。自分でものを考える人間だぞ。しかも、俺らにはなに考えてんだかわかんないヘンタイだぞ」

「だったら、なんだ？　ほかに、なにかいい方法を考えついたか？」

「……金がかかるだろう」

「確かにな。その点で、苦労するだろう、とは思う。でも、まんざら不可能じゃない」

「……で、俺は何をすればいい」

「まだ、思い付かないけど、……ま、待機していてくれ」

「わかった」

「これから、行くところがあるんで、今夜はこれで」

俺は立ち上がった。

「ここはいい。俺が奢る」

「いいよ、別に。それに、誰が見てるかわからないぞ」

「ふん」

種谷は顔をしかめて、ビールを二口飲んで、むせた。

＊

永見の〈ＫＤグループ〉統括本部は、ススキノの東の外れのビジネスホテル、〈レジデンス　サトホロ〉の中二階にある。もちろん、これも、永見が暗躍して、乗っ取ったホテルだ。その結果、このホテルは、甦った。今では中堅クラスのビジネスホテルとして、そこそこの業績は出しているらしい。永見が手に入れる前は、質の悪いラブホテルで、建物の周りやトイレに、使用済みの注射針が落ちているようなホテルだったのだ。そういう点では、確かに永見には、経営者としての筋が一本通っている、とは思う。別に尊敬してはいないが、軽蔑もしていない。

フロントに立っていた男は顔見知りで、眉を上げて、人差し指で天井を指差した。俺は頷いて、フロント脇の階段を上った。なんの装飾もない、灰色のドアの脇にインターフォンがある。それを押すと、すぐに「どうぞ。入って」と永見の声が言った。

ドアを開けると、結構な広さの事務所で、日中は三十人ほどが働いている。今はやはりこんな時間だから、残業しているらしい三人が、ひっそりと書類仕事をしているだけだ。突き当たりの壁の、これまたなんの装飾もない壁の、灰色のドアが開いて、永見が姿を現した。

軽く頷く。

「先日は、世話になった。あの後……」

俺が近付くと、永見が、普通の挨拶を始めた。

「それはそれとして、実は、頼みがあるんだ」

俺が言うと、永見は口を閉じて、俺の顔をじっと見た。

「断られても仕方がない頼みなんだ。だから、断られても、恨みには思わない。ただ、話だけでも聞いてもらえないか」

「わかった。聞くよ」

永見の部屋には、質素なデスク、平凡な応接セット、いかにも事務的な書類キャビネットがあって、大きな神棚が目を引く。ま、ごく普通の部屋だ。主が、ゴチャゴチャした装飾や調度が嫌いなんだろうな、ということだけはよくわかる、という空間になっている。

俺がソファに座ると、永見が自分で、隅にあったコーヒー・メイカーからコーヒーをふたり分、運んで来た。

「酒の方がいいんだろうけど、この部屋は、禁酒なんだ」

「なるほど」

「で？　頼み、というのは？」

俺は、できるだけわかりやすく説明した。

「ほう……そんなに思い通りに行くかなぁ」

「行かなきゃ、別な方法を考えるだけの話だ」

「そうか」

「別にあれだよ、断られたら、奥さんのことを……」

「そんなことは心配してないさ」

言下にそう言って、永見は朗らかに笑った。

「そんな心配があったら、あんたに頼んだりはしない」

「そうか」

「ま、なんとかなるだろ。幸い、物件はいくつかある」

「助かる。ありがとう」

「……しかし、あんたが警官の手先になって動くとはなぁ」

「……元、警官、だけどな」

「いや、それにしても……」

「なんとなく、流れでこうなった。とにかく、ムカムカするやつなんだ」

「容疑者？」

「ああ。あんなのが野放しになってるのは、気に入らない」

「正義感、か」

「そんなんじゃない。……生理的嫌悪感、てとこかな」

「あんたも、誰かに嫌われてるぞ、きっと」

「そりゃそうだろ。俺を嫌いなヤツはいっぱいいるさ」

「かもね」

永見はそう言って、声を出して笑った。

23

「おう。どうした」

高田が俺の顔を見るなり、そう言う。

「なんか、おかしいか？」

「二晩連続ってのは、珍しいだろう。とうとう、誰にも相手にされなくなったか？」

「そんなわけじゃないが」

「……」

「頼みがひとつあるんだ」

「お断りだ」

「……」

「お前の頼みを聞いて、俺は何度怪我したか、知ってるか？」

「ま、あれは昔の話で……」

「入院したのも一度や二度じゃないぞ」

「二度じゃなかったかな」

「殺されそうにもなったし」

「そうだなぁ。……俺らも歳だ。空手の腕もだんだん衰えて……」

「いや、そんなことはない。なんだ。どんな頼みだ」

結構、扱いやすいやつだ。

で、高田には頼みを二つ、聞いてもらった。

それから、ススキノからいったん出て、狸小路一丁目に行った。若い連中が、歌ったり、踊ったりしている。ストリート・ミュージシャン、ストリート・ダンサー、と自称する連中だ。ススキノよりもこっちの方が治安がいい、というか、ススキノの治安がすっかり悪くなったので、こういうおとなしい連中、おとなしいが、「自己表現」がしたい連中は、こっちに屯《たむろ》するようになった。特に冬は、狸小路にはアーケードがあり、通りの両側が店舗なので、風や雪がしのぎやすい、という利点もある。

ザッと見渡したが、目当てのやつはいなかった。道に座り込んでギターをかき鳴らしていた、痩せた男が、一曲歌い終えた。モコモコした厚手のジャンパーの中に首を引っ込めるような感じで、一礼した。長髪がバサリと垂れて、周りに座っているファンたちが、拍手した。

「おい」

「は？」

「タク、どこにいるか、知らないか？」

「タク？」

「よく、ここらでヘンプのアクセサリーを売ってるやつだ」

「さぁ……」

　こいつらは、あまり他人に興味を持たない。聞いてもあまり意味がないかな。それよりも、このあたりに詳しい男がひとり、近付いて来るのが見えた。

「わかった。ありがとう」

　若い連中に礼を言って、顔見知りの「山本さん」に手を振った。山本さんは、分厚いヒゲに埋まった顔に、にっこりと笑みを刻んで、ヒョコヒョコと近付いて来る。片手に、大きく膨らんだ紙袋を持ち、片手をボロボロのズボンのポケットに突っ込んで、背中にボロボロのリュックを背負っている。

「山本さん」

「よぉ。人捜しか？」

「ええ。ヘンプのアクセサリーを売ってる、タクっていうガキ……」

「ああ、あいつな。さっき、三丁目にいたぞ。やっぱ、駅前通りに近い方が、客が付きやすいからな」

「なるほど。ありがとう。……これ、使って」

　五百円玉を出すと、歯のない口で嬉しそうに笑って、受け取ってくれた。

「じゃあな。元気でな」

「じゃ、また」

山本さん、てのは、俺が勝手につけた呼び名だ。本人も、「俺も山本でいい」と言っている。冬のホームレスは大変だ。夜が明けるまで、ずっと歩き続けるのだ。なぜ市当局の保護を求めないのか、その理由を尋ねたことはない。何度か尋ねよう、と思ったが、その度に、なぜか言葉が出なかった。よほどの事情があるんだろう。

山本さんの言った通り、狸小路三丁目の〈ドン・キホーテ〉の前に、タクが座り込んでいた。目が死んでいる。ジョイントをキメているのかもしれない。

「タク」

ゆっくりと顔を上げ、俺の顔をじっと見て、一分ほど見つめ、「えへ」と笑った。ジョイントじゃないな。シンナーだ。それとも、ブロンの一気飲みか。バカが。

「伊沢《いざわ》に会いたい。どこにいる？」

タクは、また俺の顔をじっと見つめた。俺は、五千円札を差し出した。タクは、俺の顔から視線を五千円札に移し、じっと見つめた。それから、再び俺の顔を見上げて、「えへ」と笑った。

俺は待った。

三分ほどして、タクはもぞもぞ動き、ケータイを取り出した。面倒臭そうにパタンと開き、画面をまじまじと見ている。そして目を閉じ、じっくり考えてから、ケータイを畳んで腰のあたりにしまい、それからボロボロとケータイを五個、腰のあちこちから取り出して、並べた。冷たい地面に両手をついて、五つのケータイをじっくりと見つめ、結局、ひとつひとつ手に取って開き、まじまじと見つめて、目を閉じた。そして、やっとひとつ、〈当たり〉を発見して、嬉しそうに十一ケタの番号をプッシュした。耳に当てる。

「ああ……あの……タクっす」

そして、黙り込んだ。なにか言っている声が漏れて聞こえる。タクは、全く聞いていないようすだ。

「ああ……あの……今、替わります」

ゆったりと、俺に差し出す。受け取って、耳に当てた。

「替わるってのはなんだ、お前。レンシはどこにいるんだって、何度言やわかる」

「なんか、キメてるみたいだぞ」

「なんだ、お前」

名前を言った。

「なんだ、あんたか。……で？　いや、その前に、タクがキメてるってか」

「シンナーか、ジョイントだな」

「どこだ、そこ」

「狸小路三丁目」

「バカじゃねぇのか、天下の大道でか」

「そうだ」

「見て、はっきりわかるか？」

「……わかるな」

「連れて来てくれ。まじヤバイ」

「今か？」

「そうだ。そいつ今、保護観察なんだ」

「連れてくって、どこに？」

「あ、今俺は、〈ラビアンローズ〉にいる」

「ちょっと遠いな」

「申し訳ない。俺は、今ちょっと出られないんだ。頼む」

「わかった」

ケータイを閉じて、スーツのポケットに入れ、タクの両脇に腕を入れた。やや気持ち悪い。だが、これも交渉事の必要な手続きだ。俺にとっては、好都合な展開だ。

「タク」

歩かせようとしたが、面倒になった。あまり触りたくない。歳かな。ま、それはそれとして。

俺はタクの両脇に腕を入れて、そのまま引きずって、駅前通りに出た。停まっているタクシーにタクを押し込もうとしたが、運転手が厭な顔をした。ま、当然だ。申し訳ないけど頼みます、とお願いし、ススキノの住所を言ったら、えらい不機嫌になった。それもまた当然だ。俺は、五千円で勘弁してください、とお願いして、やっとのことで車を出してもらった。五千円でも、運転手の機嫌は、ずっと悪かった。

これも、ま、当然だな、と思った。

*

伊沢は居酒屋やクラブなどを手広く経営している、〈パラダイス〉という若者たちのグループの金主だ。ま、陰の所有者、というところだろう。〈ラビアンローズ〉も、〈パラダイス〉の経営する店で、老舗がほとんど全滅してしまったクラブ業界では、新しい高級店として注目を集めている。ただ、入り口の木でできた重厚なドアに〈labianrohz〉と金文字が浮かんでいるのが悲しい。

なんとか自分で歩けるようになったタクを抱えて、そのドアを押した。出て来た女は、知らない顔だった。

「伊沢は？」

なにか聞いているのだろう、こくりと小さく頷いて、奥のVIPルームに向かって歩き出す。二歩進んで、立ち止まり、俺の方を見て、「こちらへどうぞ」と言った。俺は『名犬ラッシー』の一場面を思い出した。

VIPルームの中では、女が三人と伊沢がぼんやりしていた。話すこともないし、歌う歌もない、そんな感じだ。伊沢会長と三人の茶飲み友だち。そんなタイトルで、油絵が描けそうだ。

伊沢は、そう聞かなければ、ただの普通の小太りのオヤジだ。過去はあまりはっきりしない。だが、筋モンとは、やや違うらしい。千歳の方の地主で、それが千歳に米軍がいた時、米軍相手にある種の商売をして成功して、その利益をうまく太らせた、という大雑把な話があって、それでとりあえずみんなは納得したつもりになっている。

で、「米軍相手の商売」には、いろんなジャンルがあるが、そのジャンルのなにかの絡みで、伊沢の家の奥深くに、非常に特殊なコレクションがあるのを、俺は知っている。こういう趣味の人間は、自分の趣味を固く秘密にしているものだが、それをどうしても他人に見てもらいたい、という気持ちも強く、数年前のある夜、ヴーヴ・クリコで酔っ払った伊沢は、「あんたなら、わかってくれると思うんだ」と言って、俺にそのコレクションを見せてくれたのだ。

乾いて固くなった手の指や、足の指………ま、ミイラ化した、指、ということだな。そんなものとか、きれいな金髪の生えた、頭皮。これは、きれいに鞣《なめ》してあった。と、いうような人体の部品の標本とか、非常に大きく毀損された死体の写真などだった。ジェット戦闘機や、ヌードの女、蜘蛛、戦艦、などの稚拙なタトゥーが描かれた皮膚、なんてのもあった。これは黄ばんだ厚手の紙に挟んで、一枚一枚、ビニール袋に入っていた。俺は、腰を抜かすほど驚いた。

だが、伊沢という男は、これ以外の部分では、全く普通の人間だった。金に執着心の強い、利に聡《さと》い、脂ぎった経営者の典型だ。

危険はなにもない、と俺は思った。こっそり銃器を集めている人間は何人か知っている。彼らはたとえばワルサーを持ってはいるが、それで人を撃とうとか、銀行に押し入ろうとか、そんなことは絶対にしない連中だ。銃器マニアの中には、確かにそれで犯罪を犯すものもいるが、それはほんの一部だ。監禁レイプビデオが好きな男が、全員、監禁レイプを実行するわけでもない。愚かな国会議員が、法律がなければ男は全員レイプする、みたいなことを言ったが、それは全然違う。

そして伊沢を見ると、こういうコレクションを作って喜びを感じることと、実際に人を殺して死体をつくり出すことは全く違う、ということがはっきりわかった。伊沢は、ちょっと変わった趣味を持った、ごく普通の常識人なのだ。それは間違いない。俺はコレクションを見ながら、そう思った。あの時の伊沢の雰囲気と、そして昨夜の檜垣の不気味な手触りは、全然違っていた。俺の勝手な思い込みかもしれないが、俺は自分の感覚を信じる。『火垂るの墓』の節子の死について語りながら、涎を垂らさんばかりにして、おそらくは勃起していた檜垣と、控え目な表情で、ちょっと照れ臭そうに、自分のコレクションを俺に広げて見せていた時の伊沢は、全く別な種類の人間だ。

見せてもらった時、こういうものを、どうやって手に入れたんだ、と聞いてみた。伊沢は、言葉少なに、「ベトナム戦争の時に、いろいろと」と答えた。俺はなんとなく、納得した。

なにしろ人間の遺体の一部なんだから、不気味であり、恐ろしいのだが、こういうコレクションを作る好み、というのは、鉄道マニアや骨董品マニアと、それほど変わらないような感じがした。たとえば、盆栽を好む、というその気持ちは、俺にはよくわからないが、しかし、そういう趣味もあるもの、とは思う。だが、盆栽の鉢を眺めながらオナニーをして、木にスペルマをぶっかけてイク、という男がいたら、これはなにか根本的に俺とは違う生き物、という感じがする。

俺は、伊沢を決して異常な人間だとは思わない。そして、俺のその考えを、伊沢も感じているらしい。俺と伊沢の付き合いは、そんなような感じの、全般として、ごく普通の知り合い同士、という間柄だ。繋がりは、非常に弱い。伊沢は俺の部屋の電話番号しか知らない。そして俺は、頻繁に変わる伊沢のケータイの番号を、その都度タクは知っている、ということしか知らない。

その伊沢は、今、座ったままタクの胸元を摑んで、引き寄せた。

「こら、タク！」

三発、頰をひっぱたいた。だが、タクは「えへ」という顔で、ぼんやりしている。伊沢はタクを突き飛ばした。ソファともつれて、タクが転がった。

「裏に出しとけ」

この場合、〈裏〉というのは、ホステスたちがこっそりタバコを喫うための、ベランダのような場所のことだ。

「ほっといたら、凍死するぞ」

「わかってる。気を付ける」

若いホステスふたりが、タクを押したり引っ張ったりして、出て行った。

「しばらくね」

ママが俺に言ったが、それに頷いて、俺は伊沢に言った。

「頼みがある。話を聞いてくれ」

伊沢は俺の顔をじっと見たが、うん、と頷いた。ママが立ち上がって出て行った。

伊沢とややこしい話をしているうちに、午後十一時を過ぎた。そろそろ〈ルビコン〉に行く頃合いだ。

「どうだ？　助けてくれるか？」

俺が尋ねると、伊沢はおおむね了解してくれた。金は要らない、と言った。嬉しそうな表情だった。

＊

〈ラビアンローズ〉から〈ルビコン〉はそんなに遠くない。少し時間がある。ラーメンでも食べようか、と思ったが、これから会う相手のことを考えて、やめた。

やめて良かった。本当に。

〈ルビコン〉のドアを押すと、アリスが笑顔で出迎えた。きっと、エレベーターの中にカメラが仕込んであるんだろう。

「待ってたわ」

アリスはそう言って、軽く後ろを向き、ホステスだまりに向かって、「アンジェラ」と声を掛けた。

非常に美しい生き物が、スッと登場した。俺は、思わずあんぐりと口を開けた。俺の最初の印象は、冷たいアレキサンドライト、あるいは凍ったアメジスト、というものだった。わけがわからないが、そういう言葉、というかイメージが、頭の中に浮かんだのだ。

「……実際、天使だな」

俺は、いつの間にか呟いた。

「そう。アンジェラなの。最初に一目見て、これはアンジェラだな、と思ったのよ」

アリスが得意そうに言った。

清楚で、か弱い雰囲気だが、目がきりりと精悍だった。だが、彫りが深い顔立ちは、切ないほどに幼く、はにかむ表情がこっちの胸を切なくする。小柄で、身長は百六十くらい。学校の制服風のコスチュームで、成績の良い、優しい、女子高生に見える。今、自分にラーメンのニオイがないことが、俺は本当に嬉しかった。ラーメン、ご免ね。

「これで、男なのか？」

「無垢よ」

手術などは一切していない、ということだ。

「アリスの後輩？」

「十六期下よ」

「つまり、徽章《きしょう》を持ってる？」

「そう。シロウト衆言うところの、〈レンジャー〉」

信じられない。目の前にいる、この、美しい女子高生が、実は俺よりも遙かに強く、野山でのサヴァイヴァル能力に長けていて、素手で人を殺すことができる、ということが、どうしても信じられない。

「よろしく」

俺が言うと、アンジェラはふわり、とお辞儀をした。

「初めまして」

「……蛇を食った？」

「はい」

「どんな味だった？」

「鳥と、そんなに変わらないっす」

アリスが笑った。

「自衛隊の話をする時だけは、なぜか男言葉になるのよね」

「いやだわ」

アンジェラがはにかんで、口を隠して、笑った。

「じゃ、ちょっと借りる」

「借りられます」

「惚れちゃダメよ」

アリスが言う。

「ちょっと、難しいな」

俺は言った。満更冗談でもなかった。非常にシャープなシルエットの、分厚くてとても軽いオーバーを着るのを手伝った。俺は、自分がいそいそした執事気分でいることに気付いて、いささか驚いた。

＊

「ポケット・モンスター、知ってるか」

「ええ。もちろん」

アンジェラが俺の顔を下から見上げて、小首を傾げて尋ねる。その顔にネオンの影が落ちて、ススキノの夜の雰囲気が、ぐっと深まった。

「俺は、あの話が嫌いでな」

「なぜ？」

「あの物語では、さとしは、自分で闘わずに、ポケット・モンスターたちを闘わせるわけだ。

俺は、それが嫌いだ」

「だって、そんなことを言ったって……」

「わかってる。わかってるんだけどな。俺は、戦場で戦う兵隊とか、足軽とかには興味を持てるんだが、将軍とか、大名とかには、あまりいい感情を持てないんだ」

「……はぁ」

「つまり、弁解にしかならないが、こういう成り行きは、本当は嫌いなんだ」

「それは、自分が信用されてないってことっすか？」

「男になってるぞ」

「いやだわ」

アンジェラはそう言って、はにかんだ。

＊

とりあえず、朝までやっているイタリアン・レストランに連れて行った。古いビルの地下にある、穴蔵のような店で、悪夢の中に出てくる化け物みたいなオブジェ、というのかフィギュア、というのかが、ゴッゴツした壁のあちらこちらに置いてある、という店だ。気持ち悪いのだが、見飽きない。料理はうまい。ワインの値段が手頃だ。

アンジェラは腹を空かせていたので、パスタのコースを頼んだ。俺はスップリを二個頼んで、ふたりでロンバルディアの並のワインを一本空けた。その間に、アンジェラは俺の話をすんなりと理解した。そして、自分なら、心配ない、と言った。それをこれからテストする、

24

と言うと、「やはり、自分は全面的には信じられてないってことっすね」と不満そうに言ってから、自分で気付き、「いやだわ」と小首を傾げて、えくぼを頰に刻んだ。

「ま、そう言わないで、ちょっと付き合ってくれ。俺の精神的な負担を軽くするための、つまらん儀式だ、と思ってさ」

「でも、相手は五十なんでしょ？」

五十歳はもう、お爺さんよ、という口調だ。

「普通の五十とは違うんだ」

アンジェラは、眉毛を上げて、小さく頷いた。ちょっと溜息をついている。

「味はどう？」

「おいしいわ。でも、ワインは、安物ね」

「そうだ。安物のワインを、安い値段で出してるんだ。立派な、正直な店だろ」

「正直が好きなの？」

「……まぁ、どっちかってぇとな。ウソをつくのは、身過ぎ世過ぎだ」

「立派で、正直な人」

アンジェラは、口の中でそう呟いて、クスッと笑った。

高田の放送は、すでに始まっていた。ガラスの向こう、密閉されたＤＪブースで、なにか熱心に喋っている。俺とアンジェラを見てひとつ頷き、以後、ちらちらとアンジェラを眺めて、落ち着かないようすだ。喋りにも微妙にモタモタ感が漂った。

「さて、それじゃピアノ小特集、ってことで、ジャズの古典を四曲、聞いてくれ。レイ・ブライアントで〝ナウズ・ザ・タイム〟、ニーナ・シモンで〝セントラル・パーク・ブルース〟、レッド・ガーランドで〝Ｃジャム・ブルース〟、そして最後に、ウィントン・ケリーで〝朝日のようにさわやかに〟。以上四曲、続けて聞いて、感想を四百字詰原稿用紙二枚にまとめて送ってくれた人には、俺が、『お疲れ様！』と元気良く褒めてやるよ！」

手許のカフを倒して、コントレックスの一・五リットルボトルからぐびぐびと何口か飲み、口を拭いながら立ち上がった。そして、こっちを眺めながら、ブースから出て、スタジオのドアを開けてやって来た。レイ・ブライアントの軽快なピアノが、明るく流れている。

「よう」

「おう」

「仕事中、申し訳ない」

「ま、いいさ。これで二十分ちょい、大丈夫だ。で、そっちが？」

「そうだ」

「えらく綺麗な生き物だな」

「ありがとう」

「……本当に、男なんだな？」

「どうかしら」

「ま、どういうのが男でどういうのが女か、ってのは、まぁ、難問だもんな」

アンジェラは黙って微笑んだ。

「レンジャー徽章を持ってるって？」

アンジェラは小さく頷いた。そして、高田の目を見上げて、微笑んだ。

「みんな、そんな話ばっかり。でも、あんまり意味ないわ。徽章なんて、……」

「……ま、そうだな」

アンジェラは、再び微笑んだ。その恥ずかしそうな表情が、どうにも綺麗で、高田に媚びているようで、なんてことだ、俺はちょっと嫉妬しちまった。

「よし、じゃ、ちょっとやるか」

三人で、テーブルや椅子を壁際に寄せた。ホールの中央に、八畳ほどの空間ができた。

「着替えなくていいのか？」

「動きやすいから」

「足許は？」

アンジェラはスニーカーと紺色のハイソックスを脱いで、素足になった。一層小柄で、一層可愛らしくなった。どこから見ても、裸足の女子高生だ。

「じゃ、俺の左頬に触ってみろ」

「時間は？」

「そうだな。……三分以内で、ということでどうだ？」

「わかりました。お願いします」

ふたりは、すっと離れた。と思った時、アンジェラがするりと高田の間合いの中に入って、そして左手の甲で、とても優しく柔らかな裏拳で、高田の左頬を、愛しそうに撫でた。

高田は呆然として立ち尽くしている。

俺も、自分の目で見たことが信じられず、ただ突っ立っていた。言葉が出ない。

「失礼しました」

アンジェラが、静かに退いて、頭を下げた。制服のミニスカートの裾が、揺らめいた。

「負け惜しみじゃなく、……油断したんだ」

「誰に言ってるんだ？」

「少なくとも、お前にじゃないよ」

「アンジェラ、こいつ、油断したんだってさ」

アンジェラは両手の拳を握り締めたまま、黙って頭を下げた。高田が赤面した。今のセリフは、一生の不覚ってやつだろうな。

「もう一度、お願いします」

アンジェラが言った。

「同じ条件で、いいか？」

「はい。お願いします」

「おい。お前」

俺を睨み付ける。

「は？」

「時計、見てろ」

「俺、時計なんて持ってないし……」

「壁にあんだろ」

高田のＤＪブースから見える場所に、大きなアナログ時計が掛けてある。

「ああ、わかった」

高田が自分で時計を見上げ、言った。

「あと十五秒」

「はい」

アンジェラの、彫りの深い整った顔の、目が光った。

「五、四、三、二、一」

「お願いします」

アンジェラが一礼して、前に出た。

それからの三分間の攻防は、全く素晴らしいものだった。そして、俺は、高田が段々弱っていき、壁に追い詰められる、という信じられない現象をこの目で見たのだった。明らかに、高田はアンジェラに攻め立てられていた。精悍なトドのように空を飛ぶ男が、子猫のように動き回る、胸の平らな女子高生に、追いつめられていく。

「時間は！」

高田が、両手をシャープに動かして後退しつつ、大声で言った。俺は慌てて時計を見た。

「あと三十五秒！」

アンジェラは一歩飛び退《さ》がって、自分で時計を見上げた。その一瞬の隙に、高田は前に出ることができず、間合いを取ったままだった。明らかに、高田の負けだった。

次の瞬間、アンジェラが猛然と攻め始めた。拳を縦横に奮い、高田を壁に張り付けにした。だが、高田もよく凌いだ。ヒットはお互いに一発もない。

「あと五秒！」

俺は高田に倣って、カウントした。

「四、三」

その刹那、アンジェラが両手の外受けで、高田の両手を跳ね飛ばした。その勢いで一歩踏み込み、両手で高田の頬を挟んで、爪先立ちで唇にキスをした。

なんだ、こりゃ～！

高田は呆然としていたが、驚くべきことに、高田の両手が徐々に下がり、そのままアンジェラの背中に回り、そして、俺は自分の目が信じられないのだが、高田はアンジェラをしっかりと抱き締めた。

ふたりは、俺のいない、ふたりだけの世界の中で、抱き締め合い、唇を押しつけ合ってい
た。俺は突然置き去りにされたので、どうしようもないから、そこらをうろうろした。

「え～と……」

彼らの熱い抱擁は、なかなか終わらない。

「ええと……高田……高田……」

ふたりは、俺のことを思い出したらしい。名残惜しそうに、離れた。

「なんだ？」

と答える高田は、もう、今までの高田ではなかった。とっても幸せそうに見えた。

「あのう……そろそろ、ウィントン・ケリーが終わるんじゃないかな」

「ん？　おお、そうだな」

そして、今の抱擁など、全く存在しなかったかのような、さばさばした足取りでブースの
方に向かう。だが、その後ろ姿は、落ち着きと幸福に満ちていたので、さっきの抱擁は、俺
の妄想ではなくて、現実のものだったのだ、ということがわかった。

「そいつ、強いぞ。おれよりも強い」

ああ、ああ。そりゃ、見てたらわかったよ。

高田はスタジオに向かう。喋りに備えて、深呼吸を繰り返している。その合間に、俺に向
かって言った。

「おれがあれくらいの歳の時よりも、もしかすると、できるぞ」

「そんなに？」

「そんなこと、ないわ。高田さん、すごい」

「強いよ、お前は」

なんとなく、俺を無視して、ふたりでいちゃいちゃしてるみたいだ。

スタジオに戻り、マイクの前に座った高田が、マイク越しに、俺に言った。

「心配ないだろ。アンジェラなら、できる。安心しろ」

俺は、両手で大きな丸を作った。高田がニヤリと笑った。

「じゃ、お気を付けて」

アンジェラが言う。

は？

「私、ちょっと高田さんの放送、聴いて行きます」

「……あ、そうか。わかった。じゃ、詳しい話は、明日にでも」

「アリスママに、連絡してください。私、いつどこにいるか、全然わからないから」

「ケータイは？」

「私、嫌いなんです」

「俺もだ。じゃ、ママ経由で」

「ありがとうございました」

「……なにが？」

「素敵な方に紹介していただいて」

素敵な方ぁ？

「ああ、まぁ……あいつには、そっちの方の趣味はないんだけどな」

「そんなこと、関係ないわ」

「……ああ……まぁ……だろうなぁ……」

「じゃ、明日」

「ああ、じゃ、明日」

俺は中途半端な気分で、高田に手を振り、アンジェラに手を振り、高田の店から出た。

25

電話の音で目が覚めた。気分はすっきりしている。そんなに飲まなかったもんな、と思いながら時計を見たら、午後一時だった。

「おい、起きてたか？」

高田だった。

「おう……」

なんと言っていいかわからない。

「あのな。ひとつ、誤解を解いておきたいんだけど」

「誤解なんか、してないよ」

「いや、とにかく、俺とアンジェラの間には、なにもなかったからな。信じられないだろうし、驚くだろうけど、俺とアンジェラは、……まぁ、キスはしちまったけど、あとはなにもないからな」

「驚かないよ。俺は、もう、なにがあっても驚かないから。お前とアンジェラが清い間柄だ、と聞いても驚かないし、アンジェラが妊娠した、と聞いても、驚かない」

「だから、そんなんじゃないって」

「どっちにしても、どうだ、メシでも食うか」

「ああ。俺も、そうしたくて、電話したんだ。話すこともある」

「なんだ?」

「お前が帰ってから、ファックスで、感想文が三人から送られて来た」

「感想文?」

「ジャズ・ピアノ名曲特集のさ」

「ああ、なるほど」

「で、何時にどこで食う?」

「今、起きたばっかりだから、シャワー浴びて、二時に〈人間失格〉でランチを食おう」

「……なんて店だ、そりゃ。マトモなものが食えるのか？」

「料理はマトモだ。コーヒーもうまい。でも、ママが……太宰のファンでな。中学一年の時に『人間失格』を読んで、以来コロリと太宰に参っちゃって、そのまま太宰人生をまっしぐらに進んで来た六十四歳独身、菊水のワンルームマンションで、犬一匹クラゲ一匹と同居、というオバチャンだ。『走れメロス』には批判的だ」

「なんでまた、そんな店……」

「個室があるんだ」

「了解」

俺は、住所を教えて受話器を置いた。

それから、メールをチェックしてみた。小椋名義の、檜垣からのメールが五通、あった。内容は、要するに母親の非礼を詫び、自分の無礼を詫び、許しを求める文言と、〈ョ(＿)ョ〉の羅列だった。嫌われる、嫌われたら困る、と思って、昨日一日はメールを出さなかった。そしたら、酒井さんからもメールが来なかった、これで終わりなんでしょうか、僕のことをわかってもらえた、理解してもらえた、許してもらえた、と思っていたのに、これで終わりなんでしょうか、というようなことだ。

哀しみの感情が、後になるほど盛り上がってきて、五通目はもう、涙で顔がグシャグシャ、という感じだった。

どこまで本気かわからないが。

俺は深呼吸をひとつして、それから一太郎を起動させて、一気呵成に文章を書いた。

＊

小椋良一様

何度もメールを戴き、申し訳ありませんでした。私も、メールを送ろう、と思い立っては、いやいや、待て、と自分を押し止めていたのです。

小椋さんと、死体の話をしたことが、どうしても、頭から離れないのです。あれは、私にとって、とても大切な思い出になるでしょう。

小椋さんに、「家に死体でも隠してるんじゃないのか」と、つい、言ってしまった時、私は、自分の心の奥底に秘めたものが、無防備にポロリとこぼれてしまったので、慌てました。おそらく、小椋さんといたせいで、自分の本心が出てしまったのだ、と思います。

小椋さんなら、わかってくれるでしょうか。

小椋さんなら、わかってくれるのではないか、と思って、今、このメールを書いています。くだくだとは書きません。

私は、というか、私もまた、小椋さんと同様、死体に心惹かれる人間です。

キャパのあの写真、マラガ難民の少女の写真を見て、私は、彼女が、あの大きな瞳で見た、凄惨な死体のことを想っていたのでした。

そうです、私も、九相絵図に子供の頃出会いました。そのせいでこういう心を持つようになったのかもしれません。小椋さんは、ジョン・エヴァレット・ミレイという画家が描いた『オフィーリア』という絵を御存知ですか。もしも御存知なかったら、是非調べて、見て下さい。あの絵の素晴らしさを、私は、誰かと、……特に、小椋さん、あなたと語り合いたい。今日は、就職活動に忙しく、これから出かけて、帰りも何時になるかわかりません。帰宅したらメールをいたしますが、もしもメールがなくても、がっかりなさらないで下さい。必ず、私の方からメールいたします。

小椋さん、私は、今まであなたに対して、冷たい態度をとっていた、と思います。私の無礼な行動、言葉に、お怒りを感じたこともあったでしょう。なぜあんな態度をとり、あんなことを言ったのか。それは、自分ではよくわかりませんが、なにか、自分の心の、秘めた部分に、刺激を感じたのでしょう。波長の合う人と、生まれて初めて出会い、そのことで、心の奥底の秘密が、驚き、慌て、拒絶的な反応をしたのだ、と思います。死ぬまで、絶対に「普通の人」に悟られてはいけないことが、無意識のうちに刺激され、それで、危険を感じて、小椋さんに対して失礼な態度をとったのだ、と思います。

しかし、その「心の中の秘密の部分」は、どうしても、小椋さんを意識せざるを得ず、誘われたら、友を求める気持ちで、一緒にお酒を飲む、そういうお付き合いを断ち切ることができなかったのです。

不思議だ、と思っていました。ですが、今ははっきりとわかります。私は、無意識のうちに、小椋さんの中にある、自分と同じ心の傾きに気付き、語り合う友として、小椋さんの存在を渇仰《かつごう》していたのです。

また、メールいたします。ミレイの『オフィーリア』、是非ご覧下さい。

取り急ぎ。

*

「ん〜ん……」

高田が紙から目を上げて、呻いた。

「そういうメールを、檜垣に送ろう、と思うんだ」

「ん〜ん……」

「どう思う?」

「お前……よくまぁ、こんな薄気味悪い文章が書けるなぁ」

「そりゃそうだ。俺だって、コピー・ライターの端くれだ」

店のキャッチ・フレーズ、新店案内、移転案内の文案などを考えてやって、アードベックや八重泉を十本、二十本、キープしてもらう、なんてのも、俺の営業種目のひとつだ。

「端くれにしてもよ……」

「どう思う? 気味悪い? じゃ、成功かな」

「俺は、こういう連中の気持ちはわからないから……でも、ま、孤独な魂は、引き寄せられるんじゃないの?」

そう言って、ナイフとフォークを取り、目の前の「今日の〈人間失格〉ランチ」であるハンバーグ定食（独特の風味の、ホワイトソースが珍しい）に取りかかろうとしたが、だらん、と両手をテーブルに載せてしまった。

「どうした？」

「食欲が失せた」

「……うまいぞ、この店は。ママは料理がうまい」

壁のあちこちに、ママが津軽旅行をした時などのスナップが貼ってある。斜陽館の前で立っているママ。三鷹にある、という寺で、桜桃忌に連なっているママ。なんとかいう寺の前で、お婆さんと並んで立って微笑んでいるママ。そのおばあさんは、『津軽』に出てくる人物のモデルで、どうのこうの、と詳しい話を聞かされたのだが、俺は太宰のことをあまり知らないし、そんなに読んでもいないので、ちんぷんかんぷんだった。だが、ママは、「こんなオバサンの話を、こんなに熱心に聞いてくれた人はいない」としみじみ喜んでくれたのだった。今から二十年以上前の話だ。以来、ほとんどこの店のことは忘れていたのだが、新聞に、「太宰ファンの集まる喫茶店、今年で三十年」という記事を去年の秋に見つけて、ちょっと覗いてみた。で、この店との縁が復活したわけだ。ススキノからタクシーで七百十円の距離にあり、元は質屋の蔵だったという、枯れたツタの枝が絡まる札幌軟石造りの二階建てで、二階は四つの個室に仕切ってある。今の時期、二階にはポータブルの石油ストーブがふたつ、離ればなれに置かれているが、それでも非常に寒い。だから、近所の奥さん連中は二階には上ってこない。人に聞かれたくない話をするのに好都合だ。だが、古い建物なので、俺と高田が並ぶと、そこの床が、明らかに沈むので、ちょっと恐ろしい。

「ああ、うまいな」

ハンバーグを一口食べて、高田は呟いた。それから、すぐに続けた。

「今ごろ、アンジェラは稽古をしてる時間だ」

「空手のか？」

「いや、ステージの」

「そうだ、そもそもアンジェラの仕事は、なんなんだ？」

「聞いてないのか」

「ああ。聞くのを忘れた。連絡は、アリス経由、ということになってる」

「そうか。俺は、自宅の電話番号も聞いたぞ」

「そりゃ、そうだろ。恋人同士じゃないか」

「そんなんじゃないって。あれは、なんだか成り行きでああなった、というだけだ。別に、アンジェラは俺のことなんか、どうとも思ってないさ」

ちょっと残念そうな口調だった。

「でも、電話番号は交換したんだろ？」

「……まぁな」

「アンジェラの仕事はなんなんだ？」

「ダンサーだ。主に、〈トムボーイズ・パーティ〉のステージで踊ってるらしい」

「なんだ、そうか」

じゃ、ごくありふれた状況だ。

「でも、接客はしないいんだそうだ」

「ほう」

それは珍しい。

「人と話をするのが苦手なんだと。だから、接客無しの、ダンサー限定、ということを許可してもらって、働いてるんだそうだ」

「ということは……」

「ま、スポンはいるってよ」

そういう口調は、さばさばはしていたが、やはり残念そうだった。

「結構な年寄りだ、と言ってたけどな。だから、アンジェラの生活に干渉したり、つきまとったり、ひっきりなしに電話して来たり、とかはないらしいけどな」

オカマのスポンサーには、そりゃもう、とんでもなくしつこいのがいる。そういうのにつかまったら、本当に悲劇だ。

「……アリスとなにか、どうかなってんじゃないか？」

「ああ……そうか。その可能性もあるな。ま、そこらへんは俺は、興味ないから」

「そうですか」

「ただな」

「ああ」

「当日は、俺も同行するから」

……なるほど。それは大歓迎だ。高田が一緒だと、心強い。もちろん、俺も彼に助力を頼もう、とは思った。だが、高田は今、FM放送に本気で入れ込んでいるので、深夜から未明にかけては、店から出て来ない。これは、例外なく、一切出ない。だから、諦めていた。それが、手伝ってもらえるのなら、大変助かる。……そして、高田はどうやら、アンジェラに対して、FM放送を放擲《ほうてき》するほどに、真剣である、ということになる。これは、物凄いことなのだ。

どうなるのかなぁ……

＊

円山のマンションに住んでいる高田を送ってから、ススキノの外れの自分の寝ぐらに戻った。部屋はすっかり冷え切っていた。だが、俺は暑い部屋よりは、寒い部屋の方が好きだ。ヒーターのスイッチは入れずに、ベッドに腰掛けて、メールをチェックした。檜垣《なじ》からのが四本。間隔がどんどん狭くなっている。内容も、泣き言になり、俺の冷たさを詰り、憤り、自暴自棄で自殺まで仄めかすようになっていた。つくづく鬱陶しいやつだ。待ってろ。すぐに幸せの絶頂に送ってやる。

俺は、さっき書いた文章をテキストファイルにして、檜垣のアドレスに送った。〈受送信〉ボタンをクリックする時、生々しい不気味さを右手の人差し指に感じた。

それから、自分の計画を頭の中であれこれ検討してみた。要するに、問題点は二点だ。檜垣がうまく乗ってくるか。そして、アンジェラをきちんと守ることができるかどうか。

高田によると、アンジェラは、徒手格闘のほかに、ナイフも使える、と言っていたそうだ。それと、銃剣道では、北部方面隊の大会で準優勝したそうだ。それはそれで非常に心強いが、しかし、どんな達人でも、不意を打たれる、ということはあるし、薬を盛られたりしたら、いくら強くても、抵抗はできなくなる。……檜垣がどういう手段で来るか、こっちは全然予想がつかないのだ。

突然、自信が音を立てて崩れ去った。

いかんいかん。元気を出せ。

俺はむりやり自信を絞り出して、ベッドから立ち上がり、酒の棚のボウモアをショット・グラスに注いで、一気に飲み干した。寒い部屋の中で、俺の食道とミゾオチが、カッと熱くなった。

26

準備が整うまでに、ほぼ一ヵ月近くかかった。おかげで、俺はほぼ一ヵ月の間、夜はたいがい檜垣と過ごすことになった。これは、非常に苦痛な経験だった。檜垣はどんどん俺に甘えるようになり、遠慮がなくなった。そして、俺を家の前まで二度、連れて行った。その度に、壮絶な親子喧嘩が俺の目の前で展開し、母親に唾を吐かれたり、金的を蹴られたりした。全く、とんでもないババァだ。顔は似ていないが、喚き声とか態度は、例の布団叩きババァそっくりで、思わず目を背けたくなるほどに醜悪だった。そして、その醜悪なババァに、甘えが底に漂う、ひねくれた口調で抗議し、怒る檜垣も、本当に吐き気がするほどに醜かった。

酒場などで、檜垣がグズグズとダラシナク語り続ける、いろんなことは、全部、右から左へ聞き流した。その点は楽だったが、辛かったのは、檜垣の歌だ。下手くそな歌。

そうだ。俺は、檜垣とカラオケボックスにも行った。一度行くと、もうダメで、檜垣は毎晩でも歌いたがった。しかも、俺が非常に好きな歌が、気味の悪いことに、偶然だが、檜垣のお気に入りで、行く度に俺は、ヘンタイの自己陶酔のうっとり声で、自分のとても好きな歌を聴かされる、という拷問に耐えなければならなかった。

大貫妙子の『黒のクレール』だ。

俺は多分、ミーハーなんだろう。この歌が妙に好きで、なにかこう、心の奥深いところを刺激されるのを感じるのだ。やや気恥ずかしい。ところが、この歌を檜垣も気に入っていて、甲高い声で、目を閉じて、うっとりと歌い上げるのだ。歌詞はそういう意識で聞くと、微妙に「ヤバい」。いなくなってしまった恋人を偲ぶ歌なのだ。恋人と、誰も知らない島で、子供のように暮らすのが夢だった。だが、恋人は帰ってこない。恋人の帰りを待って、心はさすらう。自分も、恋人も、世界も、すべては時の中に消えてしまう。

　そういう切ない歌詞を、人殺しの、中年の、甲高い声の、うるさい喋り方の、マザコンの、ロリコンの、ヘンタイが、うっとりと目を閉じて、歌い上げるのだ。

　俺に、どうしろ、と言うのだ。殺す以外に、なにができる。俺は冗談でも誇張でもなく、実際に、舌の先を噛んで、ひたすら耐えたのだ。なぜか、臥薪嘗胆《がしんしょうたん》、という言葉を思い浮かべた。欲しがりません勝つまでは、という言葉も浮かんだ。そのうちに、ふと気付いたら、俺はカラオケボックスの中で、「艱難辛苦《かんなんしんく》汝《なんじ》を珠にす」とか「人間至る所青山《せいざん》あり」などと呟いているのだった。

　そんな苦行に耐えた挙げ句、二月の下旬のある夜、とうとう準備は整った。俺は〈ケラー〉で、高田とアンジェラと一杯やった。最終打ち合わせ、という意味もあったが、とにかく、嬉しかったのだ。

　別に芝居がかっているわけでもないが、いつからか、胸ポケットに入れて持ち歩くようになった邑隅エリカの写真を取り出して、眺めた。俺はなんの信仰も持っていない。人間は、死ねばチリになって、時間の中に消える、と思っている。だから、今更エリカになにかしてやれるとか、エリカが喜ぶとか、そんなことも考えない。

　だが、とにかく、エリカの笑顔をチラリと見て、サウダージを一口飲んだ。

「あ、ちょっと見せてください」

岡本が言うので、手渡した。

「ああ、そうですねぇ。この子ですねぇ。可愛らしい子だったんですねぇ……」

過去形か。……まぁな。

「それが、つまり、……そのせいで、ということ？　可愛かったから、不幸なメにあった、ということ？　だったら、切ない……」

アンジェラが呟いた。誰も、なにも言わなかった。

＊

この時は、あまり飲まずに、早々に切り上げた。で、ふたりと別れ、俺は永見の〈ＫＤグループ〉が所有する〈ＫＤビルⅧ〉に行った。地下のボイラー室隣の物置が目当ての場所だ。鍵は、永見から預かっている。

中は、準備万端だった。高田の友人の内装屋は、いい仕事をしてくれた。ここに、明日の日中、伊沢が自分のコレクションの中から選んだものを運び込む。

俺は、ドアを閉め、鍵をかけ、寝ぐらに戻った。

檜垣から、メールが一通あった。この頃は、檜垣は安定して、だいたいメールは一日一通、と落ち着いていた。文章も、よほどまともになった。この時のメールは、ケータイからのものだった。檜垣は、今日は母親の用足しで、日帰りで帯広に行かされたのだ。檜垣のいないススキノは、とても素敵な街だった。

〈酒井様
　こんばんわ。今、ほべつです。なんだかパッとしないラーメンを食べてます。結構、帯広往復は、きついデス。でも、ま、用事は無事に終了しました。なんでこのオレが、あんなクソババァの言いつけで、ほとんど会ったこともないオジサンに、親戚だからってだけで、好きだからって、ニシン漬けを届けなけりゃいけないんだ！　おかげで、車の中が、漬物臭くなったじゃないか！

　そういう用事なんですよ。アキレルでしょ？

　毎年、送ってるんです。先方がって、クソババァの兄なんですけどね、そのお世辞を真に受けて、毎年オレが配達させられてるわけ。とんでもない話でしょ。

　でも、もうそろそろ帰札するし。

　そうなると、いよいよ、明日の夜、ですね。楽しみにしています。オレ、酒井さんの言うことなら、なんでも聞きますから。是非、お願いします。

　今からもう、楽しみで楽しみで、ついつい鼻歌が出てしまうほどで。

　とにかく、楽しみにしています。

　小椋　再拝　ョ(＿＿)ョ〉

　どんな鼻歌だ。……『黒のクレール』か。だったら、半殺しの目に遭わせてやる。

27

南六西三の裏小路に、〈KDビルⅧ〉は建っている。真っ暗で、一目で全館空き家だ、とわかるビルだ。七階建ての、中途半端な建物で、末期の北一銀行が、断末魔の苦し紛れに、シロウトを騙すために建てたビルの典型だ。北一銀行破綻の直前、一緒に破綻した子会社のリース会社に、ドブに金を捨てるみたいな感じで融資して、弘法大師の奇蹟のように、ほとんど一夜にして建てたビルだ。独立しよう、なんてことは毛頭考えてもいなかった、おっとりとしたホステスやホストに、湯水のようにじゃぶじゃぶと金を貸してテナントに仕立て上げ、貸した金は入店料や保証料、権利金、敷金などと適当な項目を作って巻き上げ、その挙げ句に北一銀行は破綻、リース会社は倒産。テナントたちは現金をほとんど回収することなく、大きな借金はそのまま残って、未だに悲鳴を上げている連中も多い。一方、北一銀行幹部たちは、すでに退職金を懐に逃げた後だった。そんな、当時のススキノではごく普通だった醜態が、このビルでも派手に繰り広げられたのだ。

そんなようなビルだから、リニューアルにも手間と金がかかるようで、永見はまだ手を付けずに放っている。だから、非常にうらぶれた雰囲気で、ちょっと廃墟っぽい気配すら漂っている。

それが、俺の狙いだ。

どうやら、檜垣は廃墟に惹かれるたちらしい。今まで、西洋絵画はあまり見る習慣がなかったようだが、フリードリッヒやユベール・ロベール、アーノルド・ベックリンなどの絵を教えてやると、すぐに書店に飛んで行って画集を探したり、ネットで検索したりして、暑苦しいメールを送って寄越す。「今まで、こんな世界を知らなかった、自分の不幸を呪います！」なんてことを言って寄越す。こいつは、いつでもそうだ。「こういう絵画があることを知らなかった、自分の不明を恥じる」のではなく、「こういう絵画を知らなかった自分の不幸を呪う」のだ。常に、自分は悪くない。自分は、常に可哀相な被害者なのだった。

それはとにかく、だから、非常にチープではあるけれど、廃墟っぽい雰囲気の漂う、破棄された、未だ再生されていない、放置されたビルを、俺は選んだのだ。……ま、偶然余っていた、ということでもあるが。

「ほぉ……」

檜垣は感心して、見上げている。色褪せた外壁、まともに除雪されずに、あちこちに積み上げられたままの、雪の塊。いま時珍しい、つららの下がったオリエル。これは、要するに設計のミスだ。設計料施工料をケチったんだろう。

正面玄関を、倒れかけた一枚のベニヤ板がふさいでいた。侘びしい光景だ。俺は周囲を見回して、誰もこっちを見ていないのを確認した。

ベニヤ板をずらして、電気の通じていない自動ドアを、両手で開く。先に立ってビルの中に入った。

「小椋さん、こっちだ」

「ここ……入って、いいのかい？」

「なんだ。怖じ気づいたのか？」

「いや、そうじゃないけど、……違法なことをするんなら、それなりの覚悟をしよう、と思って……」

「別に違法じゃないよ。放置されている建物の中に潜り込む、というだけの話だ。子供の頃、よくやっただろ。要するに、隠れん坊みたいなもんだ」

「でも……」

「この建物には、持ち主はいないんだ。北一銀行の破綻で、二束三文で放り出されて、未だに売れない、という物件だ」

「でも、持ち主はいるだろう。だって、誰かが、売ろうとしているわけだろ？」

ゴチャゴチャうるさいやつだ。

「ま、破産管財人がいることはいるけど、もう、ほとんど諦めているから、壊したり燃やしたりしない限り、なにも言わないんだそうだ」

「へぇ……」

その不審そうな顔を見て、気付いた。こいつは、地主の息子なんだった。で、自分でも、店舗を持っているんだった。となると、俺なんかよりも遥かに不動産取引の知識は豊富だろう。あまり適当なことを話すのはやめよう。

「ま、詳しいことは知らないけど、どこからも苦情が来たことはないんだそうだ。……ま、ここでこんなことをしているってのは、ほとんど誰も知らないからだろうな」

「持ち主に知れたら、まずいの？」

「それはわからない。気になるんだったら、店長に聞いてくれ」

「……」

「ああ、あまりそういうことは聞かない方がいいな」

「でしょう？」

「繰り返すけど、他人《ひと》のことをあれこれ詮索するような質問は、なしだからな。すぐにつまみ出されるからな」

「わかってる。何度も聞いた」

「しつこいようだけど、あの中で明らかにするのは、自分の名前だけだぞ。お互いに知っているのは、相手の名前だけ。それ以外は、自分から言わないことについては、尋ねない、というのを、肝に銘じておけよ」

「わかった。何度も聞いた」

「いちいちそうやって、教わる度に、『何度も聞いた』と言わなきゃダメか。重要なことだから、繰り返しているんだ、ということがわからないか。俺が、同じ話を何度もするバカだ、と思ってるのか。利口ぶりたいのか」

「あ、いや……怒るなよ」

「じゃ、イライラさせるなよ」

「……」

黙って頷いて、一歩、ビルの中に入って来た。

中は真っ暗だ。死んだビルが、夜にはこんなに暗い、ということは、檜垣には想像もつかなかったんだろう。小声で「うわ」と呟いて、途端に足取りが重たくなったようだ。地下に降りたら、自分の手のひらも見えないほどの暗闇になった。

「酒井さん」

やや後ろの方から、檜垣が呼びかける。まだ、階段を降りたところで、立ちすくんでいるらしい。子供か、お前は。

「なんだ？」

「……ちょっと、待ってて。先に行かないで」

「早く来いよ」

「はい。そのつもりなんだけど……」

「なんだ。恐いのか」

「いや、そういうのじゃないけど、……大丈夫なのかな」

「なにが心配なんだ？」

「なにがって……」

その時、奥の方から、静かな笑い声が聞こえて来た。数人の人間たちが、和やかに語り合い、笑っている、そんな感じが伝わって来る。

「おお。いい雰囲気だな。じゃ、小椋さんは、そこで待ってて。俺はまぁ、……二時間くらいで出て来るつもりだから。それまで、そこで待ってな」

「ああ、いや、行くよ」

慌てた口調で、足音を響かせながら、壁を手探りしているらしい、慎重に近付いて来る。

「本当に真っ暗だね。昼間に来たこと、あるの？」

「いや。ここに来るのは、夜だけだ。何度か来れば、慣れるよ」

「酒井さんから紹介してもらったら、今度は俺ひとりでも入れてもらえるの？」

「そうだ」

「あ、いや、ひとりで行きたい、とか言ってるわけじゃないんだ。ただ、……」

「いいよ、別に。俺もそろそろ仕事が決まりそうだし、そうそう一緒には遊んでられないから」

「まるで、俺が暇を持て余してるみたいな言い方だな」

「あ、悪かった。そういう意味じゃないけど、ま、そうそうは付き合えないからさ。もちろん、次回からはひとりでも来られるから」

「わかった」

また、奥の方から数人の人間の和やかな笑い声が聞こえて来た。

「あとは、真っ直ぐだ。右側の壁に手をついて、真っ直ぐついて来い」

「わかった」

緊張した声で答える。俺は、そのまま前に進んだ。人々の気配が、徐々に近付いて来る。前に差し出した左手に、鉄の扉が触れた。

「着いたぞ」

「うう」

檜垣が、緊張した声で呻いた。

俺は、鉄の扉を右手で叩いた。鈍い音がした。音が外に漏れるように、少し隙間を空けてあるのだが、光は全く漏れてこない。俺はもう一度、扉を殴り付けた。中のざわめきが、即座に収まった。中から、扉がこっちに開いてくる。俺は一歩、下がった。背中に檜垣がぶつかった。生暖かかった。

「どちら様？」

「酒井です」

俺が言うと、「あ、どうぞ」と声が答えて、明かりが差した。黄ばんだ、蠟燭や石油ランプの炎だ。内側から、壁に垂れ下がっていた分厚い黒い布が、持ち上げられたのだ。

金もないし、時間もないし、本格的な内装工事など論外だったので、壁全体を、分厚い黒い布で覆ったのだ。この布をどこからどう調達して来たのかは知らない。高田の友だちの内装屋が、なんとかなる、と言って、どこかから持って来て、こんな按配に作り上げた。

俺は、持ち上げられた布をくぐって、中に入った。檜垣も後に続いた。俺は立ち止まって、あたりを見回した。

まぁまぁだ。少なくとも、五時間くらいは保つだろう。充分だ。

壁の布には、効果的にしわが寄って、壁一面にドレープが流れているようで、不思議な落ち着きと、味わいがあった。その上の天井は、まるで廃墟そのままのような、剝き出しのパイプ類とダクト。低く流れる『エニグマ3』が、雰囲気を盛り上げている。

照明は、電気が通っていないので、石油ランプやキャンドル・スタンドをあちこちに配置してある。壁が布だから、これはちょっと恐ろしい。火の用心を、全員に厳しく徹底した。だが、それだけではやはりまだ暗いので、壁際の床のあちこちに、乾電池で点灯する、サバイバル・ライト、というのか、野外で使う照明を置いてある。これが、ドレープのかかった壁に、光の柱となって立ち上がり、不思議な効果を出している。

広さ十五坪ほどの小ぢんまりとした空間で、人間は十八人いる。伊沢などを除けば、おおむねはアリスの人脈で集めた若い連中で、性的にはストレートもいれば、ゲイもいる。それはさほど問題ではない。全員、頭が良くて、口が堅い、とアリスが保証してくれた。そのあたりのことは、高田も「間違いない」と言った。みんな、そこらに適当に置いてあるソファやクッションに、ひとりで、あるいは他人と密着して、思い思いの格好で座っている。

部屋の真ん中には、本物の棺が置いてあって、今は中身は空っぽだ。そして、入り口の真正面、向こう側の壁のところに、なにか祭壇のようなものがあって、そこに雑多なものが並んでいる。その脇に伊沢が立って、品物を見ている数人の若者に、おっとりとした上品な仕種や口調で、なにかを説明している。

若い娘が、小声で「キャッ」と叫んだ。手から、金色のカツラのようなものが落ちた。若い娘をエスコートして来たらしい、シンプルなスーツを着た青年が、苦笑しながら、その落とした品物を、腰を屈めて拾い上げ、伊沢に手渡した。頭を下げて、謝っている。

おおむね、雰囲気は悪くない。こんな程度で、まぁ、五時間くらいは保つだろう。実際には、一時間なんとかなればそれでいい。

充分だ、と自分に言い聞かせた。

俺が自信を失って、どうする。

「奥に行くぞ」

檜垣が、静かに興奮している顔で、無言のままじっくりと頷き、俺の後に付いて来た。俺は人々に会釈し、クッションに座っているふたり連れを迂回したりしながら、伊沢のところに行った。

伊沢は、心の底から、状況を楽しんでいるようだった。彼にとっては、晴れ舞台、という感じだ。

「や、酒井さん」

「どうも。御紹介します。トッポさんです」

「初めまして」

檜垣が、緊張した口調で言って、丁寧に頭を下げた。

「こちらこそ。よろしくお願いします」

「今日は、どんなものを見せていただけますか？」

俺が言うと、伊沢はいたずらっぽい笑顔になった。

「これは、今回初めて持って来たものですけどね。今、あの可愛らしい娘さんが、びっくりして落としてしまった」

「なんですか？」

「金髪男性の、頭の皮です。金髪が、そのまま残っている」

「あ、例の」

俺は、見るのは二度目だから、さほど驚かなかったが、檜垣はいきなり、ほとんど無意識のようすで両手を前に出した。

「ホントですか」

触ろうとする。

「ええ」

伊沢は軽く言って、檜垣に持たせてやった。

「おそらくは、ベトナム戦争の時の、戦死したアメリカ兵の遺体の一部だ、と思います。……人間の皮膚は、鞣すと、本当にしっとりとして、美しい革になる。どうですか」

「……本当ですね……」

うっとりと、金髪の弾力を味わうように、撫でている。

「こういう細かな仕事は、日本人のものです」

「日本人が？」

「そう。横須賀の米軍キャンプの中にね、悲惨な状態の遺体を、なんとか復元する、という部署があってね。そこで、遺体を扱う専門の日本人が何人か活躍したんですよ」

「……」

「あなたも、おわかりになると思うけど、そういう仕事には、やはり向き不向きがあって……」

「でしょうねぇ……」

「向いている人には、こんなに面白い仕事はないんでしょうね。そして、復元できずに残った遺体の一部は、きちんと埋葬することになってたそうですけど、みんな、『これは』と思うような……なんと言いますかねぇ、掘り出し物みたいなものを、……ま、記念品、みたいな感じかな。こっそり自宅に持ち帰って、いろいろな物を作って、身の回りに飾ったりしたそうです」

「どこで、そんなものを……」

「私の知り合いに、ある村で、革工芸品を作っている、もう八十を過ぎた老人がいましてね。有名な人ですよ。全国的に、名が知られている。彼の製品は非常に評判がいい。なにしろ、今はインターネットの時代だから、日本各地から、直接注文が来る。靴とか、バッグ、などですね。全部、オーダーメイドの一点物です。……その老人から、私は直接話を聞き、そしていろいろと譲っていただいたんです。……コレクションを捨てるのは惜しいし、しかし、遺品として残すわけにはいかない。彼の、そういった過去は、絶対の秘密だし、遺族にどう思われるか、わからない。そんなわけで、ひょんなことで知り合った私に、いろいろと譲ってくれたわけで」

「道内の村ですか？」

そう尋ねる檜垣に、伊沢は、露骨に厭な顔をして見せた。そして、顔を背け、舌打ちをした。それから気を取り直した、という表情で続けた。

「そうか。あなたは、初めてでしたもんね」

「あ、あの。どうも済みませんでした。不躾《ぶしつけ》なことを伺いまして」

「私ひとりのことでしたら、まだどうにかなるかもしれませんけど、他人の運命にかかわることですからね。お話しできることと、できないことがあります」

「あ、はい。わかります。失礼しました」

伊沢は、腕時計に目を落とした。そして、うっすらと微笑み、ひとつ咳払いをして、灰色の細長い物を取り出し、唇に当てた。

オカリナのような、柔らかな音がした。即興だろう、静かなメロディーを吹いた。わりとしっかりした音で、狭い室内に響き渡った。みんなは、しん、と静まった。

「あれは、人骨の笛？」

檜垣が小声で呟いた。知らないが、多分そうだろう。ひとつ頷いて、「大腿骨」と適当なことを答えておいた。

　みんなの注目を浴びて、伊沢がちょっと緊張した声で言った。

「それでは、今日の第一回目の入棺を致しましょう。とりあえず、まず、私からでよろしいですか？」

　雰囲気が華やいだ。みんな、小さく拍手をした。

「それでは」

　伊沢は嬉しそうに言って、踏み台に上がり、安置してある棺の中に入った。外の人間たちが、その棺に蓋をした。灰色の、非常にシャープなシルエットのロング・ドレスを着た女（かオカマかニューハーフか）が覗き窓を開けた。いかにも死体のように口許を緩め、虚ろな薄目を開けている、伊沢の顔が見えた。

「きれい」

　灰色のドレスの女が呟いた。

　それから、みんなで順番に、覗き窓から伊沢を見て、手を合わせた。伊沢は、本当に死んでいるように見えた。薄目を開けているのは死体としての演技でもあるが、ガラス窓の向こうから、ひとりひとりの顔を見るのを楽しんでいるようでもあった。

　全員が済むと、さっきの灰色ドレスの女が、蓋を軽くコンコン、と叩いた。そして、ふたりの男が蓋を外した。伊沢は、上体を起こした。さっぱりした表情だ。

「ああ、やれやれ」

充実した声で言う。

「今度、石で釘を打つところまで、やってみたいですね」

思わず、「いいアイディアだ」と思ってしまった自分が、恐い。すっかり、この場の雰囲気に呑まれているようだ。みんなも、笑顔を見交わしながら、頷き合っている。

檜垣の顔を見ると、額に汗をびっしりと浮かべている。暖房は、ところどころにあるキャンドル・スタンドと石油ランプ、そして小さな石油ポータブルストーブひとつだけで、結構寒いのだが、檜垣の額は、ぬるぬるだった。目が、明らかに潤んでいる。

「では、次は……」

「私、いいですか？」

灰色ドレスの女（かオカマかニューハーフか）が、柔らかく手を上げた。前に出る。みんなは彼女を通した。優雅な仕種でハイ・ヒールを脱ぎ、踏み台に上がり、膝から静かに棺に入って、すんなりと伸びて横たわった。

伊沢ともうひとりの男が、蓋をした。そして、覗き窓を開く。女（かオカマかニューハーフか）は、首をガクッと横向きにして、死んでいる。檜垣が、三歩前に出て、蓋の両脇に手を回して、まるで恋人の棺であるかのように、叩きながら、窓から中を見た。そして、合掌し、深々と頭を下げた。

その次に、ラッパー風の若い男（かレズか男装愛好娘か）が入り、そして勧められて、檜垣がぎくしゃくと中に入った。すっかり死んだ気になって、口許を緩め、堂々の死体ぶりだった。

その次に、入棺したのが、アンジェラだった。女子高生の制服姿で、胸は平らなのだが、それが、いかにも幼い感じで、巨乳の現役女子高生が腐るほど街に溢れている国に住んでいる目には、非常に可愛らしく、弱々しく、切なく儚《はかな》く見えた。アンジェラは、入棺する前に、一瞬、檜垣の視線を捉え、強く見つめた。檜垣の視線を捉えるのは、簡単だったろう。だって檜垣は、バカみたいにアンジェラに視線を釘付けにしていたからだ。しかし、その後、あんなに「強く見る」、というのは、誰にでもできる芸当ではなかった。自分の顔の美しさを熟知し、そして体中の筋肉を、前頭筋から足底筋に至るまで、自在に操る訓練をした人間でなければ、とても不可能な一睨みだった。

アンジェラの視線が、檜垣の心臓をドキュン、と撃ち抜く音が聞こえたような気がした。

＊

その後もパーティは、伊沢の巧みな司会で、順調に進んだ。飲み物や食べ物はほんの申し訳程度しか出せなかったが、それでも伊沢の仕切りのおかげで、ボロは出なかった。檜垣は、これが本物の、死体マニアのパーティだ、と思い込んだようだった。

というか、檜垣はすでに、正常な判断力を失い、すっかりアンジェラに夢中になっていた。アンジェラは、うまく檜垣に声をかけられ、はにかみながら、恥ずかしそうに逃げ腰になりながら、相手を取り込む、という高級テクニックを駆使して、檜垣に誘われるように、状況を作っていった。ふたりは俺から離れて、部屋の向こう隅でふたりの世界に浸っていた。檜垣が、身振り手振りを交えて、なにかを熱く語り、それに対してアンジェラが、恥ずかしそうな、困ったような表情で、でも熱心に、耳を傾けている。三分十五秒くらいの頻度で檜垣の脂光りする顔を見つめ、恥ずかしそうに俯く。大きな瞳が、見開かれたり、半分閉じられたりする。俺ですら、うっとりするほどに、綺麗だった。

そばに寄りたかったが、耐えた。どんな話をしているのか、聞きたかったが、とにかく今は、揺すってはいけない。すべてをアンジェラに任せて、俺はひたすら、伊沢の昔話を聞いていた。千歳に米軍キャンプがあったころの話で、どうしても死体に絡む話になっていく。米軍の物資の横流しの受け入れの話も、高純度のヘロイン密売の話も、千歳に普通にあった、米兵向け売春宿の話も、結局は、死体が登場するエピソードになるのだった。

そんな話を聞きながら、俺は内心脂汗をかきつつ、檜垣とアンジェラのようすを眺めていた。あまり見ると気付かれる、と思ったが、檜垣は完全にアンジェラしか目に入らなくなっていた。上気した顔で、何事か熱心に語っている。アンジェラは素直に耳を傾けている風で、時折、目を上げて檜垣に眩しそうな視線を向け、そして、ついでに俺の方をチラッと見て、また俯く。

そのうちに、微妙に雰囲気が変わった。どうやら、なにか話がまとまって、ふたりでどこかに行くことになったようだ。アンジェラが立ち上がった。檜垣がなにか命じられて、出口の方に行った、と思ったら、そこにあったスチールの棚から、紺色のカーディガンと丈の短いオーバー、そして女子高生がよく持っているショルダーバッグを持って来た。甲斐甲斐しく、カーディガンとオーバーをアンジェラに着せかける。アンジェラは、まるでお兄ちゃんに面倒を見てもらっている幼い妹、というような感じで、腕を通す。そして、バッグを受け取り、肩に揺すり上げた。

そこで檜垣は、俺のことを辛うじて思い出したらしい。室内をあちこち見回して、俺を見つけ、小走りでやって来た。

「ちょっと、彼女を送ってきます。……いいんですよね。……店外デート料とか、連れ出し料とか……」

「そういう店じゃないんだ。彼女も、ただの客だから」

「だよね。じゃ、そういうわけで。酒井さん、また。では、またよろしく」

伊沢に丁寧に御辞儀をして、アンジェラのところに小走りで戻り、手をつなぎ、先に立って、部屋から出て行った。

アンジェラのバッグの中には、普通のティッシュ、ハンカチ、手帳、ケータイ、などのほかに、電卓が入っている。やや大きめのこの電卓は、加減乗除から対数計算、関数計算までできるほかに、周囲の会話を、UHF波に乗せて飛ばすことができる。そのUHF波は、高田のティアナのラジオで聴くことはできないが、UHF3チャンネル受信機で聞くことができる。今、高田がこのビルの裏の駐車場に駐めたティアナの運転席で、受信機に聞き入っているはずだ。

「ありがとう。助かった」

俺は、心から感謝して、言った。

「うまく行けばいいけどな。こっちとしても、楽しいひと時だったさ」

伊沢が、穏やかな顔で言った。

「ちょっと急ぐんで、これで行く」

「おう。当座の後始末は、任してくれ」

伊沢は、後片付けが非常にうまい。後片付けのプロ、という感じがする、貴重な男だ。

28

物置からボイラー室の方に抜けて、ボイラー室から直接地上に出た。出口は、昨日までは雪と氷で閉ざされていたが、今日、昼間のうちに、誰かが伊沢の指示で雪かきをして氷を割り、溶かし、ドアの開閉ができるようにしておいてくれた。そこから出ると、すぐ目の前に、高田のティアナがある。高田が鋭い顔で俺を見て、すぐに、乗れ、という仕種をした。もちろん、すぐに乗り込んだ。

「どうだ?」

高田が左手に持った受信機から、イヤフォンのコードが高田の左耳に繋がっている。イヤフォンを押さえ、右手でボリュームなどを操作しているが、表情が渋い。

「うまく入らないな」

「距離があるせいだろ」

何度か実験したが、取扱説明書には五十メートルから百メートル、と書いてある受信可能域は、ススキノでは二十メートルほどのようだった。アンジェラの持つ送信機の電池も新品で、こっちも新品だ。出力の問題はない。やはり、性能はこんなものなんだろう。

だが、これでもOKだ、という結論ではある。とりあえず、目的地は、檜垣の家だろう。檜垣はタクシーを拾って、自宅を目指すだろう、と俺は読んでいる。また、そうでなければ、危険を押してこんな作戦を実行する意味はない。

だからアンジェラは、自宅以外のところに連れて行かれそうになったら、即座に振り切って逃げる、ということにしてある。振り切って逃げて、すぐに高田のケータイに電話する、と決めてある。それで、この作戦は終了。別な方法を考える。

だから、とりあえず檜垣の自宅に直行し、その近くで、受信機をオンにして、待機していればいい。

理論的にはそうだが、現実に直面すると、なかなかそうはうまく思い切れない。こっちの思うように進めばいいが、いきなり檜垣がおかしくなって、アンジェラを不意打ちする、なんて状況が目の前に浮かんで来て、そうあっさりと檜垣の自宅で待機、などと割り切ることは難しいのだった。

とにかく、ここはまず檜垣の自宅へ……

と言おうとした時、高田が「むっ」と鋭い顔になった。

「入った。今、ビルから出たらしい。急に入って来た」

「そうか」

真剣な顔をして聞き入っている。

「おい、スピーカーに出せよ」

「お、そうだな」

高田がイヤフォンのジャックを抜くと、思いがけず、わりと鮮明な音声が聞こえて来た。

「そうだよね。やっぱり、そうなんだ。静けさ、というかさ、慎ましやか……というのでもないけど、静けさ、ね。それが、心を癒すわけなんだ。絵だってそうだよ。カスパル・ダヴィッド・フリードリッヒって、知ってるかな。廃墟の絵を描いた、十九世紀の画家なんだけど、その、静けさ、というかな。もう、なんとも言えないんだ。いろんな出来事が通り過ぎて、今、こうして、静かに眠る景色、そして、静かに眠る人、その癒しっていうのかな、そういうのがもう……いや、実際ね、素晴らしいんだよ。そういう世界を、作ったの。だから、それを見せよう、と思うわけさ」

「フリードリッヒ……」

アンジェラは、アニメ声を出していた。

「そう。廃墟の画家。あとね、ユベール・ロベールとかさ。アーノルド・ベックリンとか」

「素敵よね」

「そうなんだ。……ミレイ、っていう画家、知ってるかな」

「あ、オフィーリア……」

「そう。あれ、モデルは、ロセッティの奥さんだったんだってね。でも、僕は、ロセッティの描く女の人は、嫌いだな。なんだか、がっしりしてるから。つまり、……もうちょっと、儚い、というかな。弱々しい、というか。守ってあげる、という気持ちになっちゃうような、そんなのが、僕は好きなんだけど」

「守る？　守るって？　守るってどういうこと？」

「守る……」

「人間が、別な誰かを守る、そんなことが、本当にできるの？」

「……いや、つまり……僕はね、君ならね、アンジェラ、君なら、守るよ」

「いくらあなたに守られても、私、人間だもの、いつかは死ぬわ」

「いや、そりゃそうだけど」

「聞こえはいいわよ。『君を守る』って。でも、それって、ただの、調子のいい大言壮語なんじゃない？」

「大言壮語……」

「実現できるかどうかもわからないことを、調子よく、ホラを吹くみたいにぶち上げるのが、そういう言葉なんじゃないかしら」

「ええと……」

「今シーズンの優勝をお約束します、とか。戦争のない平和な世界を実現させます、とか。努力が報われる社会を作ります、とか。そんな、ただ威勢がいいだけのホラなんじゃないかしら」

高田が感心した、という顔で言う。

「アンジェラは、なかなかいいことを言うな」

「追い詰めちゃ、だめだろう……」

俺は思わず呟いた。

「檜垣はパーなんだから、こんな風に追い詰めたら、前に進めなくなるぞ」

しばらくスピーカーには沈黙が漂った。が、じきに檜垣がまた、始めた。

「確かにそういう面はあるかもしれないけど、でも、真心っていう話さ」

「そうね。ごめんなさい。言い過ぎたわ。あ、ほら、来た」

どうやら、タクシーを停めようとしているらしい。

「あ、お願いします！　ほら、どうぞ。うん。きっと気に入る、と思う。会ってもらえば、わかるから」

そして、檜垣は運転手に言った。

「北区、北沼、お願いします」

自宅に向かうらしい。ＯＫだ。

高田もティアナを発進させた。裏を回って、表通りに出たが、すでに檜垣たちが乗ったタクシーはどこにいるのかわからなかった。なにしろ今のススキノでは、タクシーは余っている。しばらく受信機をオンにしてあたりを流したが、ふたりの会話は拾えなかった。

相手はタクシー運転手だ。きっと、無駄なく北沼に到着するだろう。

「よし、行こう。できたら、先に着いていたい」

「ＯＫ」

高田は、北沼にティアナを向けた。この数日、毎日往復している道のりだ。危なげなく、着実に進む。やはり、日頃の訓練てのは、大事だ。

＊

創成川通りを飽きるほど北上して、篠路から茨戸《ばらと》福移《ふくい》通りに入って東に向かった。このあたりの道路は、なんとなく面白味がない。集落ができて、村ができて、街ができて、そうやって徐々にできた道ではない。原野があって、そこを定規で縦横に線を引いてできた地図上の道を、原野に書き写した、という感じがするのだ。走っていても、なんの引っかかりもなく、心と頭を通過しちまう、そんな道だ。歴史も人生も、なにも関係のない直線道路。

いやまぁ、実際には、開拓農民の営為、なんてものは当然あるさ。あるんだろうけど、……

…直線の道路ってのは、なにか不自然で、冗談みたいだ。

ここに至る前にも、時折、受信機から音が出ることがあった。それはたいがい、ラブホテルの脇を通過する時で、どこかの部屋が、盗聴されているらしかった。それが、茨戸福移通りに入った頃から、時折、どうやら檜垣であるらしい、甲高い声のお喋りが入るようになった。前か後ろ、近くに彼らが乗ったタクシーがいるらしい。一安心だ。

「お母さんがいらっしゃるの？」

アンジェラが尋ねた。

「うん。実は、そうなんだ。それをね、まず言っておかなきゃ、と思ってさ」

「帰るわ、私。御両親が一緒だなんて、全然聞いてないし」

「いや、隠したわけじゃないんだ。ただ、言いそびれた、というか、だって、僕の部屋の中の話だからね。どんな世界を作っているか、それを、アンジェラに見せる、というだけのことだから、それは親とかにはなんの関係もない話だから、そうだろ？ 筋が変じゃないか。いちいち親に許可を求めるなんて。自分の部屋に、友だちを入れる、ということについて、親の許可がいる、というのはへんなことだろ？ そうじゃない？」

「でも……その、あなたの世界に住む住人て、奥さんなんでしょ？」

キキキ、という甲高い笑い声は、檜垣のものだろう。不気味な声だった。高田が、無言で俺の方を見た。

「奥さんとか、じゃないんだな。これがね、……お互いに理想の相手を得た、ということかなぁ。……ベスト・カップル、ってやつだな。きっとアンジェラのことを気に入ると思うし、アンジェラも、エリカを受け入れてくれる、と思うよ」

「聞いたか？」

高田が言った。

「聞いた。エリカ、と言ったな」

「……言ったなぁ……今、アンジェラ、どんな気持ちだろう」

確かに。アンジェラも、この状況に耐えているわけだ。……生半可なやつじゃないな。今ごろ、俺とアリスを恨んでいるだろうか。それとも、成り行きを楽しんでいるか？　とにかく、くれぐれも気を付けてくれ。

時折、檜垣とアンジェラの声が途切れる。ルートが逸れたか、と気になるが、すぐに復旧する。そんなことを繰り返した。

「どこら辺にいるのかな」

前後を見てみたが、どうもよくわからない。渋滞してはおらず、流れはいいが、車は途切れずに繋がっている。近くにタクシーがいるかどうかはよくわからない。なにしろ、馬鹿馬鹿しいほどの直線道路なのだ。

「この声の調子だと、近くにいるみたいだがな。クリアだし」

「このあたりは、障害物がないからな。電波の通りがいいんだろ。わりと離れてるかもしれないぞ」

「そうか。さすがは理系」

「関係ないだろ。五十にもなって」

「……とにかく、先に檜垣の家に着こう」

「そのつもりだ」

＊

檜垣の家に着いた頃には、日付が変わっていた。街は、しんと静まり返っている。檜垣の家のある一画を、静かに流した。周囲には、不審な車などはなかった。だが、どこかに種谷がいるはずだ。可能であれば、北署のオチコボレ刑事を連れて。

俺たちは、檜垣の家の裏、見上げるほどに高く積み上げてある雪山にこそこそ隠れるような感じで、そっとティアナを駐めた。エンジンを切って、受信機のボリュームを最低限に絞り、耳を澄ました。なにも聞こえなかった。辛抱強く、待った。

五分も経たないうちに、会話が聞こえて来た。檜垣が、絶対なんの心配もない、と繰り返し強調していた。

「あ、運転手さん、そこ、次の信号を左にお願いします」

運転手がこもった声で、なにか応答した。

「私、帰りたいな」

「大丈夫だって。なんの心配もないから。あ、ここで降ります。ここでいいです。はい、ありがとうございました」

ゴソゴソ音がしているのは、シートの上を移動して、車から降りているのだろう。運転手と金のやり取りがあって、バム、とドアが閉まり、車が遠ざかる音が聞こえる。

「大きな家……」

アンジェラが感心した口調で言う。

「いや、まぁ、敷地だけは広いけど」

檜垣が、自分が建てたわけでもない家を謙遜し、自慢する。道化だ。

「御両親に、なんて御挨拶すればいいの?」

「いや、この時間だから、寝てると思う。だから、こっそり入っちゃえばいいよ」

そうか。今回は、前もっての連絡はせずに、不意打ちで行くわけだ。……これは、予想していなかった。

「でも、それ失礼じゃない?」

「だって、僕の部屋なんだから。僕が、家賃も経費も食費も負担して、自分で運営している部屋なんだから」

「でも……」

「いいんだって! 気にしなくても!」

檜垣が大声を出した。その声は、受信機と、それから塀を越えてダイレクトな声と、ステレオで聞こえた。一度怒鳴ると、檜垣はなかなか収まらない。甲高い声で喚き続ける。

「どうして! 誰も彼も! 僕を子供扱いするんだ! 一人前に稼いでるだろ! 自分の部屋くらい、自分で管理して、なにが悪い!」

これはもう、ダイレクトでガンガン聞こえた。

「あ、ごめんなさい、そんなつもりじゃ……」

アンジェラの声は、受信機から聞こえる。受信機と、庭の大声が対話しているみたいだ。

「誰も彼も！　どいつもこいつも！　僕の自由を侵害する！　僕の人権は、どうなるんだ！　なんで、こんな扱いを受けるんだ！」

「落ち着いて。ごめんなさい……」

檜垣の家に灯りが点った。周囲の家の中でも、見える範囲で二軒が明るくなった。

檜垣の家のドアが開いた。それがわかった。いきなり、あのババァが喚き始めた。これは、もうダイレクトに聞こえて来た。若い声ではなく、いきなり迫力のある吠え声で始まった。

「紅比古ちゃん！　またあんた、ヘンなの連れて来て！　あら！」

アンジェラを見て、息を呑んだ。のだろう。

「あの……ごめんなさい、夜分遅くに……」

受信機が言った。

「あんたは！　どこの学校の不良少女だ！　こんな時間に、ひとン家《ち》の息子を、誑《たぶら》かして！」

「そんなんじゃないんですけど……」

「帰れ！　帰れ！　さっさと帰れ、雌犬！」

「はい、帰ります……」

「うるせぇ！　消えろ、ババァ！」

檜垣の甲高い怒鳴り声が、ステレオで聞こえた。

「あんた、紅比古ちゃん、なに、ババァって、それ、あんたなにさ！」

「黙ってろ、ババァ！　消えろ、ババァ！　なんで俺の自由を奪おうとするんだよ！」

隣の家の二階の窓が開いた。光の中に、男の姿が逆光で浮かび上がった。

「うるさいなぁ……いい加減にしろ！」

最後はこれも怒鳴り声だ。

「うるさいと思ったら、出てけ！」

ババァが怒鳴った。その怒鳴り声は、隣家の男の百倍は迫力があった。隣家の男は、しばらく睨み付けていたが、「ふん、バカババァ」と捨て台詞をひとつ投げつけて、窓を閉めて、カーテンを閉めた。

「やめろよ、かぁさん！　悪いのは、こっちだよ！」

「ちがうだろ、バカ！　悪いのは、お前じゃないか！　紅比古ちゃん、なんでそうやって、人を連れて来るの！　今、家にはよその人を入れられないの、あんたも知ってるでしょう！」

「そんなことない！　そんなことない！　なんで、そんなデタラメ、言うんだ！　なんで、かぁさんは、そうやって決め付けるんだ！」

「だって、あんた、バカだね、なに考えてんの！」

「ウソつきババァ！　ウソつきババァ！　マトモに友だちと付き合いたい！　友だちと、付き合いたいよぉ！」

　どうやら檜垣は泣いている。

「バカだね、あんたは！　こっち、来なさい！」

「放せ、放せぇ！」

　雰囲気では、檜垣が母親に、家の中に引きずり込まれた、という感じだ。アンジェラはどうなってる？

「どうすればいいの？」

　アンジェラが、俺たちに向かって、呟いた。「どこにいるの？」

　高田が、プップッ、と軽くクラクションを鳴らした。

「高田さん？」

　プッ。

「そこにいて」

　プッ。

　その時、突然、汚らしい大声が、檜垣の家の中で爆発した。男が、「ギャァ～っ！」と金切り声を上げた。俺は、思わず震え上がった。あんな気持ちの悪い、絶望的な声は聞いたことがない。

「エ！　エリカが死んだぁ～！　エリカが死んだぁ～！」

体中の空気と筋肉を使って、自分の声帯を破ろうとしているような、そんな物凄い声だった。それだけをやっと叫ぶと、大声で泣き始めた。

「う〜、きっつい！」

受信機が男の声で言った。

「もう、だめっす。帰りたいっす」

ファン、と高田が大きくクラクションを鳴らし、エンジンをかけ、発進した。凍った雪道を直角に二回左折した。門柱に、アンジェラがもたれていた。小刻みに震えている。そのすぐ前に、高田はティアナを駐めた。だが、アンジェラはガクガク震えて、歩けない。

俺は思わず助手席から飛び出したが、高田の方が早かった。さすが、恋する男。今にも膝から崩れそうなアンジェラを庇《かば》って、優しくなにか語りながら、後部座席に導いた。それから、きびきびと運転席に戻る。助手席に座った俺に、「許さん」と一睨みして、きつい口調で言った。

「……」

俺にも言い分はあるが、ここで反論するのは得策ではない、と判断した。なにしろ、ふたりとも、とんでもなく強いのだ。

家の中では、檜垣の泣き声が続いている。なにがどうなっているのかわからない。だが、後ろではアンジェラが、ガタガタ震えている。

「大丈夫か、アンジェラ」

高田が優しい口調で言う。

「早く、出してください。こんなところ、もう……きついっす」

「なにかされたのか？」

「なにも。……ただ、怒鳴られただけっすけど。キチガイに。……へんな、ニオイ……」

そして、アンジェラは「うっ」と呻いて、ダンサー&格闘家らしい、機敏な動きで体を起こし、サイド・ウィンドウを大きく開け、首を突き出して、吐いた。

29

さんざんな夜だった。一ヵ月もかけて、周到に準備したつもりだったのに、完敗だった。

アンジェラが気分が悪くなって、高田がそれを自分の部屋で介抱することになり、俺は高田のマンションから、自分の部屋までタクシーで帰った。タクシーの中であれこれ考えたが、やはり完敗だ。あの騒ぎで、近所の人間が警察を呼んだかもしれない。だが、あのババァの鉄壁のガードを突破して、あの家の中に入るのは、容易じゃないだろう。無理に入ったとしても、それは令状無しの違法捜査で、なにかが出て来たとしても、それは証拠能力を持たない。つまり要するに、状況はなにも変わっていないのだった。依然として、物証がないから家宅捜索をすることはできず、エリカはどんな状態であるにせよ、あの家の中にあって、手が出せない。

……しかし、あの檜垣の悲鳴のような大声が気にかかる。あれは、はっきりと、「エリカが死んだ」、と叫んでいた。少なくとも、俺の耳にはそう聞こえた。

どういうことだ？

さっきまで、生きていた、ということか？

部屋に辿り着いたら、午前三時を過ぎていた。だが、ほとんど素面だ。これじゃ、眠れない。だが、飲みに出るのも面倒だ。

ベッドに腰掛けて、床に転がっていたアードベックを、枕元に転がっていたグラスに注いだ。そして、眠くなるまで、苦い酒を飲みながら、次に打つ手を考えた。なにも思い付かない。メールをチェックした。熟女との付き合い、逆援助交際へのお誘い、乱交パーティの御紹介などのほかには、数人の知人からのメールがあるだけだった。種谷も、檜垣も、なにも言って来てなかった。

俺は、胸ポケットからエリカの写真を取り出して、眺めた。眺めながらアードベックを飲んだ。

残念だった。

*

目が覚めたら、午前十一時三十八分だった。結構眠った。気分は悪くない。二日酔いでもない。枕の近くにあった、テレビのリモコンを突き出して、テレビの電源を入れた。ＳＢＣの昼のニュースが入った。

「エリカさんの遺体の可能性もあると見て、道警は慎重に捜査を進めています」

よく顔を見るアナウンサーがそう言って、俺を睨んだ。俺は、思わずベッドの上に正座していた。

「では、次です。十勝の清水町では、よい子たちが……」

俺は慌ててチャンネルを換えた。

だがクソ、この時間、ニュースはＳＢＣ以外にはやっていない。チャンバラと韓国ドラマ、人形劇、料理番組などがパラパラと入れ換わる。俺は電話の子機を手に取って、種谷のケータイの番号を打ち込んだ。話し中だ。パソコンからメールを送った。

〈今、ニュースで、エリカの遺体がどうのこうの、言ってた。そこしか聞けなかった。どうなったんだ。請連絡。請詳細〉

受送信ボタンを押したら、メールの着信が四本。そのうち三本は雑多なもので、一本が〈toppo-og@～〉からだった。着信は9:48。

〈変な話が進行中dす。身に覚えのない、ゼンゼン変な話。冤罪の恐怖感じまs。うメールくださりまs。え頑張りマス〉

電話が鳴った。

「おう。おれだ」

種谷だった。

「おい、ニュースで」

「悪い。今、忙しい。正午のＮＨＫのニュースを見てくれ。俺から話せることは、だいたい報道するはずだ。悪いな。切るぞ」

「おい、ちょっと待て。遺体が出たのか？」

「出た。もう、安心だ。礼を言う」

電話は切れた。

それから正午までの十数分は、本当に長かった。間抜けな顔をした愚かなアメリカ人が、俺に向かって、噛んで含めるようなゆっくりとした口調で、“You can say that again.”と言い、俺に手を差し出すのだ。生意気にも、俺にも言え、とこう命令しているらしい。無視して、ひたすら時間が過ぎるのを待っていたら、こっちに耳を傾けるような演技をして、“Good!”などと口走り、右手の親指を天井に向けてにっこりする。生意気にも、テレビの中のアメリカ人の分際で、俺の英語を褒めているらしい。

もしも千円でテレビが買えるのなら、俺はなにも考えずにブラウン管を蹴破っていただろう、と思う。

「さぁ、それでは次の場面です。約束に遅れそうになったPeterは、ちょうど目に止まった公衆電話から、Lizaに電話しようとしましたが、あいにく、coinがありません。そこに通りかかったKateに……」

日本語に、微妙に訛のある若い娘が、どうでもいいことを説明している。ちょっと可愛らしいので、残念だ、とは思ったが、耐えかねてNHK総合にチャンネルを換えた。

「みなさん、とても楽しそうでしたね」

NHK札幌放送局のアナウンサーが、人の善さ丸出しの笑顔で言った。確か、竹井、という中年男だ。善人に見えるが、現場では結構イジワルなのだ、という話をこの前聞いたことがある。……そうだ、その時も俺は〈ケラー〉で飲んでいたんだった。NHKのカメラ・クルーが、忘年会の二次会をやっていたんだった。だが、とにかく今は、それはどうでもいい。

「それでは、道内各地のお天気です。イガラシさ〜ん！」

「はいは〜い、タケイさん、私が今、どこにいるか、わかりますかぁ〜？」

どうでもいいから、早く進行しろ！　なにが起きたんだ？

「え〜とそこは、なんですか？　大きな魚が泳いでいますね」

「はい〜、そうなんです。とても大きな魚ですよねぇ」

楽しそうにお喋りしてるんじゃねぇ！　まるでだらしない頭の悪い不倫カップルじゃねぇか！　だいたい、「よね」と言うな！　もうそろそろ正午だぞ。早くやめろ。そうだよ。それでいいんだ。はい、正午、と。

「こんにちは。お昼のニュースです」

毎日見るアナウンサーが、俺に挨拶した。

「衆議院憲法調査会は、今日午後にも、約五年間の調査活動を事実上締めくくる自由討議を行ない、各党の憲法調査会長が、憲法に対する見解を表明する予定です。自民・公明両党は、憲法改正手続きを定める国民投票法案の今国会提出を目指し、民主党に協議機関設置に向けた話し合いを呼びかける模様です。これに対して、民主党も、応じる姿勢を示すものと思われます。今後は、同調査会は、五月までに衆議院議長に提出する、最終報告書の作成作業を急ぐものと思われます。それでは、衆議院記者クラブのハシノさん」

呼びかけなくていい！

さっさと道内ニュースに換えろ！

ひとしきり衆議院憲法調査会についてのニュースをアナウンスしてから、今度はいきなりオジサンがにっこりした。

「さて、次のニュースです。オーストラリアで行なわれているANZレディース・マスターズで、日本女子ゴルフ界の期待の星、宮里藍選手が、トップに躍り出ました」

どうでもいい。どうでもいい！

あ、そうだ。パソコンがあるんだから、ネットで調べればいいんだ。気付くのが遅かった。

ええと……

とパソコンに向かおうとしたとき、画面が変わった。NHK札幌の竹井アナウンサーだった。

「それでは、変わって、札幌のスタジオから道内ニュースをお送り致します。

今朝未明、札幌市北区の市道脇の河川敷に、若い女性と見られる遺体が放置されているのが発見されました」

画面は未明の河川敷に切り換わった。警官たちが白い息をつきながら、あたふたと動き回っている。パトカーの赤い旋回灯が落ち着きなく回っている。

「女性は十代半ばから三十代、一部白骨化しており、死後一年から五年未満が経過しているものと思われます。

遺体は、今朝未明、北警察署に、若い女性の声で、一ヵ月ほど前から、人間の遺体らしきものが放置されている、という通報があり、それによって発見されたものですが、現場は昨夜から未明にかけて降雪があり、遺体は、その新雪の上に放置されており、遺体の上には積雪がほとんどなかったことから、通報とは異なり、つい最近、通報直前に放置されたものと見て、道警は慎重に捜査を進めております」

画面が切り換わって、邑隅エリカの写真になった。彼女の失踪事件の映像、行方を探す大きなポスターや立て看板、有志によるチラシ配りの現場などの過去の報道映像が次々と流れる。

「なお、発見現場の近くでは、三年前、アルバイトに向かった女子高生、邑隅エリカさんが行方不明になっており、警察は、今回の遺体と、エリカさん行方不明事件に、何らかの関連がある可能性もあると見て、慎重に捜査を進めています」

俺は種谷にメールを打った。

〈NHKの昼のニュースは見た。詳細が知りたい。電話くれ〉

「次です。十勝の清水町では、よい子たちが……」

俺はテレビを切って、パソコンに向かい、ネットを見てみた。新聞やテレビなどの媒体ニュースでは、テレビ以上のことはわからなかった。

一方、掲示板では、騒動が起きていた。

事情通を気取りたい奴が、なんのかんのと憶測をまき散らしていた。なにしろ「女子高生」失踪事件だ。しかも、そこそこ可愛らしい。で、容疑者は「ロリコンのオタク」だ。掲示板に群がる連中を、切ないほどに刺激する事件だ。資産家のオチコボレ息子だ、ということも、あっと言う間に共有知識になった。掲示板連中にとっては、流行最先端の事件であって、連中はすっかり落ち着きを失っていた。檜垣紅比古と、中学校で同級だった、と自称する人物が、しきりと中学時代の不気味なエピソードをまき散らしていた。一方で、邑隅エリカへの誹謗中傷が、徐々に増えているようだった。あちこちで、卒業アルバムから流出したらしい檜垣紅比古の写真が公開された。三年前から何度かテレビで放映された、紅比古のインタビュー映像も続々と公開された。

俺は何度かメールをチェックした。だが、〈toppo-og@～〉からのメールは、パタリと途絶えて、それっきりだった。

*

特にすべきことが思い浮かばなかったので、俺はベッドに寝そべって、ピースを吸いながら、ぼんやりとテレビを眺め続けた。

午後のワイド・ショーではすでに話題になっていたが、やや及び腰、という感じだった。邑隅エリカ失踪事件のニュース映像に、檜垣紅比古の、以前に収録したインタビューの様子などを割り込ませて、編集された映像が繰り返し流れた。檜垣の、あの大きな家の前には「報道陣が詰めかけ」、わいわいやっていたが、紅比古と母親は警察で事情聴取されていて、父親はどこに行ったか所在が不明なのだそうだ。

そうこうするうちに、韓国ドラマで、ハンサムな青年がなんだか古臭いパジャマを着て、ギプスをはめた足で不自由そうに病院の通路を歩いている場面に、ファンファン、と音がかぶさって、ニュース速報の文字が重なった。

〈北海道警察は、女子高生誘拐・監禁・殺人・遺体損壊の容疑で、生花店店長、檜垣紅比古(42)と、その母親(74)を、札幌北署内で逮捕〉

「そうですか」

俺は、意味なく、呟いて、頷いた。

それから、起き上がってベッドに腰掛け、メールをチェックした。檜垣からのメールは、もちろんなかった。種谷からのが一通、あった。

〈こんばんん、こうだでのもう　おごる〉

*

いつも通りママは和服で、きちんと髪をアップに結って、背筋を伸ばして、仕事をしていた。

「あ、いらっしゃい」

笑顔になって、そして続ける。

「種谷さんがね、待っててくれって。遅くなっても、十時までには来るからって」

「わかりました」

俺は頷いて、じっくりと飲む態勢に入った。

＊

「あれから、お前らが帰っていった後、俺らが監視を解いただろ？」

「だろ？　って言われても、俺は知らないよ」

「解いたんだ。あの時は、もう、あの段階では、あれ以上の進展はないだろうな、と思ってよ」

「だいたい、どこにいたんだ？　一通りグルリをまわったけど、どこにいるのかわからなかったぞ」

「あんたにわかるようじゃ、話にならん」

「……」

「あの家の斜め向かいに、古いアパートがあっただろ」

「……あの、外階段の……」

「そうだ。高橋アパート、と書いてある、モルタルの壁の」

「あったような気がするけど……」

昼間、高田と何度か往復した時、確かに見た記憶がある。

「あそこの二階の隅の部屋が空いててな。偽名で借りて、本棚を並べてあるんだ。荷物がないと、大家が変に思うからな」

「本棚……」

「デカやめたら、読もうと思ってな。時代小説が、どっさりある」

「……」

「その本を全部あっちに運んでな。ソファとテーブルも。ま、なんとか形にはなる。大家には、本の置き場所に困ってる、と話した」

「なるほど……」

「で、ま、あの騒動があって、お前らが帰ったから、俺らも、ま、今夜はこれまで、と一段落つけてな。帰るやつは帰って、俺はソファに寝て仮眠を取った」

「ま、御自由に」

「ああ。……今になって考えると、かえって、あれがよかったんだな。檜垣がワゴンを出して来た時に、もしも俺らが見てたら、……まぁ、目の前を無事に通過させるわけにゃいかねぇ。結局、止めて、任意でくろう、としただろうな」

「そういうもんかね」

「で、そうなると、後で、連中がアヤ付けようと思ったら、不可能じゃない。なんであそこにいたんだ、しかも、現役刑事が退職者と、担当事件関係者の自宅付近で行確してた、なんてことになると、いささか面倒だ。予断捜査だ、なんつってよ。……だが、あの状況で、目の前を通過させることは、……まぁ、俺はできない」

「なるほどね」

「際どいところで監視を解いて、まぁ、逆によかった」

「……それはなにより」

「ま、怪我の功名だ」

「あいつら、遺体をどこに捨てたんだ？」

「茨戸橋のたもとだ」

「すぐ近くじゃないか」

「焦ってたんだな。……どんな言い合いになって、なにを考えたかな」

「……そこらへんは？」

「まだ、ふたりからは本格的には話が聞けてないらしい。任意で引っ張って来たんだな。今まで、任意には必ず応じてたからな。ここで突然拒否するのも変だ、というようなことを考えたようだな」

「……」

「とにかく、もう紅比古は、限界に来てたらしいな。『この人なら大丈夫だ』って、新しくできた友だちを、家に連れて来たがるようになってたらしい」

「……大丈夫だってのは……」

「親友だから、わかってくれる、ということらしいな」

「……」

「わかってもらえる、という、そこからすでに、おかしいんだが」

「遺体は、エリカのものなのか？」

「そこんとこは、間違いなさそうだ。両親とのＤＮＡ鑑定は、問題なくできそうだから、ま、確実にわかるだろう」

「……やっぱり、紅比古がやったのか？」

「母親は、……父親だ、と言ってる」

「皮膚科の医者の？」

「そうだ。あのデブだ」

「医者は、なんと言ってる？」

「覚えてない、と」

「……」

「医者は、ハルシオンの常習者でな」

「ペー中？」

「ああ。医者には、多いんだ。麻薬常習者ってのは。……ま、一般人よりは、割合が多い」

「……」

「手に入りやすいからな。で、この数年、日常的にハルシオン健忘があるらしい」

ハルシオンを服用してから、眠るまでの間に、いろんなことをして、傍目には全く普通に見えるが、本人はなにも記憶していない、という症状のことだ。

「……ハルシオン健忘では、犯罪は起こさないんじゃないのか？」

「一概には言えなくてな。いろんな実例がある」

「……で、紅比古は、なんて言ってるんだ」

「……それがな、……エリカは、昨日まで……つまり、一昨日までは生きていた、と言うんだ」

「なに？」

「一昨日まで、あの部屋で、夫婦のように仲良く暮らしてたんだ、と。そう言って譲らない。で、母親が嫉妬して、昨日、紅比古の留守中に、殺したんだ、と。そう言うんだ」

「本気でか？」

「ああ」

「……エリカの遺体は、どこに置いてあったんだ？」

「紅比古の部屋だ。薄暗い部屋でな。ベッドに寝かせて、布団をかけておいたらしい。……ベッドや布団には、遺体の痕跡」

「痕跡……」

「粘液、溶解物、その他諸々。顕著な腐敗臭」

「……でも、生きていた、と言うわけだな」

「毎朝枕元に、食い物を置いておいたんだそうだ。それが、毎日、夜にはなくなっているから、エリカが食べたんだ、と主張してる」

「……」

「もちろん、母親が、片付けてたんだ」

「……」

「他にも、いろいろと気持ち悪いことを言うらしい」

「たとえば？」

「つまりな。『オマワリさんたちも、エリカの様子を見れば、死んでいる、と誤解するのも無理はありません』、なんてことを真顔で言うんだな」

「……」

「で、『僕も、何度か、エリカは本当に死んだんじゃないか、と不安になったこともあります』、と」

「……で？」

「でもな、紅比古が、『エリカ、死んじゃったの？』と『問いかける』とだなぁ、その度にエリカは、少し動いたり、瞬きをしたり、紅比古の顔に視線を向けたりしたんだとよ。その意味は、生きているから、安心して、という意味だったんだとよ」

「……」

「聴取の担当デカがな。ヤワなやつでよ。ま、若いせいもあるんだろうがな。一人、寝込んじまった。……だってお前、三年だぞ。しかも、布団を掛けてたっつったって、……死体の腐敗は、空気中に曝《さら》しとくのが、一番早いんだ。白骨化も相当進んでたし、虫も相当集《たか》ってたはずだ。紅比古は、丹念に殺虫剤と、脱臭剤と、そして香水を振りかけてもいたらしい。それでいて、『まだ生きてた』ってよ。真顔で言うんだぞ、おい」

「紅比古は、本気なのか？　ばっくれてんじゃなくて？　キチガイの演技をしてるんじゃやなくて？」

「そこんとこが、なかなかな……」

「……」

「どうやら、紅比古は、本気でそう考えてるようだ。それが、あの夜、初めて、エリカが死んでいる、ということに気付いた、というか、そういう現実に直面したらしい。妄想の世界から、現実の世界に出て来たようだな」

「……」

俺は、紅比古の悲鳴のような喚き声を思い出した。「エリカが死んだぁ～！」という叫びが、耳の中に甦った。

「ま、例の通り、センセイは、いろいろと解説してくれるよ」

「精神科の医者か？」

「ああ。要するに、紅比古とエリカは、紅比古の中では、理想の世界に生きていたわけだな。……でも、そういう理想の世界は、それを認識してくれる、……第三者、だったかな？」

「他者、か？」

「ああ、ま、そんなようなことだ。それを必要とする、と。だから、紅比古は、誰かに自分たちの理想の世界を見せたかったわけだ。だが、その理想の世界は、その第三者が登場した瞬間に、崩壊した、と。現実が、紅比古を……襲った、んだとよ。こんなようなことを言ってりゃそれで済むんだから、気楽な商売だよな」

種谷は頭をガリガリと掻いた。

「すると」

俺は、特に考えもせずに、言った。黙っているのが辛かったからだ。

「もう紅比古が、保たない、と。誰かを強引に連れてくるのはもう、時間の問題だ、と。そう考えた母親が、あの遺体をとにかく手っ取り早く遺棄した、ということだな？」

「だろうな。通報の電話の、若い女の声ってのは、あの母親の声に間違いない。これは、録音を北大の先生が分析して、確認するはずだ」

そう言って、鼻先で笑った。

「アリバイ工作のつもりだったんだろう。この一カ月、ずっと放置されてる、って通報だったんだが、なに、今朝は相当降っただろ、雪が。遺体は、大きなビニール袋に入ってて、新雪の上に転がってたよ。で、ビニール袋の上には、ほとんど雪が積もってなかった。……ま、そういうことだ」

「遺体は証拠の宝庫だ、と言ってたけど……」

「おう。その通りだ。おかげで、家宅捜索の令状がすぐに取れた」

「なんで？」

「なんでって……まず、エリカが入れられてたビニール袋な、あれは、花屋の問屋から小売店に、花を配達する時に使うでっかいビニール袋だった。問屋のロゴが印刷されていて、それは、檜垣の店の取引先の問屋だ。それから、ビニール袋に付着していたゴミだな。その中に、独特の繊維があって、これが、去年、車両捜索の時に採集したゴミに混じっていた繊維と同じだ」

「なんの繊維？」

「知るか、そんなこと。これからわかるさ。……ってぇか、どうでもいいんだ。共通点があって、それを家宅捜索の口実にできりゃ、それでもう、ノー・プロブレム、結果オーライってわけだ」

「……」

「おい、そんな顔すんな。インチキじゃねぇんだ。まぁ、おそらくは、檜垣の家ん中のどっかに敷いてあるカーペットの埃だろ」

「なるほどね」

「あと、そのビニール袋についてた指紋が、紅比古の指紋と部分的に一致する」

「あ、なるほど……」

思い出した。紅比古は、前科があるのだった。

「これだけで充分なんだ。あの家の中に入れたから、もう、それで決着はつく。……助かった。本当に。礼を言う」

「ところでどうなんだ？」

「なにが」

「いや、つまり……紅比古は、精神鑑定を要求するのか。で、なにかの間違いで、心神喪失ってことになって、二年くらい入院して、無罪放免になるのか？」

「そこんとこがな……」

種谷は顔をしかめて、また頭をガリガリ掻いた。そして、口をゆがめて言った。

「多分、弁護士はそっちを狙ってる。紅比古に、精神鑑定の申請を出させようと躍起らしい」

「そうか……」

「だがな、紅比古は、断固拒否、だ」

「ほう」

「自分は、絶対にマトモだ、キチガイでもないしヘンタイでもない、と。精神鑑定のことを弁護士が持ち出すと、立ち上がって、椅子を振り回して暴れるそうだ」

「……エリカの死因は？」

「……それは、わからない。……医者も、わからないんじゃないかな」

「……遺体の損傷が……」

「左手の指が、三本、ない。人差し指、中指、薬指だ。……なにがあったのかな。……とにかく、紅比古が、正直に話してくれるのを願うだけだ。だが、今んとこは、一昨日までは生きていた、の一点張りだ」

「……」

「そしてな、……どうしようかな」

種谷はニヤリと笑った。

「なんだ？」

「……やっぱ、教えておく」

「なにが？」

「紅比古はな、あんたのことを、本当に心配してる……ってぇか、あんたに連絡を取りたがっているらしい」

「なんで」

「……親友が、自分のことを心配してるはずだから、なんとか連絡を取りたいんだ、と繰り返してるそうだ」

「……」

「誤解を解きたい、と言うとるそうだよ」

そう言ってから、種谷は、腹の底から空に吹き上げるような大声で、バカみたいに笑った。

俺も笑おう、と思った。当然笑うべきだったが、なぜか、ちょっと物悲しくなって、あまり派手には笑えなかった。

30

面白いところに、事件のとばっちりが行った。エリカの遺体から欠損していた左手の指三本が、出て来たのだ。岡嶋雅道の書斎から。

檜垣紅比古の供述で、遺体から切り取った三本の指（紅比古は、エリカが自分で切った、と話したそうだが）は、人気哲学者の岡嶋に郵送した、ということが明らかになったらしい。それを受けて、警視庁は任意で岡嶋に事情を聞いた。その結果、確かに自分は、ミイラ化した指を三本、持っている、ということを岡嶋は認めたらしい。だが、入手経路については「他人に迷惑がかかる」と供述を拒否した。所持している理由は、「博物学的、かつ人類学的な視点から、興味があったからであり、単なる好奇心ではなく、研究目的である」とのことだった。北海道警察と警視庁は、今後も事情聴取を続ける、と発表した。岡嶋は週刊誌や月刊文芸誌などに、「メメント・モリ」という言葉から始まって、シェイクスピアや澁澤龍彦などを持ち出し、髑髏の灰皿や、首狩り族が作ったトロフィーとしての人間の頭部、などを机の周りに置いていた学者、哲学者、文学者などのエピソードをいくつか書いた。

ネットの中では、これも大変な話題の焦点で、岡嶋の名前は、毀誉褒貶の中でどんどん膨らんだ。本の売り上げも激増したらしい。岡嶋が、甲高い声で「僕の本、また売れた」と話す姿が目に浮かんだ。

そんなこんなで、俺と事件とは、もうなんの関わりもなくなったはずだった。だが、季節外れの雪がしんしんと降り積もる四月初旬のある夜、俺は〈ケラー〉で、頭がすっかり禿げ上がった、六十代半ば、という見当の、地味なスーツの小太りの男に声をかけられた。

「あのう……失礼ですが……」

そして、俺の名前を言う。初めて見る男だった。「人違いです」と答えようとしたが、スーツの襟の弁護士バッジが気になった。

「なんですか?」

そう答えてから、興味津々で近付いて来る岡本に、顔をしかめて見せた。向こうに行け、という意を表したつもりだ。だが岡本は、平気な顔をして俺の前に立ち、グラスを磨き始めた。

「あのう、私、檜垣紅比古さん、という、刑事事件容疑者の弁護士なのですが」

「はぁ……」

俺は些か驚いた。突然、なんの話だ、と思った。弁護士は、名刺を差し出す。受け取った。

〈磯村清治法律事務所
弁護士　磯村　清治〉

裁判所の近くのビルの住所、電話番号、ファックス番号。

「紅比古君は、御存知かどうか、三年前の女子高生失踪事件……ま、この方は、可哀相に、遺体で発見されたわけですが、その事件の容疑者として、先般来、逮捕されておりまして」

「はぁ」

「無意味に非協力的でしてね。……このまま黙っていれば、不起訴になる、というようなことを考えているのか……」

「はぁ？」

「……ええと、実は、北海道警察を退職なさった、種谷さんという、元刑事さんから、御紹介いただいたんですが」

「はぁ」

「ええと、なんですか、こう……ススキノで、便利屋のようなことをなさっている、と伺いましてね」

「はぁ」

なにを考えてるんだ、種谷は。

「私は、紅比古君のお父さまから依頼を受けまして、おふたり……紅比古君と、奥さんと、そのふたりの弁護を担当いたしておりまして、……昔からの付き合いでして。紅比古君も、中学生の頃から知っておりましてね」

「……なにかの少年事件の関わりですか？」

「いや、そうではなく」

瞬間的に否定したその口調は、やや不自然だった。ぎこちなく、続ける。

「というか、つまり、被害者ですね。いじめが……ああ、まぁ、それはそれとして、現状のお願いなのですが」

「はぁ。……おひとりで、事件を担当なさってるんですか？」

「いえ、あとふたり、同僚がおりまして、弁護団、という形で、御子息と御夫人の弁護に当たっておるわけですが、ま、同僚ふたりは、また別の方面で、ですね。ま、捜査手続き、訴訟手続きのあたりを精査すべく、別方面でのあれこれを行なっておりまして」

「はぁ」

「それで、御存知かとも存じますが、檜垣さん、と申しますのは、ええと、つまり私の依頼人であるお父さまですね、皮膚科の開業医でおられまして、まぁ、資金はそれなりに潤沢、ということとなんでございますけど」

「はぁ」

「それで、もしも引き受けていただけましたら、報酬の方は御希望に添う形で処理したい、と存じますのですが」

「はぁ」

なんなんだ。用件を、真っ直ぐ、さっさと言え。

「それでです。実は、依頼人、というか、担当いたします紅比古君がですね。どうしても、ある人物に会いたい、と、こう申しておりまして」

「は？」

「ススキノの、こちらの店で……〈ケラー〉、ですか、よくお酒をお飲みになっている、酒井さん、という方を探していただきたい、という御依頼なんですが……」

「……」

「ええと、その、元刑事の、その種谷さんのお話ですと、あなたは、そのぅ……ススキノでですね、便利屋のようなお仕事をなさっておられて、ええと、人捜しなどは得意でいらっしゃる、ということをお伺い致しまして、ですね。そのう、見た目はヤクザみたいだが、ホンモノではないから、心配することはない、などとも伺いましたが、ははは」

背広の左ポケットから、きちんと畳んだプレイボーイのハンカチをサッと取り出して、額から頭にかけて、ツルリと撫でて汗を拭った。

「ま、ははは、それはそれと致しまして、ですね、その、まぁ、檜垣君は、ちょっとこう、頑《かたく》なになっている、と言うかですね、取調にも応じないし、ま、黙秘、というのではないですけど、事情聴取もなかなか進みませんし、まぁ、私ともなかなか会わない、という状況で、非常にこちらも難渋しておるわけでございますが、それがですね、ま、紅比古君が言うには、親友である、酒井さん、という方がいる、と。その方を探し出して、連れて来てくれ、と。

彼にだったら、真実を話す、と。というか、まず、酒井さんの誤解を解きたい、というようなことをですね、申しておるわけですね」

「誤解？　その酒井、という人は、どういう誤解をしている、と檜垣さんは思ってるんですか？」

「……まぁ、はっきりとはわかりませんが、ま、自分は、テレビや新聞の報道のような人間ではない、ということでしょうかね。ま、彼には彼なりの事情があり、それを説明したい、ということでしょう。……それに、紅比古君は、突然、なんの前触れもなく、酒井さんの前から姿を消した、という形になってしまったわけで、そのお詫びもしたい、と言うんですな」

「……酒井さんにとっては、いい迷惑なんじゃないですか？」

「さぁ……それは私にはわかりませんが、紅比古君にとっては、大切なお友達だったらしくてですね。誤解を解きたい、きちんと事情を説明したい、テレビや新聞は事実を伝えていない、と、これはもう、繰り返し繰り返し、申しておりますね」

「テレビや新聞が見られるんですか？」

「いや、つまり……こうなる前、事件……三年前の、そもそもの邑隅エリカさんの失踪の頃に、犯人像について、いろいろと報道がありましたね。ほとんどが憶測の域を出ないものでしたけど。で、紅比古君は、自分は、そういうような、興味の対象となるような、……つまり、なんと言う……ま、ヘンタイではない、と。その酒井さん、という方にですね、檜垣紅比古は、ああいうヘンタイだったんだ、と思われるのは、いかにも辛い。そのことだけはわかってもらいたい、ということだろう、と私は理解していますがね。……今回の逮捕についての報道は、もちろん、紅比古君は全く知りませんよ。テレビからも新聞からも遮断されてますから。だからなおさら、あることないこと言われているのだろう、と、思い込んでるんですね。でまぁそんなわけで、だから、とにかく、誤解を解きたい、と」

「誤解ったって……」

「はぁ……ま、いろいろと、本人には、言い分もあるようで」

「……どうなんですか、こういう時、弁護士さんてのは、依頼人の無実を信じて弁護するもんなんですか。それとも、依頼人には自白を勧めるもんなんですか？」

「……まぁ、……それは……ケース・バイ・ケース、ということでしょうかね」

「このケースは？　やっぱ、あの人がやったんでしょうね」

「いや、まぁ、……そういう具体的なケースについては、まぁ、ちょっとペンディング、ですね」

「弁護方針はまだ決めてないんですか？」

「なにしろ、紅比古君が、まだ態度を決めかねている、という状況なもんだから……」

「……」

「取引、とかいうのではなくてね。……まぁ、こうなれば、所詮は事務仕事です。手続きだけの問題で、であるならば、なるべくスムーズに対応する方が、まぁ、検察も裁判所も、こちら側の対応を多としてくれる、という方向に持っても行けるわけで……素直に悔悛の情を表明してですね、……いや、私は、なんでこんな話をしているのやら」

「やはり、有罪は確定ですか」

「……まぁ、争うのは、なかなか大変ですね。無駄とは言いませんし、それなりの対応も、ないわけじゃないけど、……所詮は……」

「……」

「とにかく、膠着状態でね。こうなると、警察としても立場上、動きが取れなくなる。検察からはイヤミを言われる。で、そんな中で、もしかすると、状況を打開するきっかけになるか、とも思われましてね。で、酒井さんを、なんとか探し出したい、と……ま、種谷さんの意見なんですけどね」

「……」

「ズバリ申し上げます。檜垣氏は、お父さまですが、五十万円お支払いする、と申しております。着手金を、この場で二十五万円、酒井さんを見つけて頂いた時に、残り二十五万円、ということで、いかがでしょうか。お願いします。お願いします、本当に」

俺は立ち上がった。ここでフケないとボロが出そうだった。

「無理ですよ。いくら寂れてきたとは言え、ススキノじゃ毎晩十万人の人間がゴチャゴチャしてるんだ。その中から、ひとりを……」

磯村は、俺の左手首をがっしりと握った。放さない。

「手がかりは、いろいろあります。〈ケラー〉でお酒を飲む、幌平橋のあたりにお住まいになっておられる、去年の暮れにリストラされた、元は小売業の大手にお勤めだった、……だから、ダイエーとかそごうとか、そんなあたりじゃないでしょうか、これも手がかりになりますし。……それから、ええと？　あ、サウダージ。そういう名前のカクテルを飲んでおられたそうです。あなた、あなたはどうですか。そんな方、御存知ないですか？　こちらのお客さんで」

尋ねられた岡本は、非常に不自然な顔つきで、「さぁ？」と首を傾げた。段々演技がうまくなってきたようだ。

「それに、ああ、そうだ。メールアドレスもわかってます。あなたはパソコンが使えますか？　私は、からっきしダメなもんですから、まだ手を付けてませんが、あなたがもしもパソコンを使えるのであれば、すぐに連絡が取れるはずです」

「いや、それにしても、無理です」

「試してみないと、わからないでしょう！」

「いや、無理なんだ。そんなことに関わる気にはなれない」

「そんなことを言わずに！　紅比古君は、必死です。確かに彼は人を殺したかもしれない。しかし、彼は必死です。ふたりが、どういう間柄だったのかは、私にはわからない。でも、とにかく、紅比古君は、必死です。応えてやってください！　お願いします」

「無理ですよ」

俺は、左手を乱暴に動かして、磯村弁護士の手を振りほどいた。ちょっと荒っぽい動作だった。年甲斐もなく。

「なんとか、ひとつ！　紅比古君は、必死です！」

「私には関係ありませんね」

「……檜垣さんは、七十万までは考える、と言ってます、実は！　ああ見えて、本当は、息子さんのことを心配してるんです。本当に。お金は、もう、惜しくない、と……」

「お金の問題じゃないんです」

「じゃ、なんの問題ですか!?」

言葉に詰まった。俺は、会釈して、〈ケラー〉から出た。

31

最近めっきり数が減った緑電話から、種谷のケータイに電話した。

「おう」

「磯村、という弁護士が来た」

「おう、そうか。早かったな。仕事、受けてやれ。あんたに礼ができなくて、申し訳ない、と思ってたんだ。酒井を見つけ出せなくても、三十五までは払う、と言ってたからな。ま、小遣い、稼いでくれや」

「俺は、道警の裏金警官とは違うよ」

「……なんだ。怒ってんのか？」

「怒っちゃいないさ。ただ、軽蔑してるだけだ。道警じゃ、本部長や幹部連中が乞食、現場はタカリだ。ネコババが習い性になってんだろう。それはわかるがな、そんなのと俺を一緒にするな」

「怒ったのか」

「当たり前だ。全うすることが不可能だ、と明らかにわかり切っている仕事を請け負って、それで金をもらうのは、コジキのすることだろうが！」

「……そうか。……ま、そうだな。……ただな……」

「ん？」

「紅比古の考えとは別に、弁護士は弁護士で、酒井を見付け出して、紅比古を説得させよう、としてるらしいんだ」

「説得？　なにを」

「精神鑑定の申請に同意しろ、と……」

「……だからって、あんた」

「……ま、……俺も勘違いしてたかな。悪かった。……ま、気にすんな」

「じゃぁな」

「……取調の警官も言ってるんだ。紅比古は、本気だ、と。あの男は、本気で酒井に会いたがっているらしい。きっと、人生の中で初めてできた『親友』なんじゃねぇのか。なんてな。金の件もあったのはそりゃ事実だが、俺も実は、ちょいとホロリと来たのよ」

「……じゃぁな」

「おい、あんた、あれだぞ。檜垣が払う金から、少しはこっちに回せ、とか、そういう話じゃないんだぞ。そんなことは全然考えてなかったんだからな」

「それはわかる。俺も、今までそのことは、頭に浮かばなかった」

「そうか。ありがとう。そうか。ありがとう。……怒らせて、悪かった」

「ま、元気でな」

＊

「ふ〜ん……」

面倒臭そうに呟いて、高田は飯を載せたスプーンをカレー・スープの中に浸した。そして、ズズッと口の中に啜り込んだ。

冬の終わりの午前五時。まだ外は暗い。ミニFMのDJ業務を早めに切り上げた高田と、朝までやってるカレー屋でギネスを飲み、5ホットのベジタブル・カレーを食べながら、磯村弁護士の話をした。高田は終始、面倒臭そうに「ふ〜ん」「ふ〜ん」と呟いていたが、最後に、こう言った。

「……で、紅比古君は、必死なんだな」

「だとよ」

「楽しかったんだろ、きっと。酒飲んで、バカ話するのが」

「……俺には、苦痛だったけどな」

「……ま、いいさ。終わったんだろ？」

「終わった」

「紅比古の父親は？」

「今んとこは、そこらを歩き回ってるけどな、これからどうなるかは、五分五分らしい」

「……そうか」

「アンジェラは、最近、どうだ？」

「新しい恋人を見つけたらしい。俺とは、元々、最初っから、なにもなかったし」

「別れたのか」

「まぁな。お前と紅比古が別れたみたいにな」

「……元々、なにもなかったんだよ」

「ま、結局、……ライト・グッドバイ、ってとこだな」

「ライト？　Lか。Rか」

「……日本人は、その区別ができねぇんだよ」

ロック？　水割り？　それともストレート？

ミステリ書評家
村上貴史

■スコッチ

北海道大学を中退後、家庭教師や土木作業員、ポスター貼り、あるいはタウン誌の編集者などをしながら、ススキノで飲み歩く日々のなか、三十代の半ばで作家デビューした東直己。アブドーラ・ザ・ブッチャーに体当たりした経験もあれば、長州力に知人と間違えられた経験もある。酒の席で仕事のグチを話す連中は好きではないが、酒は好き。大好き。〝「また朝まで飲んじまった」などと心の中で呟きつつ、でも、それほど後悔しているわけでもなく、独特の思いを噛みしめて歩く〟なんてことを繰り返す。ホワイト&マッカイがスコッチ・ウィスキーの傑作と知りつつ、味は余りよく判らなかった。

本書は、そんな男が五〇になる少し手前で書いたミステリである。

■ぬる燗

大学中退後、ススキノでプラプラしながら四十代最後の年を迎えることとなった〈俺〉。嫌いだから、という理由で携帯電話は持たない。携帯電話を掛けるような奴の隣で蕎麦を食うのもまっぴら御免。パソコンは友人に勧められて使い始めた。メールの送受信はできる。酒は好き。とことん好き。記憶を失い、二日酔いになってもやめられないほど酒が好き。

ススキノで便利屋として重宝されているそんな〈俺〉に、退職した刑事・種谷から仕事の依頼が舞い込んだ。檜垣という男と友人になってくれというのだ。檜垣が営んでいた花屋でアルバイトしていた女子高校生が失踪した事件に絡んでのことである。その依頼を引き受けたんだか拒絶したんだかはっきり結論が出る前に種谷は酔って居眠りを始め、そして〈俺〉はなんとなく、男が通い始めたというバーに足を運ばねばならないような気になってしまう……。

一九九二年に東直己のデビュー作『探偵はバーにいる』で始まったススキノ探偵シリーズも、この『ライト・グッドバイ』（二〇〇五年）で八作目となる。干支が一回り以上巡ってもこの作品数であり、そのうちの一冊『向う端にすわった男』（一九九六年）は短篇集であるからして、まずはゆったりしたペースで書き継がれているシリーズといえよう。

このシリーズが始まった当初、〈俺〉は二十八歳だった。二十八のぢぢい、と自嘲する二十八歳だったのだ。その後、パートナーとなる春子と知り合い、子供を持ち、そして一九九九八年の長篇第四作『探偵はひとりぼっち』でこのススキノ探偵シリーズの若い時代を綴った第一期は幕を閉じる。

ススキノ探偵シリーズが読者の前に再び姿を現したのは、二〇〇一年のこと。『探偵は吹雪の果てに』において、〈俺〉は、現代を舞台に四十五歳の便利屋として再登場したのだ。年齢や背景は大きく変化したものの、〈俺〉の本質には変化なかった。そしてこれ以降、『駆けてきた少女』（二〇〇四年）及び本書と、快調に作品が刊行されるようになってきたのである。なお、このあたりの設定の変更の意味については、文庫版『駆けてきた少女』によせられた関口苑生の解説に詳しいのでそちらを参照されたい。

さて、〈俺〉を始めとする個性豊かな面々と程よいユーモアが魅力のこのシリーズで、今回の作品の特色はというと、極上の〝ぬるさ〟である。ぬるさというとなんとも曖昧な表現だが、ここでは、熱くなりすぎず抑制が利いていることであり、無理に白黒付けようとしていないことをいう。決してネガティヴな意味ではない。酒の持ち味を知り、客の反応を見極めた上で適切に燗したぬるさなのである。なにしろ本書に描かれる犯罪は、非常に悪辣でグロテスクだ。それだけに、このぬるさが、実に救いとなるのである。

しかもだ。このぬるさは、プロの作家として細心の注意を払って小説全体に適切に配置されている。例えば、ともすれば単なる情景描写として読み流されてしまいそうな冒頭のシーンからしてそう。「ススキノには雪が積もっている。この積雪が、そのうちにいったんは融けるのか、それともこのまま根雪になるのか」という具合に、どちらとも特定しない記述が登場しているのだ。そしてこのぬるさは、〈俺〉が種谷との会話を通じて事件に関与していく様の曖昧さや、犯人の特定やその後の処遇にも表れているし、本書の題名と直結したラストシーンにも表れている（実に印象深いラストシーンであり、これによって『ライト・グッドバイ』という題名が忘れられないものとなる）。

こうして計算の行き届いたぬるさによって、本書では緊張と弛緩が実に絶妙なバランスで調整されている。それ故に読者は、〈俺〉が偽名を使って檜垣とだらだら酒を飲み歩く前半から、〈俺〉が今回の事件で何をやりたいか自覚するシーン（二〇八頁がそれだ）を経て、〈俺〉が作戦の仕込みのために関係者を訪ね歩く後半、そして犯人に仕掛けを敢行するクライマックスにいたる全三五五頁を一気に読まされることになる。まさしくプロの技である。

東直己が二〇〇一年に第五十四回日本推理作家協会賞長編及び短編集部門を獲得した『残光』を読むと、今回の作品のぬるさ加減が計算尽くであることがさらによく判るはずだ。凄腕の殺し屋・榊原健三を主役とした『フリージア』（一九九五年）の続篇である『残光』、これはとにかく決断の連続の物語なのである。その瞬間に何をすべきか即座に決断し、そして行動する。愛する者を守るためならなんでもやるという熱い心と、極めて冷静・冷酷な判断力を兼ね備えた健三の物語を書ききった東直己だからこそ描けたぬるさ、職人芸のぬるい燗なのである。

■アイラ・モルト

東直己のプロらしさが発揮されるのは、こうした緩急の制御だけではない。酒や酒場を通じた人物描写もまた巧みなのである（これはシリーズ全体を通じていえることだ）。特に視点人物である〈俺〉の描写が秀逸。思わず自分も酒瓶に手をのばしたくなるような、気持ちのよい飲みっぷりなのである。

本書は、まず、〈俺〉が十五年もののラフロイグをラッパ飲みする場面があり、続いて、翌朝だるさを痛感するという描写が置かれている。そのあげく、もう酒をやめようと思うのではなく、昔はウィスキーを一本空けても何でもなかったと懐古する〈俺〉の心が語られる。このわずか数行によって、〈俺〉が懲りない飲兵衛であることをしっかりと読者に伝えると同時に、ラフロイグという酒の銘柄を明記することで、〈俺〉が〝とりあえずビール〟という次元の酒飲みでないことを伝えている。酔いを求めてその場にある酒に己を合わせるのではなく、自分の決めた飲み方に合う酒を求める飲み方だということが判るのだ。

これはすなわち〈俺〉の生き方であり、シリーズ第五作『探偵は吹雪の果てに』においてジャージはかないという〝自分のきまり〟にこだわってタクシーの運転手とかみ合わない会話を延々と続けるシーンであるとか、シリーズ第六作『駆けてきた少女』の名場面の一つ、勝呂麗奈という少女と「別に」という言葉の禁じ方を通して、〝自分のきまり〟を主張し、〝相手のきまり〟を尊重するシーンと共鳴する。

その『駆けてきた少女』ではぬるい水で少し薄めたラガヴーリンを選りすぐりのつまみとともに満喫し、本書では自信を失いかけたときにボウモアをショットグラスで一気に飲み干すという具合に、冒頭のラフロイグを含めアイラ・モルトを軸足とした飲み方をする〈俺〉。その飲み方を知って本書を読むと、彼が偽名で檜垣と飲むために如何に〝自分のきまり〟を曲げているかが判って非常に可笑しい。なにしろ、自分を自分ではない人間に見せかける場として、まず、自分の城である〈ケラー・オオハタ〉を利用せざるを得ない羽目に陥ってしまうのだ。檜垣に自分のグラスの酒を味見させる「回し飲み」なんていう下品なこともしてしまう。また、ハシゴした先のスナックで「とりあえず、ビールで」などと言ってしまうのである。しかもだ。何と檜垣と一緒にカラオケボックスにまで赴くのだ。そこでお気に入りの大貫妙子の歌を、よりによって檜垣の喉で聴かされ、その憤怒を必死で押し殺すことになる〈俺〉。同情すべき点は多々あれど、やはり笑いを禁じ得ない。

酒場でのほっとした一息を提供してくれるのは、何も〈俺〉ばかりではない。『探偵はバーにいる』以来ずっとシリーズキャラクターとして活躍している面々もまた、本書では意外な一面を見せてくれている。例えば、〈ケラー〉のバーテンの岡本が、もう五十近くになろうというベテランなのに、〈俺〉の偽名での飲み方を見て戸惑う様子など、シリーズのファンにとってはなんとも嬉しいシーンだろう。また、空手の猛者にして自らの店で深夜はＤＪを営んで意外な人気を博している高田が、彼の店でアンジェラを相手にとった意外な行動は、ファンには新鮮な驚きをもたらしてくれるだろう。

そして檜垣である。東直己の酒を通じて人間を描写する手腕は、この人物についても冴えている。彼がウソと知ったかぶりと下品な猥談、そしてコンプレックスで構成されている四十男であることが、本書では、酒の飲み方や酒場での会話を通じて鮮明に描き出されている。まず全ての読者が、〝こんな奴と一緒に酒を飲むのはまっぴら御免だ〟と深く思うであろうほど強力に、檜垣が描き出されているのだ。いやはや、さすがは東直己、作家としてプロであると同時に、酒飲みとしても筋金入りのプロなのである。

ちなみに、〈俺〉が飲むのはアイラ・モルト一辺倒ではない。アイラ・モルトへの傾倒はむしろ最近のことであり、カクテルだって飲む。なにしろ、このシリーズの第一作では、まず、岡本の手による辛口の特製ラスティ・ネイルなんていう代物を飲んでいるのだ。ウィスキーと、スコッチ・ウィスキーをベースとしたドランブイというリキュールを組み合わせたこのカクテル、なんとも〈俺〉らしい飲み物といえよう。ラスティ・ネイルを飲まないときは、ジャック・ダニエルズをストレートで四杯立て続けに飲んだり、喫茶店でスーパー・ニッカのストレートをダブルで飲んだりしていた。それが、このススキノ探偵シリーズ第一期の終わりともいうべき『探偵はひとりぼっち』では、店の種別に応じてカルヴァドスというブランデーやギムレットというジンをベースにしたカクテルなどに親しむようになり、その一方で相変わらず喫茶店ではスーパー・ニッカであった。第二期の第一作『探偵は吹雪の果てに』でも、ジャック・ダニエルズとスーパー・ニッカという基本線に変化はない。そんな〈俺〉が四十七歳になり、『駆けてきた少女』で味わい始めるのがサウダージというカクテルだ。「最近はもっぱらこれを飲んでいる」というそのカクテルは、大雑把にいえば、ジンにドライシェリーのティオ・ペペを組み合わせたもの。ポルノグラフィティと高中正義の曲のタイトルから〈俺〉と仲間が命名したカクテルだという。そのサウダージは、本書でも檜垣の特徴を浮き彫りにする上で一役担っているので、是非ご注目を。

余談だが、二〇〇四年（『駆けてきた少女』と同年だ！）に『サウダージ』というタイトルの小説を発表した垣根涼介――『午前三時のルースター』で第十七回サントリーミステリー大賞を獲得して二〇〇〇年にデビューし、二〇〇三年の『ワイルド・ソウル』で第六回大藪春彦賞、第二十五回吉川英治文学新人賞、第五十七回日本推理作家協会賞のトリプル受賞に輝いた作家である――は、車を通じて登場人物の性格付けをしていくという。東直己の酒と好一対をなしており興味深い。ちなみに〈俺〉は車には乗らない。免許も持っていない。

■新酒

それにしても、だ。

二〇〇〇年の『残光』で推理作家協会賞を受賞して以降、東直己は従来以上に活発な活動を繰り広げるようになった。

ススキノの〈俺〉と並んで東直己を代表するシリーズである私立探偵畝原ものにおいても、『悲鳴』（二〇〇一年）『熾火』（二〇〇四年）『墜落』（二〇〇六年）『挑発者』（二〇

○七年）と、いずれも一〇〇〇枚クラスの重量級が刊行されているし、ブラックな笑いの要素を練り込んだ私立探偵法間のシリーズも、二〇〇一年の短篇集『逆襲』や二〇〇四年の長篇『古傷』が刊行されている。『駆けてきた少女』や『熾火』とも内容がリンクしている松井省吾クンの高校時代を描いた『ススキノ、ハーフボイルド』（二〇〇三年）や大学時代を描いた『後ろ傷』（二〇〇六年）などという新シリーズも始まっている。さらに、難病で車椅子生活を送る四十四歳の画家を主人公としたスリリングかつ軽味を具えたハードボイルド短篇集『抹殺』（二〇〇七年）を刊行する一方、かつて刊行した二冊のエッセイ集を再編集し、『酔っ払いは二度ベルを鳴らす』（二〇〇五年）、『さらば愛しき女と男よ』（二〇〇六年）、『札幌深夜プラス1』（二〇〇六年）として世に送り出してもいる。

そんな具合に健筆を振るう東直己は、この二〇〇七年十一月に、いよいよ待望の、ススキノ探偵シリーズ最新作を発表するという。本稿執筆時点では、内容は全く不明。とはいえ、東直己が〈俺〉を主人公に描くのだ。期待はずれに終わる心配は無用だろう。ロックなのか、水割りなのか、それともストレートか。いずれにせよ、東直己はその酒に最適な飲み方で読者に新作を提供してくれるに違いない。とにかく今からワクワクしている。

本書はフィクションであり、登場する団体名、
店名、個人名等はすべて虚構上のものです。

本書は、二〇〇五年十二月に早川書房より単行本として刊行された作品を文庫化したものです。

著者略歴　1956年生，北海道大学文学部中退，作家　著書『探偵はバーにいる』『バーにかかってきた電話』『猫は忘れない』（以上早川書房刊）他多数

HM=Hayakawa Mystery
SF=Science Fiction
JA=Japanese Author
NV=Novel
NF=Nonfiction
FT=Fantasy

ススキノ探偵シリーズ

ライト・グッドバイ

〈JA905〉

二〇〇七年十月二十五日　発行
二〇一一年十一月二十五日　七刷
（定価はカバーに表示してあります）

著者　東《あずま》直《なお》己《み》
発行者　早川浩
印刷者　草刈龍平
発行所　株式会社　早川書房
郵便番号　一〇一 - 〇〇四六
東京都千代田区神田多町二ノ二
電話　〇三 - 三二五二 - 三一一一（大代表）
振替　〇〇一六〇 - 三 - 四七七九九
http://www.hayakawa-online.co.jp

乱丁・落丁本は小社制作部宛お送り下さい。
送料小社負担にてお取りかえいたします。

印刷・中央精版印刷株式会社　製本・株式会社明光社

ISBN978-4-15-030905-3 C0193

本書は活字が大きく読みやすい〈トールサイズ〉です。